데미안

데미안

개정판 1쇄 발행 | 2024년 04월 30일

지은이 | 헤르만 헤세 · 옮긴이 | 엄인정

발행인 | 김선희 · 대 표 | 김종대
펴낸곳 | 도서출판 매월당
책임편집 | 박옥훈 · 디자인 | 윤정선 · 마케터 | 양진철 · 김용준

등록번호 | 388-2006-000018호
등록일 | 2005년 4월 7일
주소 | 경기도 부천시 소사구 중동로 71번길 39, 109동 1601호
         (송내동, 뉴서울아파트)
전화 | 032-666-1130 · 팩스 | 032-215-1130

ISBN 979-11-7029-240-1 (03850)

이 도서의 국립중앙도서관 출판시도서목록(CIP)은 서지정보유통지원시스템 홈페이지
(http://seoji.nl.go.kr)와 국가자료공동목록시스템(http://www.nl.go.kr/kolisnet)에서
이용하실 수 있습니다.(CIP제어번호 : CIP2013019882)

월드클래식 시리즈 01

DEMIAN

데미안

헤르만 헤세 지음 | 엄인정 옮김

MAEWOLDANG

Contents

나는 단지 내 안에서 우러나오는 것에 따라
온전히 살고 싶었을 뿐인데,
그게 그렇게도 어려운 일이었을까?

내 이야기를 시작하려면 먼 옛날로 거슬러 올라가야 한다. 가능하다면 내 유년 시절이나 그보다 훨씬 더 이전, 나의 선조들이 살았던 시간으로까지 거슬러 올라가야만 한다.

소설을 쓸 때 작가들은 마치 신이라도 된 듯이 한 인간의 삶을 훤히 들여다보고 이해할 수 있는 것처럼 군다. 그러고는 신이 직접 스스로에게 이야기하는 것처럼 모든 장면들을 거침없이 묘사하지만 나는 그렇게 하지 못한다. 작가들도 물론 그래서는 안 된다. 어떤 작가든 자신의 이야기를 소중히 여기는 것 이상으로 나에게도 내 이야기가 중요하다. 이것은 내 이야기이자 한 인간의 이야기이기 때문이다. 가공의 인간, 실존할지도 모를 인간, 이상적인 인간, 혹은 존재하지 않는 인간의 이야기가 아닌 실존하는, 단 한 번의 인생을 살아가는 인간의 이야기이기 때문이다.

하지만 오늘날의 사람들은 진짜로 숨을 쉬고 살아가는 인간이 대체 무엇인지에 대해 예전의 사람들보다는 잘 알지 못한다. 그래서 각각의 사람에게 단 한 번 주어진 자연의 귀중한 생명인데도 그런 인간들을 총으로 쏘아 대량으로 학살하고 있는 것이다. 만약 우리의 삶이 단 한 번만 존재할 수 있는 것이 아니라면, 그리고 우리의 존재가 총알 하나로 이 세상에서 완전히 제거될 수 있는 것이라면 이 이야기는 아무런 의미도 없을 것이다. 그러나 인간은 모두 오롯이 자기 자신일 뿐만 아니라 세상의 어떤 현상이 단 한 번만 교차하는, 그래서 매우 특별하고 소중하며 특이한 한 '점'이기도 하다. 그렇기 때문에 한 사람 한 사람의 이야기는 소중하고 영원하고 신성하며 자연의 뜻을 실현하며 살아가는 한, 인간은 모두 대단한 존재인 것이다. 모든 인간의 내면에서 정신은 저마다의 모습을 만들어내고, 누구의 내면에서건 피조물들은 괴로워하며 그 속에서 한 사람의 구세주가 십자가에 못 박히는 수난을 겪게 되는 것이다.

오늘날, 인간의 존재가 무엇인지 아는 경우는 드물다. 그러나 인간이 무엇인지 느끼는 사람은 많고, 그런 사람들은 좀 더 편안한 마음으로 죽음을 받아들인다. 내가 이 이야기를 다 쓰고 난 후에는 좀 더 쉽게 죽을 수 있는 것처럼.

나는 내 자신이 지성인이라고는 생각하지 않는다. 나는 무언가를 끊임없이 찾는 구도자였고 지금도 그렇다. 그러나 지금은 공상의 세계나 책 속에서 무언가를 찾으려 하지 않고, 내 안에서 들리는 교훈에 귀를 기울이기 시작했다. 내 이야기는 유쾌하지 않다. 꾸며낸 이야기들처럼 달콤하거나 조화롭지도 않다. 이제 더 이상은 자신을 기만하지 않겠다는 모든 사람들의 삶처럼 어리석음과 무질서, 몽상과 광기의 맛이 난다.

인간의 삶은 저마다 자기 자신에게로 가는 길이다. 그것은 크고 넓은 길로 가는 시도이며, 자기 자신이 도달하고자 염원하는 좁은 길을 암시한다. 사람들은 그 누구도 완벽하게 자기 자신이 되어본 적이 없을 것이다. 하지만 모두 자기 자신이 되려고 노력한다. 누군가는 모호하게, 누군가는 좀 더 명료하게, 자신만의 방식으로 최선의 노력을 한다. 누구나 태어날 때부터 지니고 있던 찌꺼기인 점액질과 껍데기를 평생 지니고 산다. 더러는 끝내 인간이 되지 못하고 개구리나 도마뱀 혹은 개미로 살아가는 자도 있다. 또 누군가는 머리는 인간, 몸은 물고기로 살아간다. 하지만 이 모두가 인간이 되기를 바라는 마음으로 세계에 던져졌다. 그리고 우리는 같은 심연에서 나오고, 어머니가 같으며, 유래가 같다.

그러나 그 심연으로부터 나온 시도이자 존재인 모든 인간은 자신의 목표를 향해 나름의 노력을 하며 살아간다. 우리는 서로를 이해할 수 있다. 하지만 삶의 의미는 오직 자신만이 판단할 수 있다.

두 세계

내가 열 살이었고, 작은 도시에 있는 라틴어 학교에 다니던 때의 경험을 되살려 이야기를 시작하려고 한다.

막상 이야기를 시작하려고 하니 과거의 기억들이 가슴 깊은 곳으로 파고들어와 슬픔과 기쁨으로 마음이 흔들린다. 어두운 골목과 환한 집들, 교회 탑과 시계 종소리, 사람들의 얼굴, 편안하고 따뜻한 방들, 뭔지 모를 비밀에 싸여 유령이 나올 것만 같은 공포가 가득한 방들, 따뜻하지만 비좁은 방과 토끼와 하녀들의 냄새, 집 안에 상비하고 있는 약과 말린 과일 향이 코를 자극한다. 그곳은 두 세계가 뒤섞여 있었고, 밤과 낮이 그 세계의 끝에서 나왔다.

그중 한 세계는 아버지의 집이었다. 그곳은 너무 비좁아서 사실 그 안에는 내 부모님밖에 없었다. 내가 너무도 잘 알고 있는 그 세계의 이름은 어머니와 아버지였으며, 사랑과 엄격함, 모범과 학교라는 이름으로 불리기도 했다. 부드러운 광채, 맑음과 깨끗함이 그 세계에 존재하였다. 그곳에는 부드럽고 다정한 이야기들, 깨끗한 손, 깔끔한 옷, 바른 예의범절이 있었다. 아침에는 찬송가가 흘러나왔고 크리스마스에는 파티가 열렸다. 그곳에는 미래로 연결되는 곧은 선과 길이 있었다. 의무와 책임, 양심의 가책과 뉘우침, 용서와 좋은 의도, 사랑과 존경, 성경 말씀과 지혜도 함께 있었다. 삶이 맑고 깨끗하며 아름답기 위해서는 그 세계를 향해 있어야만 했다.

두 번째 세계 역시 우리 집의 한가운데에서 시작되었지만 앞서 말한 세계와는 전혀 달랐다. 냄새도, 말하는 것도 달랐고, 약속도 원하는 것도 모두 달랐다. 이 두 번째 세계에는 하녀들과 직공들, 유령 이야기와 추한 소문들이 있었다. 도살장과 감옥, 술에 취한 주정뱅이들과 악을 쓰며 소리 지르는 여자들, 새끼를 낳는 암소들, 고꾸라져 쓰러진 말들, 강도와 살인, 자살에 관한 이야기 같은 유혹적이면서도 오싹한 수수께끼 같은 일들이 벌어지고 있었다. 이렇듯 아름답고도 무서우며 잔인한 일들이 바로 집 앞 골목이나 옆집에서 일어나고 있었다. 경찰관과 불량배들이 주변을 어슬렁거리며 돌아다녔다. 술에 취한 남자들이 아내를 때리고, 저녁이 되면 공장에서 젊은 여자들이 뒤엉켜 쏟아져 나왔다. 어떤 늙은 여자는 사람들에게 마법을 걸어 병이 들게 하고, 숲에는 도둑들이 득실댔으며, 방화범들이 경찰관에게 붙잡혔다. 어느 곳에서나 이 두 번째 세계가 펼쳐졌고 냄새를 풍겼다. 어머니, 아버지가 계시던 우리 집을 제외하고는. 그것은 다행스러운 일이었다. 우리 집에 평화와 질서, 안식, 의무와 양심, 용서와 사랑이 있다는 사실이 놀라웠다. 그리고 그 모든 다른 것들, 시끄럽고 소란스러운 것, 어둡고 폭력적인 것들이 존재했지만 단 한 발짝만 움직이면 어머니 품으로 도망칠 수 있다는 사실도 놀라웠다.

가장 놀라운 일은 두 세계가 서로 맞닿아 있다는 사실이었다. 두 세계는 얼마나 가까운가! 예를 들면, 우리 집 하녀 리나는 저녁 예배를 드릴 때 거실 문 옆에 앉아 깨끗하게 씻은 두 손을 말끔하게 다린 앞치마 위에 올려놓고 맑은 목소리로 우리와 함께 노래를 불렀다. 그럴 때의 리나는 아버지와 어머니와 우리들의 밝고 올바른 세계에 속해 있었다. 하지만 부엌이나 외양간에서 머리 없는 난쟁이 이야기를 내게 들려주거나 작은 푸줏간에서 이웃집 여자들과 악을 쓰며 싸울 때의 리나는 전혀 다른 사람이 되어버렸고 다른 세계에 속했다. 마치 비밀에 둘러싸인 것 같았다.

모든 일들이 그러했으며 나 자신이 가장 그랬다. 나는 밝고 올바른 세계에 속해 있었고 우리 부모님의 자식이었다. 하지만 내 눈과 귀가 향하는 어느 곳에나 또 다른 세계가 있었다. 나는 그러한 것들이 가끔씩 낯설고 두려웠으며 그곳에서 양심의 가책을 느끼기도 했다. 나는 그 세계에 살고 있었고 실제로 이 금지된 세계에 사는 것을 즐기기도 했다. 그리고 때론 밝은 세계로 돌아가는 것이—꼭 필요하고 올바른 일이었을지라도—덜 아름다운 것, 더 무미건조하고 지루한 것으로 느껴지기도 했다. 때때로 나는 내 인생의 목표가 어머니와 아버지와 닮아 있다고 생각했었다. 내 부모님은 분명하고, 밝고, 정돈되어 있으며 훌륭한 분이셨다. 그러나 이 목표에 도달하기 위한 길은 멀었다. 그러기 위해서는 계속 학교에 다니며 공부를 해야 했고 온갖 시험에 통과해야 했다.

그렇지만 그 길은 또 다른 어둠의 세계를 지나고 통과하는 길이었기 때문에 그것은 나를 어두운 곳에 머물게 하거나 그 안으로 잠기게 할 수도 있었다. 어둠의 세계에서 방황하던 방탕아들에 대한 이야기가 있다. 나는 그 이야기를 열심히 읽었다. 그 이야기 속에서 아버지의 품으로, 올바른 세계로 돌아오는 것은 매우 대단한 일이었기 때문에 나는 그것만이 올바르고 바람직한 일이라고 생각했다. 그러나 한편으로 악당들과 방탕아들이 나오는 대목에 더 마음이 끌리기도 했다. 솔직히 말하면, 그 방탕아가 잘못을 뉘우치고 밝은 세계로 돌아오는 것이 불만스럽기도 했다. 하지만 나는 그런 말을 입 밖으로 내뱉을 수 없었고, 그럴 생각도 없었다. 그것은 단지 내 감정의 깊은 곳에서 어떤 예감이나 하나의 가능성으로 자리 잡고 있을 뿐이었다. 나는 가끔씩 악마를 상상하곤 했었다. 하지만 악마는 절대 우리 집에 있지 않을 것이며, 변장을 하고 있거나 혹은 본래 모습 그대로 있을지라도 항상 길거리나 시장, 술집 같은 곳에만 있을 거라고 생각했다.

누나들 또한 밝은 세계에 속해 있었다. 내가 볼 때 누나들은 천성적으로 나보다 훨씬 더 부모님과 가까웠으며, 나보다 더 착하고 올바르며 단점이 없는 사람들이었다. 누나들에게도 물론 부족한 부분과 안 좋은 버릇들이 있었다. 하지만 어두운 세계에 가까이 살며, 악한 것과 마주하는 일이 너무도 우울하고 고통스러웠던 나에 비하면 아무것도 아니었다. 누나들은 부모님처럼 칭찬받고 존중받을 만한 사람들이었다. 그리고 누나들이 누군가와 싸웠다면, 훗날 양심적으로 되돌아봤을 때 항상 나쁜 사람이고 용서를 구해야 할 사람은 누나들이 아닌 그 누군가였다. 누나들을 욕보이게 하는 것은 내 부모님과 올바름과 도덕을 욕보이는 일과 같았다.

하지만 나는 누나들보다는 방탕한 아이들과 더 많은 비밀을 나누었다. 날씨가 화창하며 내가 양심적일 수 있는 날에 누나들과 조용하고 착하게 지낼 때면, 나는 내 자신이 훌륭하고 소중해진 것 같아서 기분이 몹시 상쾌했다. 천사라면 반드시 그래야만 했다. 천사가 된다는 것은 우리가 알고 있는 것 중에 최고의 일이며, 달콤하고 놀라운 일이라고 생각했다. 하지만 내가 항상 크리스마스의 행복 같은, 음악과 향기에 둘러싸인 천사처럼 살 수는 없었다. 그래서였는지 나는 착하고 어린아이다운 놀이를 하다가도 내 성질에 못 이겨서 가끔씩 누나들에게 시비를 걸곤 했다. 그러다 점점 더 화가 치밀어 오르면 누나들에게 막말을 하고 못된 행동을 하며 사악하게 굴었다. 그러고 나면 나는 내 자신이 비참해지고 후회가 밀려와 괴로워하며 잘못을 뉘우치고 용서를 구해야만 했다. 그런 다음에야 다시 밝은 세계의 빛 속에 평온하고 고마운 행복이 몇 시간 혹은 짧은 순간 찾아오곤 했다.

나는 라틴어 학교에 다니고 있었다. 시장의 아들과 산림관의 아들이 나와 같은 반이었기 때문에 그 애들이 가끔씩 우리 집에 놀러 오기도 했다. 그들은 거친 아이들이었지만 착하고 평온한 세계에 속해 있었다. 그럼에도 불구하고 나는 우리가 늘 멸시했던 공립학교에 다니는 아이들과도 친하게 지냈는데, 그중 한 명에 관한 이야기를 해보겠다.

어느 날 수업이 없던 오후에—열 번째 생일이 막 지났을 때였다.—나는 두 명의 친구와 집 주변을 어슬렁거리고 있었다. 그때 몸집이 큰 아이가 우리 쪽으로 다가왔다. 열세 살쯤 되는 공립학교 학생이었는데 힘이 세고 거친 남자아이였다. 그 애의 아버지는 재단 일을 하는 주정뱅이였으며, 온 가족의 평판이 좋지 않았다. 나는 프란츠 크로머를 잘 알고 있었는데 그 애는 무서운 아이였다. 그 애가 불쑥 우리들 사이로 끼어들자 나는 기분이 좋지 않았다. 그 애는 벌써 어른 티가 났고 젊은 공장 직공들의 걸음걸이와 말투를 흉내 내고 있었다. 우리는 그 애가 시키는 대로 다리 옆에서 강가로 내려갔고, 첫 번째 교각 밑에서 사람들의 눈에 잘 띄지 않도록 몸을 숨겼다. 아치형의 다리 기둥과 유유히 흐르는 강물 사이의 좁은 강가에는 온통 쓰레기와 유리 파편들, 잡동사니들, 녹슨 철사와 여러 가지 지저분한 것들이 넘쳐났다. 그러다가 가끔

괜찮은 물건을 찾을 수도 있었다. 우리는 프란츠 크로머의 명령대로 강가를 샅샅이 뒤져서 찾아낸 것들을 보여주었다. 그러면 그 애는 그것을 자기 호주머니에 집어넣거나 강물에 던져버렸다. 그 애는 우리에게 납이나 구리, 주석으로 만들어진 물건을 찾아보라고 명령했고, 그것들을 발견하면 전부 자기 주머니에 챙겨 넣었다. 심지어 뿔로 된 낡은 빗도 가져갔다. 나는 크로머와 같이 있는 것이 몹시 불안하고 초조했다. 아버지가 이 사실을 알게 된다면 분명 그 애와의 만남을 말릴 거라는 생각뿐만 아니라, 그 애가 무서웠기 때문이다. 하지만 그 애가 나를 한패로 생각해서 다른 아이들과 똑같이 대해 주는 것은 기뻤다. 그 애는 명령했고 우리는 복종했다. 내가 그 애와 어울리는 것이 처음이었지만 마치 아주 오래전부터 그랬던 것같이 느껴졌다.

마침내 우리는 땅바닥에 앉아서 쉬었고, 크로머는 강물에 침을 뱉었다. 그가 어른처럼 잇새로 침을 찍 뱉으면 원하는 곳 어디든 맞췄다. 크로머가 이야기를 시작하자 친구들은 우리 또래의 학생들이 저지를 수 있는 온갖 종류의 영웅적 행동과 나쁜 짓들을 자랑처럼 떠들어댔다. 나는 말없이 조용히 있었는데 그것이 혹시나 크로머를 화나게 할까 봐 두렵기도 했다. 두 친구는 처음부터 나와 떨어져 크로머에게 붙어 있었고, 나는 그들 사이에서 이방인이었다. 내 옷차림이나 태도가 그 아이들에게 거슬릴 수도 있을 것 같다는 생각이 들었다. 상류층 집안의 아들이며 라틴어 학교를 다니는 나를 크로머가 좋아할 리 없었다. 그렇다고 내가 위기 상황에 처한다 하더라도 같이 온 두 친구가 나를 구해줄 것 같지도 않았다. 그냥 모른 척할 게 뻔했다.

결국 너무 두려웠던 나는 내가 주인공으로 등장하는 영웅적인 도둑에 관한 이야기를 꾸며냈다. 물방앗간 근처의 과수원에서 어느 날 밤, 친구와 한 자루 가득 사과를 훔쳤는데 그것은 흔한 사과가 아니라 레네트와 골드파르메네 같은 아주 귀한 품종이라고 했다. 순간의 위기를 모면하려고 꾸며낸 이야기 속으로 들어간 것이었다. 하지만 나는 거짓말을 그럴듯하게 꾸며내는 재주가 있었다. 다만 이야기가 너무 짧게 끝나면 의심받을 것 같아서 온갖 기교를 부려야만 했다. 내 이야기는 계속되었다. 우리 중 한 명이 나무 위에 올라가서 사과를 던지는 동안 다른 한 명이 밑에서 망을 보았다. 그렇게 한참을 하다 보니 자루에 가득 담긴 사과가 한꺼번에 옮길 수 없을 정도로 무거워서 다시 자루를 풀어 반을 덜어내고, 그런 다음 30분 후에 다시 가서 나머지도 마저 가져왔다고 했다.

이야기를 마쳤을 때 나는 내심 박수를 기대했다. 내가 꾸며낸 이야기에 나 스스로 도취되어 얼굴이 달아오르기까지 했다. 하지만 두 친구는 심드렁하니 반응이 없었고 크로머는 반쯤 뜬 실눈으로 나를 쏘아보며 위협적으로 물었다.

"그 이야기 사실이야?"

"그럼."

내가 말했다.

"진짜로 그랬단 말이지?"

"그래, 사실이라니깐."

나는 단호하게 대답했지만 불안해서 숨이 막힐 지경이었다.

"맹세할 수 있어?"

나는 몹시 놀랐지만 그렇다고 대답할 수밖에 없었다.

"그럼 하느님의 이름으로 맹세해!"

어쩔 수 없이 나는 외쳤다.

"하느님의 이름으로 맹세해!"

"사실이란 말이지?"

그러고 나서 크로머는 몸을 돌렸다.

이것으로 모든 일이 잘 끝났다고 생각되었다. 그래서 나는 크로머가 잠시 후에 돌아가자고 말했을 때 몹시 기뻤다. 다리 위에 이르렀을 때 나는 쭈뼛거리며 이제 집에 가야 한다고 말했다.

"그렇게 서두를 필요는 없잖아."

크로머가 웃으며 말했다.

"어차피 같은 방향인데."

크로머는 급할 것이 전혀 없는 사람처럼 건들거리며 천천히 걸었는데도 나는 도망칠 수 없었다. 그런데 그 애는 우리 집 쪽으로 가고 있었다. 우리 집의 대문과 무직한 청동 손잡이, 햇빛이 반사된 창문과 어머니 방의 커튼이 보이는 순간 나는 절로 안도의 한

숨이 새어나왔다. 아! 드디어 집으로 돌아왔어! 밝고 평화로운 세계로 돌아왔다고!

나는 재빨리 문을 열고 들어가서 문을 닫으려는 순간 프란츠 크로머가 밀치며 따라 들어왔다. 마당 쪽으로만 햇빛이 들어오는 차갑고 음침한 복도에서, 크로머는 내 팔을 붙들고 목소리를 낮게 깔며 말했다.

"그렇게 서두를 거 없어!"

나는 너무 놀라 그 애의 얼굴을 쳐다보았다. 내 팔을 붙들고 있는 그 애의 손은 무쇠처럼 단단했다. 나는 대체 그 애가 무슨 생각을 하는 건지 알지 못했다. 나를 괴롭히려는 걸까? 만약 크게 소리를 지르면 누군가가 달려와 나를 구해줄 수 있을까? 하지만 곧 단념하고 말았다.

"어떻게 하겠다는 거야?"

내가 물었다.

"별거 아니야. 그냥 너한테만 물어보고 싶은 게 있어서. 다른 사람들은 들을 필요가 없고."

"그래? 무슨 이야기가 더 듣고 싶은 건데? 난 올라가 봐야 해. 알잖아!"

"그건 네 사정이고."

크로머가 목소리를 낮추며 말했다.

"물방앗간 옆 과수원이 누구네 것인지 알고 있냐?"

"아니, 몰라. 물방앗간집 주인 거겠지."

그러자 크로머가 팔로 내 어깨를 감싸더니 자기 쪽으로 바싹 끌어당겼다. 그 때문에 그 애의 얼굴이 코앞으로 다가왔다. 음흉하게 웃고 있는 그 애의 두 눈은 악의로 가득했고 얼굴에는 사악하고 심술궂은 기운이 넘쳤다.

"그렇게 생각해? 그럼 그 과수원이 누구네 것인지 내가 말해 주지. 난 그 과수원에서 사과를 도둑맞고 있다는 걸 오래전부터 알고 있었어. 게다가 과수원 주인이 사과 도둑이 누군지 알려주는 사람에게 2마르크를 주겠다고 했던 것도 알고 있지."

"오, 하느님 맙소사!"

나는 소리쳤다.

"설마 그 얘길 주인에게 하겠다는 건 아니지?"

그 애의 양심에 호소한다는 건 아무 소용이 없는 일이었다. 그 애는 다른 세계에 살고 있었고, 배신 정도로 죄책감을 느낄 아이가 아니었다. 다른 세계의 사람들은 우리와는 본질적으로 다르다는 것을 절실히 느꼈다.

"무슨 얘길 하지 말라는 거야?"

크로머가 웃으며 말했다.

"야! 넌 내가 2마르크를 만들어낼 수 있는 화폐 위조범이라고 생각하는 거냐? 난 가난뱅이고 너처럼 부자 아버지도 없는데 이런 기회를 어떻게 놓치겠어. 어쩌면 주인이 돈을 좀 더 줄지도 모르는데 말이야."

그러면서 갑자기 크로머는 나를 놓아주었다. 우리 집은 더 이상 평온하고 안전한 곳이 아니었다. 나를 둘러싸고 있던 세계는 무너졌다. 그 애는 과수원 주인에게 나를 도둑이라 일러바치고 그 일에 대해 아버지한테도 말할 것이다. 어쩌면 경찰이 들이닥칠지도 모르겠다. 혼란스러움과 두려움이 나를 엄습했고 이 세상의 모든 위험들이 나를 둘러싸고 있었다. 내가 도둑질을 하지 않았다는 사실은 이제 중요하지 않았다. 나는 하느님 앞에 맹세까지 하지 않았던가! 오, 하늘이시여!

눈물이 날 것 같았다. 나는 죗값을 치르고 그 애에게서 벗어나고 싶었다. 나는 주머니를 뒤지기 시작했다. 하지만 내게는 사과 하나도, 칼 한 자루도 없었다. 그러다 갑자기 낡은 은시계가 떠올랐다. 할머니가 물려주신 시계였는데 고장이 나서 그냥 갖고 다니기만 했었다. 나는 재빨리 시계를 꺼내서 그 애에게 보여주었다.

"크로머, 부탁이야. 얘기하지 말아줘. 너한테도 좋을 거 없잖아. 이 시계 너한테 줄게. 내가 가진 건 이것뿐이야. 이거 너 가져. 수리를 좀 해야겠지만 은으로 된 고급 시계야."
라고 내가 말했다.

그 애는 미소 지으며 큰 손으로 시계를 받았다. 그 손을 보며 나는 그 애의 손이 얼마나 난폭한지, 얼마나 나에게 많은 분노를 갖고 있는지, 또 내 평온한 삶을 망가뜨리려 하는지를 분명히 느꼈다.

"그거 은으로 된 거야."

나는 떨면서 말했다.

"다 낡아빠진 은시계로 뭘 하라고."

그 애는 경멸하듯 말했다.

"너나 가져."

"그래도 크로머."

나는 그 애가 가버릴까 봐 겁이 나서 소리쳤다.

"잠깐만! 이 시계 가져가! 진짜 은이라고. 정말이야. 내가 가진 건 이게 전부야."

그 애는 차갑게 나를 바라보았다.

"내가 누구를 찾아가려는지 알고 있나 보네. 경찰을 찾아갈 수도 있어. 난 경찰들을 잘 아니까."

그 애가 몸을 돌려서 가려고 했을 때 나는 그 애의 소매를 붙잡았다. 그 애가 가도록 내버려두어선 안 되었다. 그 애가 이대로 가버린 후 장차 일어나게 될 일들을 견디어내느니 차라리 죽는 편이 훨씬 나을 것만 같았다.

"크로머!"

나는 초조한 나머지 갈라진 목소리로 애원했다.

"어리석게 굴지 마! 농담하는 거지?"

"그래, 농담이야. 그렇지만 넌 그만큼 단단히 각오를 해두는 게 좋을 거야."

"크로머, 내가 어떻게 해야 좋을지 말해줘! 뭐든지 다 할게!"

그 애는 눈을 가늘게 뜨고 나를 훑어보며 웃었다.

"바보같이 굴지 좀 마!"

그 애는 너그러운 척하며 말했다.

"너도 잘 알고 있잖아. 내가 2마르크를 벌 수 있는 기회라는 거. 너도 알다시피 나는 그걸 쉽게 포기할 만큼 부자도 아니야. 하지만 넌 부자고 시계도 있잖아. 나한테 2마르크만 주면 모든 게 정리가 될 거야."

난 그 애의 말을 잘 알아들었다. 하지만 2마르크를 어디서 구해야 한단 말인가! 나에게 그것은 10마르크나 100마르크, 1,000마르크처럼 어마어마한 돈이었다. 나는 돈이 없었다. 어머니께 맡겨놓은 작은 저금통이 있었지만 거기엔 아저씨가 오셨을 때나 그와 비슷한 기회에 받은 10페니나 5페니 동전 몇 개가 들어 있을 뿐이었다. 내 재산은 그게 전부였다. 나는 아직 용돈을 받을 나이가 아니었기 때문이다.

"내가 가진 건 아무것도 없어. 정말 돈이 한 푼도 없다고. 그래도 다른 물건은 얼마든지 줄 수 있어. 인디언 책과 병정들, 나침반이 있는데 그거 너한테 줄게."

나는 서글프게 애원했다.

크로머는 입술을 심술궂게 삐죽거리며 침을 퉤 뱉었다.

"농담하지 마! 나한테 고물 따위들을 주겠다고? 나침반이라니!

더 이상 화나게 하지 말고 돈이나 가져와!"

그 애는 명령하는 투로 말했다.

"진짜 돈이 없는 걸 어떻게 해. 돈을 어디에서 구하냐고. 정말 방법이 없어."

"내일까지 2마르크를 구해와. 학교 끝나고 저 아래 시장에서 기다릴게. 돈을 안 가져오면 어떻게 되는지 알고 있겠지!"

"하지만 어디서 그 돈을 구해오라는 거야? 난 정말 돈이 없어."

"너희 집 부자잖아. 네 문제니까 네가 알아서 해결해. 내일 학교 끝날 때까지야. 그때까지 돈을 못 구해오면……."

그 애는 무섭게 나를 노려보고 침을 또 한 번 뱉더니 그림자처럼 사라졌다.

나는 계단을 올라갈 수도 없었다. 내 삶은 산산조각이 났다. 이대로 도망쳐 다시는 돌아오지 말까, 아니면 물에 빠져 죽어버릴까도 생각했지만 그 무엇도 확신이 서질 않았다. 나는 어둠 속에서 불행한 생각에 몸을 맡긴 채 우리 집 계단 아래에 웅크리고 앉아 있을 수밖에 없었다. 그때 바구니를 들고 장작을 가지러 오던 리나가 울고 있는 나를 보았다.

나는 식구들에게는 비밀로 해달라고 리나에게 부탁하고 위층으로 올라갔다. 아버지의 모자와 어머니의 양산이 유리문 옆 옷걸이에 있었다. 그것들을 보니 우리 집의 기운과 사랑이 느껴졌다. 마치 방탕아들이 그립던 고향 집의 방 냄새를 맡고 느꼈을 기분처

림, 나는 그리움과 고마움을 느꼈다. 하지만 이제 이 모든 것들은 더 이상 내 것이 아니었다. 그것들은 아버지와 어머니가 속한 밝은 세계였다. 죄책감에 가득 찬 나는 낯선 물결 속에 깊숙이 빠져 버렸다. 죄의 구렁텅이라는 모험의 급류에 휘말려 적의 위협을 받는 나를 기다리는 것은 공포와 불안과 치욕뿐이었다. 모자와 양산, 오래된 사암으로 만들어진 고급스러운 바닥, 장식장 위에 걸린 커다란 그림, 거실에서 들리는 누나의 목소리, 이 모든 것이 그 어느 때보다도 더 사랑스럽고 포근하고 소중하게 느껴졌다. 하지만 그런 것들은 이제 더 이상 내게 위안이 되지 못했으며, 내 것도 아니었다. 오로지 질책일 뿐이었다. 나는 이 밝고 조용한 세계로 들어갈 수가 없었다. 나는 매트에도 닦아낼 수 없는 더러움을 신발에 묻히고, 우리 집의 세계와는 전혀 생소한 그림자를 몰고 왔다. 지금까지 내가 아무리 많은 비밀과 걱정을 갖고 있었다고 해도 오늘 일에 비하면 그것들은 웃음거리밖에 되지 않는 것이었다. 운명이 내 뒤를 쫓아와 손을 내밀었다. 하지만 어머니도 이 운명의 손아귀에서 나를 구할 수 없었고, 어머니가 그것을 알아서도 안 되었다. 내 잘못이 도둑질인지 거짓말인지는—나는 하느님 앞에서 거짓으로 맹세를 하지 않았던가!—이제 중요하지 않았다. 내가 악마와 타협했다는 그 자체가 죄인 것이다. 나는 왜 그 애를 따라갔을까? 어째서 아버지보다 크로머에게 더 복종했을까? 왜 도둑질을 했다고 거짓말을 꾸며대고 영웅처럼 행동했을까? 난 이미 악마와 같은 배를 탄 채 적에게 쫓기고 있었다.

　그러다 한순간, 나는 내일에 대한 공포보다 더 무서운 내 앞날이 이제 점점 더 내리막길로 치닫다가 결국에는 칠흑 같은 어둠 속으로 빨려들고 말 것이라는 생각에 몸서리쳤다. 이 죄를 덮기 위해 나는 또 다른 죄를 저지를 것이다. 누나들과 잘 지내고 부모님께 인사하며 입맞춤하는 일들도 다 거짓이 될 것이며, 숨겨야 할 운명과 비밀을 나 혼자 갖게 될 것이라고 나는 확신했다.

　아버지의 모자를 보았을 때, 믿음과 희망의 빛이 잠깐 보인 듯했다. 나는 아버지께 모든 사실을 털어놓고 벌을 받고 싶었다. 그러면 아버지가 내 구원자가 되어주시지 않을까? 그것은 지금까지 해왔던 것처럼 잘못을 빌고, 힘들고 마음 아팠던 과거와 후회로 가득 차 용서를 구하는 시간에 불과하겠지만 말이다.

　이런 생각은 얼마나 달콤했던가! 얼마나 아름다운 유혹이었던가! 하지만 소용없는 일이었다. 난 그렇게 할 수 없다는 걸 잘 알고 있었으니까. 분명한 것은 내가 비밀과 죄를 갖고 있고 그것을 나 스스로 견뎌내야 한다는 사실이었다. 아마 나는 지금 선택의 기로에 서 있는 것이지도 몰랐다. 나는 지금부터 영원히 나쁜 길로 빠져서 악한 사람들과 비밀을 나누고 그들에게 복종하는 그런 부류의 사람이 되겠지. 어른과 영웅을 흉내 내던 나는 어리석었다. 하지만 이제는 어쩔 수 없는 일이었다.

　내가 방으로 들어갔을 때 아버지는 내 신발이 젖었다고 꾸중하셨다. 그것은 어쩌면 다행이었다. 아버지는 그 일에 관해서만 혼을 내시느라 다른 나쁜 일은 눈치 채지 못하신 것 같았다. 나는 질책을 받으면서도 그 일을 다른 일과 결부시켜버렸다. 그러자 새로운 감정들이 생겨났다. 그것은 날카로운 반항심 같은 것이었다. 나는 내 자신을 아버지보다 훌륭하다고 생각했다. 그리고 젖은 신발에 대해서만 혼을 내고 다른 사실은 알아채지 못하는 아버지를 경멸하기 시작했다.

'만일 아버지가 아신다면!'

살인이라는 중죄를 지어 심문받아야 할 내가, 단지 빵 한 조각을 훔쳤다고 심문받는 사람이 된 것 같은 기분이었다. 그것은 불쾌하고도 적대적인 느낌이었다. 그러나 이 기분은 내 비밀과 죄를 더 단단하게 묶을 만큼 강력하고 깊은 매력이 있었다. 어쩌면 벌써 크로머가 나를 경찰에 신고했을지도 모른다. 여전히 우리 집 식구들은 나를 어린애처럼 다루었지만, 어쩌면 그 일은 우리 집에 폭풍을 몰고 올 수도 있다는 생각이 들었다.

내가 겪은 모든 일들 중에서 가장 중요한 순간이었다. 이것은 아버지의 신성함에 대한 최초의 균열이었고 내 어린 시절의 기둥에 새긴 최초의 칼자국이었다. 진정한 자기 자신이 되기 위해서는 이 기둥을 스스로 쓰러뜨려야 했다. 아무도 알지 못하는 이런 경험들은 우리의 운명에 내면적이고 본질적인 선을 긋는다. 칼자국과 균열은 점점 늘어나고 치유되고 잊히지만, 우리 마음속 깊은

밀실에서는 여전히 살아남아 피를 흘리고 있는 것이다.

이 새로운 감정 때문에 나는 내 자신이 무서워졌다. 나는 엎드려서 아버지의 발에 입을 맞추며 용서를 구하고 싶었다. 하지만 그렇게 한다 해도 내 본질적인 죄는 용서받을 수 없을 것이다. 그것은 어린아이들도 알고 있을 것이다.

나는 이 난관을 헤쳐 나갈 방법을 찾고 싶었지만 쉽지 않았다. 집안 분위기는 바뀌었고 그것에 적응하기 위해 나는 저녁 내내 노력해야만 했다. 벽시계와 탁자, 성경, 거울, 책꽂이, 벽에 걸린 그림들도 나에게서 멀어져 갔고, 나의 행복들도 이제 과거가 되어 점점 사라져갔다. 나는 두려워졌다. 그리고 나는 내 자신이 음침하고 낯선 세계에 뿌리를 내리고 새롭게 자리를 잡고 있다는 것을 느낄 수 있었다. 나는 죽음의 맛을 처음으로 느껴보았고 그 맛은 너무도 썼다. 그도 그럴 것이 죽음이라는 것은 새로운 탄생이자 무서운 새 삶에 대한 불안과 근심이었기 때문이다.

나는 잠자리에 들고 나서야 기분이 좀 나아졌다. 조금 전에 끝낸 저녁 기도가 마치 내 죄를 사하는 불길처럼 내 위에 쏟아졌고, 가족들이 불러준 찬송가는 내가 가장 좋아하는 것이었지만 차마 따라 부를 수는 없었다. 마디마디의 선율이 나에게는 쓸개즙과 독약처럼 다가왔다. 아버지의 축복 기도 또한 따라할 수 없었다. 아버지가 '우리 모두와 함께하소서!' 하고 기도를 마치자 내 마음은 심하게 요동쳤고, 나는 단란한 우리 가족 안에서 떨어져 나온 것만 같았다. 신의 자비로움은 우리 가족과 함께했지만 나는 예외였다. 마음 깊이 차가움에 떨며 몹시 지친 나는 내 방으로 갔다.

자리에 누워 있는 동안 잠시 따뜻했고 안심이 되었지만 이내 마음이 불안해졌고 내가 저지른 일들이 생각나서 두려움에 떨었다. 평소처럼 어머니는 내게 잘 자라는 인사를 해주었다. 방 안에는 어머니의 발소리가 아직도 들리는 듯했고, 어머니가 들고 있던 촛불의 빛은 아직도 문틈으로 들어오고 있었다. 어머니가 다시 한 번 내게 와준다면 어머니는 무엇인가를 느낄 것이고, 내게 다정하게 입을 맞추며 희망을 불어넣는 말투로 인자하게 물으시겠지. 그러면 나는 울 수 있을 것이고 목구멍에 걸린 돌덩어리는 녹아버릴 것이다. 어머니한테 매달려 용서를 빌면 문제는 다 해결될 것이고, 나는 구원받을 수 있을 것이다! 문틈으로 들어오던 촛불의 빛이 다 사라진 후에도 나는 한동안 귀를 기울이며 꼭 그렇게 되어야만 한다고 간절히 바라고 있었다.

그러면서 다시 낮의 일이 떠올랐고 나는 적의 눈을 들여다보았다. 나는 분명히 그를 보았다. 가느다랗게 뜬 눈으로 입가에는 비열한 웃음을 흘리고 있었다. 그를 바라볼수록 도저히 벗어날 수 없을 것 같은 절망감을 느꼈고, 그의 얼굴은 점점 더 커지면서 악마처럼 변해 내가 잠들기 전까지 괴롭혔다. 그런데 다행히 그날의 일들은 꿈에 나오지 않았다. 꿈속에서 나는 휴일의 평화로움과 기쁨이 느껴지는 분위기에 휩싸여 부모님과 누나와 함께 보트를 탔다. 햇빛 속에서 빛나던 누나들의 하얀 여름옷이 선명했고, 밤중에 잠에서 깼을 때도 그 행복의 기운이 계속 느껴졌다. 하지만 나는 곧 그 낙원에서 현실로 돌아와 사악한 눈을 가진 원수와 마주하게 되었다.

다음 날 아침, 어머니가 왜 아직까지 누워 있느냐고 소리쳤을 때 나는 안색이 창백했고, 어머니가 혹시 어디 아픈 것이 아니냐고 묻자마자 토하고 말았다.

토하고 나니 좀 나아진 듯했다. 나는 아팠기 때문에 카밀레 차를 마시며 계속 누워 있었다. 옆방에서 어머니가 청소를 하는 소리, 현관 밖에서 리나가 고기 장수와 떠드는 소리가 재미있게 들렸다. 학교에 안 가도 되는 오전은 마치 동화 속 환상의 세계 같았다. 햇빛이 방 안에 들어와 반짝였다. 그것은 학교에서 보던 녹색 커튼에 가려진 햇빛과는 달랐다. 그러나 오늘은 그런 것들도 특별하게 느껴지지 않았고 무언가 어긋난 느낌이 들었다.

만일 내가 죽어버린다면! 하지만 나는 지금껏 그랬던 것처럼 약간 몸이 아팠고 이것으로 해결할 수 있는 일은 아무것도 없었다. 학교에는 안 가도 되었지만, 그 사실은 시장에서 11시에 만나기로 약속했던 크로머로부터 나를 지켜주진 못했다. 다정하게 돌봐주던 어머니의 손길도 별 도움이 되지 못했다. 그것은 오히려 귀찮고 괴롭기까지 했다. 나는 11시까지 시장에 가야 했기 때문에 10시쯤 일어나서 어머니께 몸이 괜찮아졌다고 말했다. 이럴 경우 대부분은 다시 침대에 눕거나 학교에 가야 했기 때문에 나는 학교에 가겠다고 말했다. 계획이 있었기 때문이다.

돈을 가지고 크로머에게 가야 했기 때문에 나는 내 작은 저금통을 가져갈 수밖에 없었다. 저금통 안에는 돈이 많지 않지만 크로머에게 빈손으로 가는 것보다는 나을 것 같다는 생각이 들었다.

양말 바람으로 살며시 안방에 들어가 책상에 있던 내 저금통을 꺼냈을 때 나는 매우 찜찜한 기분이 들었다. 그래도 어제만큼은 아니었다. 심장이 하도 쿵쾅거려서 숨을 쉬기도 힘들 정도였다. 계단 아래로 내려와서 겨우 저금통을 들여다보고 잠겨 있다는 것을 알았을 때도 심장은 계속 쿵쾅거렸다. 저금통을 깨서 여는 것은 정말 쉬웠다. 가는 철사 하나를 반으로 잘라서 부러뜨리면 되는 것이었다. 하지만 깨진 저금통을 보니 너무 슬퍼졌다. 이것은 내가 했던 첫 도둑질이었다. 그동안 내가 했던 나쁜 짓들은 사탕, 과일 같은 것들을 몰래 꺼내 먹은 정도였다. 이것은 내 저금통이지만 나는 도둑질을 한 것과 마찬가지였다. 나는 크로머가 살고 있는 그 세계에 점점 더 가까워졌고, 벗어나려 했지만 나쁜 길로 계속 빠져들고 있었던 것이다. 그러나 악마가 나를 데려간다고 해도 이젠 돌이킬 수 없었다. 나는 불안한 마음으로 돈을 세어보았다. 저금통에 있던 돈을 실제로 꺼내보니 비참할 만큼 얼마 되지 않는 액수였다. 겨우 65페니였던 것이다. 나는 저금통을 아래층 복도 밑에 숨겨두고 돈을 손에 꼭 쥔 채 집에서 나왔다. 집을 나서던 평소 때와는 다른 기분이었다. 누군가가 이층에서 나를 부르는 것 같아 재빨리 도망쳤다.

아직 시간은 남아 있었다. 나는 낯선 풍경의 구름 아래로 나를 보고 있는 것 같은 집들을 지나서, 나를 바라보는 낯선 사람들의 눈을 피해 일부러 멀리 돌아서 갔다. 학교 친구 한 명이 가축 시장에서 1탈러(유럽에서 15세기에서 19세기까지 통용된 은화—옮긴이)를 주웠다고 했던 말이 갑자기 떠올랐다. 나에게도 그런 행운이 있기를 기도하고 싶었지만 자격이 없는 나는 차마 그럴 수가 없었다. 기도를 한다 해도 깨진 저금통을 되돌릴 순 없을 것이다.

프란츠 크로머가 멀리서 나를 보았다. 그리고 내게로 아주 천천히 무심한 듯 다가오더니 명령하듯 따라오라는 눈짓을 하고는 한 번도 돌아보지 않고 슈트로 거리를 따라 계속 내려가 좁은 다리 하나를 건너 작은 골목 끝 공사 중인 집 근처에서 멈췄다. 거기에는 작업 중인 인부들도, 문도 창문도 없었고 오로지 담장만 있었다. 주변을 살펴본 후 크로머는 안으로 들어갔고 나도 따라갔다. 벽 뒤쪽으로 간 크로머는 나에게 오라고 손짓하며 손을 내밀었다.

"가져왔겠지?"

그 애는 차가운 말투로 물었다.

나는 주머니 속에서 꼭 쥐고 있던 돈을 꺼내 그 애의 손에 올려놓았다. 그 애는 그 돈이 얼마인지, 마지막 5페니 동전이 짤랑거리는 소리가 멈추기도 전에 알아챘다.

"겨우 65페니야?"

그 애는 나를 쳐다보며 말했다.

"그래."

나는 겁에 질려 대답했다.

"내가 가진 건 이게 다야. 많이 모자라다는 걸 알고 있지만 방법이 없었어. 정말 이게 전부야."

"영리한 줄 알았는데."

그는 나지막하게 비난하듯 말했다.

"명예를 중시하는 남자들 사이에는 질서가 필요한 법이야. 난 결코 네게 부당한 걸 요구하려는 게 아냐. 이따위 니켈 돈은 갖다 버려. 만약 내가 과수원 주인에게 다 일러바치면 그 값을 깎진 않을 거고, 그 돈을 정확하게 다 받을 수 있다는 건 너도 물론 알고 있겠지."

"하지만 난 이게 전부야. 더 이상은 없어! 이게 내가 그동안 모은 전 재산이야."

"네 사정은 알 바 없어. 널 괴롭히고 싶진 않아. 넌 나에게 1마르크 35페니의 빚을 진 거야. 언제 갚을 거야?"

"크로머! 꼭 갚을게. 내일이나 모레, 아니 그리 오래지 않아 돈이 많이 생길 수도 있어. 하지만 너도 알다시피 난 아버지께 이 얘길 할 수 없어."

"그게 나와 무슨 상관이야. 널 괴롭히고 싶지 않다고 했잖아. 하지만 오늘 중으로 나머지 돈을 다 받아야겠어. 내가 가난한 건 너도 알고 있잖아. 넌 나보다 좋은 옷을 입고 맛있는 점심을 먹었겠지. 하지만 좀 더 기다릴 수 있으니 더 이상은 얘기하지 않을게. 내일 모레 오후에 휘파람을 불면 그때 돈을 꼭 가져와! 내 휘파람 소리는 알고 있겠지?"

그 애는 내 앞에서 휘파람을 불었다. 전에도 들어본 적이 있는 소리였다.

"그래, 알아."

내가 대답하자 그 애는 마치 아무런 일도 없었다는 듯 나를 두고 떠나버렸다. 우리 둘 사이에는 거래가 있었고 그 이상은 아무것도 없었다.

지금도 크로머의 휘파람 소리가 다시 들린다면 나는 깜짝 놀랄 것이다. 그때부터 나는 가끔 그 휘파람 소리가 들리는 것 같았다. 그 휘파람 소리는 내가 가는 곳 어디든, 무슨 일을 하거나 놀이를 하든, 또 무슨 생각을 하든 나를 따라다니며 괴롭혔고, 마침내 그것은 내 운명이 되어버렸다. 따뜻하고 풍성한 가을 오후가 되면 나는 종종 즐겨 찾는 정원에 나오곤 했다. 그때 나는 어렸을 때 자주 하던 놀이를 다시 해보고 싶은 충동이 일어나, 어리고 착하고 자유롭고 순수하고 보살핌을 받던 소년 역할을 했다. 그럴 때마다 어디선가 크로머의 휘파람 소리가 들리는 듯했고, 그것은 내 동심

의 줄을 끊어놓았으며 어린 시절의 추억과 상상들을 다 깨뜨려버
렸다. 그러면 나는 또다시 나를 위협하는 그의 뒤를 따라야만 했
다. 더럽고 혐오스러운 그곳에서 그 애에게 변명을 늘어놓으며 돈
을 내놓으라는 협박을 당해야 했다. 이 모든 일이 몇 주일에 걸쳐
일어났지만 나에게는 그 일이 수년, 혹은 끝없이 계속되는 것처럼
느껴졌다. 나는 이따금 리나가 부엌 테이블 위에 놓아둔 장바구니
에서 5페니 혹은 10페니를 훔치기도 했다. 그럴 때마다 크로머는
나에게 욕을 퍼부었다. 내가 자신을 불행하게 만드는 원인이라며,
자기한테 거짓말을 하고 빚진 돈을 주지 않았기 때문에 자신의 돈
을 빼앗아간 거나 마찬가지라는 것이다. 살아가면서 이만큼 괴롭
고, 이렇게 큰 절망과 굴욕을 느낀 적은 아마도 없을 것이다.

　저금통에는 가짜 돈을 채워서 원래 자리로 가져다놓았다. 아무
도 저금통에 신경 쓰지 않았지만 혹시라도 들킬까 봐 나는 늘 불
안에 떨었다. 어머니가 조용히 내 곁에 오실 때는 혹시라도 저금
통에 관련된 걸 물으실까 봐, 나는 크로머의 휘파람 소리를 들었
을 때보다 훨씬 더 두려웠다.

　나는 거의 돈을 구하지 못한 채로 악마에게 갔기 때문에 그 애
는 다른 방식으로 나를 괴롭히고 이용했다. 나는 그가 시키는 대
로 해야 했다. 그 애 아버지가 그 애에게 시킨 심부름을 대신하기
도 하고, 때론 한 쪽 다리를 들고 10분 동안 뛰거나 지나가는 사람
의 윗옷에 종잇조각을 붙이고 오라는 하기 어려운 일을 시킬 때도

있었다. 나는 이러한 일들을 할 때면 죄책감에 사로잡혀 여러 날을 악몽에 시달리며 식은땀을 흘렸다.

그러다가 결국 나는 병이 났다. 계속 토하고 오한이 났으며, 밤에는 식은땀까지 흘리며 고열에 시달렸다. 어머니는 내게 무슨 일이 생겼다는 걸 눈치 채셨는지 더 신경을 써주셨지만 그것이 오히려 견디기 힘들었다. 어머니가 내게 신경 써주시는 만큼 믿음직한 모습을 보여드릴 수 없었기 때문이다.

내가 일찍 잠자리에 들었던 어느 날 밤, 어머니는 내게 초콜릿을 가져다주셨다. 내가 착한 일을 하면 잠들기 전에 초콜릿을 상으로 주셨던 어린 시절이 생각났다. 지금 어머니가 내게 초콜릿 하나를 내미셨다. 나는 너무 마음이 아팠고 그저 고개를 저었다. 어머니는 내게 어디 아픈 데가 있는지 물으시며 머리를 쓰다듬어 주셨다.

"아니, 안 아파요! 아무것도 먹기 싫어요."

나는 그렇게 소리쳤다. 어머니는 내 침대 머리맡에 초콜릿을 두고 가셨다. 다음 날 어머니가 그것에 관해 물어보려 하실 때 나는 무슨 일인지 모르는 척했다. 그러던 어느 날, 어머니가 집으로 의사를 데려왔다. 나는 진찰을 받고 의사는 아침에 냉수욕을 하라는 처방을 내렸다.

나는 그 당시 정신 착란 증세를 보였다. 안정된 평화로움이 있던 우리 집에서 나는 겁에 질려 괴로워하며 마치 유령 같은 삶을 살았다. 나는 다른 이들과 어울릴 수도 없었고, 아주 잠깐이라도 내 자신을 잊고 살 수도 없었다. 아버지는 그런 내게 때론 화를 내며 왜 그러는 건지 물어보셨지만, 나는 마음의 문을 닫고 차갑게 굴었다.

카인

　내 고뇌에 대한 구원은 전혀 예상하지 못했던 곳에서 왔다. 그와 동시에 지금까지의 내 삶에 영향을 미치는 새로운 무언가가 내 인생으로 들어왔다.

　그 무렵 우리 라틴어 학교에 학생 한 명이 새로 전학을 왔다. 그는 우리가 사는 도시로 이사 온 부유한 미망인의 아들이었는데, 옷소매에 검은 띠를 두르고 있었다. 나보다 나이도 많고 한 학년 높은 상급생이었는데 다른 학생들처럼 나 또한 그에게 관심을 보였다. 이 특이한 학생은 보기보다 훨씬 더 조숙했고 소년처럼 보이지는 않았다. 우리 또래의 소년들 사이에서 그는 어른처럼, 혹은 신사처럼 굴었기 때문에 우리에게 호감을 주지는 못했다. 그는 우리와 같이 어울려 놀지 않았고, 더욱이 싸움은 하려고 하지 않았다. 다만 아이들은, 선생님과 맞서는 그의 늠름하고 단호한 목소리를 좋아했다. 그의 이름은 막스 데미안이었다.

가끔씩 우리 학교는 합반을 했다. 그러던 어느 날, 다른 반 아이들이 교실이 넓은 우리 반으로 와서 함께 수업을 했다. 그 반에 데미안이 있었다. 우리 하급생은 성서 수업을 했고, 상급생들은 글짓기 수업을 했다. 우리가 카인과 아벨의 이야기를 배울 때, 나는 계속 데미안을 쳐다보곤 했다. 그의 얼굴은 매력적이었고 똑똑하고 밝고 특별해 보였다. 나는 주의 깊은 태도로 지혜롭게 공부에 열중하고 있는 그의 모습을 지켜보았다. 그는 과제를 수행하는 학생 같지 않았고 마치 자신의 문제를 연구하는 학자 같았다. 냉정하게 말하면 호감이 가지는 않았다. 오히려 나는 그에게 거부감을 느꼈다. 그는 다른 학생들보다 훨씬 뛰어나고 침착한 것 같았다. 그는 자신감이 넘쳐서 도전적으로 느껴졌고, 그의 눈은 어른처럼 보였으며—아이들은 그런 것을 좋아하지 않는다.—다소 슬픈 듯한 차가움이 있었다. 그래도 나는 계속 그를 바라보았다. 그는 나에게 호감을 준 것 같기도 했고 아닌 것 같기도 했다. 그러다 그가 나를 힐끗 쳐다보기라도 하면 나는 너무 놀라서 고개를 돌려버리곤 했다.

그가 어떤 학생이었는지 돌이켜 생각해 보면 다음과 같다고 할 수 있다. 그는 평범하지 않았고 특별하고 개성이 강해서 남들에게 주목을 받는 학생이었다. 그러나 그는 남들보다 튀지 않으려고 애를 썼다. 마치 변장한 왕자님이 농부의 아이들 사이에서 그들과 닮아 보이려고 애쓰는 것처럼 말이다.

그러던 어느 날, 수업이 끝나고 집으로 가는 길에 그가 내 뒤에서 걸어오고 있었다. 아이들이 하나둘 사라지자 그는 나에게 다가와 인사를 했다. 그의 인사는 우리처럼 평범한 말투였지만 너무도 어른스럽고 점잖았다.

"같이 가도 되겠니?"

그가 다정하게 물었다. 나는 기뻐하며 고개를 끄덕였다. 그리고는 내가 사는 곳을 자세히 알려주었다.

"아, 거기구나?"

그가 웃으며 말했다.

"그 집은 예전부터 알고 있었어. 현관문 위에 특이한 장식이 마음에 들었거든."

나는 그의 말을 금방 이해하진 못했다. 그가 우리 집을 그렇게 잘 알고 있다는 사실이 놀라웠다. 그 특이한 장식은 아마도 우리 집 대문 아치의 쐐기돌에 새겨진 일종의 문장을 말하는 것 같았다. 그러나 그것은 시간이 지나면서 닳아 납작해져서 거의 알아볼 수 없었는데, 우리는 거기다 가끔 덧칠을 하곤 했다. 내가 아는 한 그것은 우리 가문과는 아무런 인연도 없었다.

"난 잘 몰라."

내가 수줍게 말했다.

"아마 그건 새가 아니면 그 비슷한 것일 거야. 아주 오래되어 알아보기 힘들어. 예전에 우리 집이 수도원 소유였대."

"그랬을 수도 있겠네."

그가 고개를 끄덕이며 말했다.

"잘 살펴봐! 그런 것들은 진짜 흥미롭거든. 내가 보기엔 그건 매 같았는데."

우린 계속 걸었다. 사실 나는 속으로 몹시 당황하고 있었다. 그 때 갑자기 재미있는 이야기라도 생각났는지 데미안이 웃었다.

"우린 조금 전에 같은 반에서 수업했지."

그는 쾌활한 목소리로 말했다.

"이마에 표적을 단 카인 이야기였던 것 같던데, 그렇지? 그 이야 기 마음에 들었니?"

결코 그렇지 않았다. 우리가 공부해야 할 과목은 모두 다 그러 했다. 하지만 나는 사실대로 말할 수 없었다. 마치 어른과 말하고 있는 기분이 들었기 때문이었다. 그래서 나는 그에게 그 이야기가 마음에 들었다고 했다.

데미안이 내 어깨를 친근하게 툭툭 쳤다.

"나한테까지 거짓말할 필요는 없어. 그래도 그 이야기는 학교에 서 배우는 어떤 다른 이야기들보다 훨씬 가치가 있는 이야기라고 생각해. 선생님은 그 이야기에 대해 자세히 가르쳐주진 않으셨어. 그저 신이나 죄에 대한 통속적인 이야기를 해주셨지. 하지만 내 생각에는 말이야."

그는 말을 멈추고 미소를 띤 채 물었다.

"그런데 너, 내 이야기에 관심 있니?"

그가 이어서 말했다.

"내 생각에는 말이야, 카인의 이야기를 아주 다르게 해석할 수도 있어. 우리가 배우는 대부분이 분명 진실이고 정당하지만, 이모든 것들을 선생님의 말씀과는 다르게 해석할 수도 있다고 생각해. 다른 시선으로 볼 때 대부분이 더 나은 의미를 지닐 수가 있거든. 예를 들면, 카인과 그의 이마의 표적에 관한 부분은 선생님이 우리에게 설명한 것만으로는 만족스럽지 않아. 그렇지 않니? 누군가가 싸우다가 잘못해서 형제를 죽이는 일은 있을 수 있는 일이고, 그래서 나중에는 겁을 먹고 굴복하게 된다는 것도 있을 수 있는 일이야. 하지만 그가 비겁했기 때문에 표적을 달아주었는데, 그 표적이 그를 보호하고 다른 사람들을 위협한다는 것은 정말 이상한 일 아니니?"

"그건 그렇지."

나는 흥미를 느끼며 말했다. 그 문제는 나를 사로잡았다.

"하지만 그 이야기를 어떤 식으로 다르게 볼 수 있다는 거야?"

그가 내 어깨를 쳤다.

"그건 아주 간단해. 그 이야기에서 문제가 되고 실마리가 되는 건 표적이니까. 남들을 위협할 수 있는 무언가를 얼굴에 지닌 사람이 있다고 가정해 보자. 감히 누구도 그 사람을 건드릴 수 없었고, 그 후손들도 다른 사람들에게 위협적인 존재가 됐어. 아마도 그들 이마에 소인이 찍힌 우표 같은 표적이 붙어 있진 않았을 거야. 세상에 그런 일은 별로 없을 테니까. 말로 표현할 수 없는 무서운 무엇인가를 그들이 가지고 있었고, 그들의 눈에는 사람들이 그동안 보아온 것보다 좀 더 많은 용기와 지혜와 대담함이 있었을 거야. 그들은 그러한 힘이 있었고 사람들은 그것을 두려워했던 거지. 그들은 '표적'이란 걸 갖고 있었어. 사람들은 그걸 자기 마음대로 설명하는 거야. 하지만 '사람들'은 자기가 편리한 대로 자신을 정당화하곤 하지. 사람들은 카인의 후손들을 두려워했던 거야. 그들이 '표적'을 지니고 있었기 때문이지. 그래서 사람들은 표적을 사실대로, 훌륭한 훈장이라고 하지 않고 그 반대로 얘기했던 거야. 사람들은 표적을 가진 그들을 무섭다고 말했어. 사실도 그러했고. 평범한 사람들에게, 용기와 개성을 가진 사람이 있다는 건 항상 두려움으로 다가올 테니까. 두려움을 모르는 자들과 자신들이 함께 있는 것은 견디기 힘들었을 거야. 그래서 사람들은 강한 자들에게 보복을 하고, 견뎌야 했던 두려움에 대한 앙갚음으로 별명과 전설을 만들어 소문을 퍼뜨린 거야. 무슨 말인지 알겠니?"

"응, 그 말은 다시 말하면 카인이 실제로 나쁜 사람이 아니란 거지? 성서 속 이야기가 처음부터 전혀 사실은 아니라는 거야?"

"그렇기도 하고 그렇지 않다고도 볼 수 있지. 오래된 옛날이야기의 대부분이 진실일 경우도 있지만, 진실들이 항상 그대로 기록

되고 정당하게 해석되진 않았을 거야. 난 카인이 정말 대단한 사람이라고 생각해. 사람들은 그를 두려워했기 때문에 그런 이야기를 꾸며낸 거야. 이런 이야기는 사람들이 쉽게 떠들어대는 헛소문이라는 거지. 그렇지만 카인과 그 후손들이 '표적'을 갖고 있었고, 다른 사람들과는 완전히 달랐다는 것은 진실일 거라 생각해."

나는 너무 놀랐다.

"그러면 동생을 때려죽인 것도 진실이라고 생각해?"

나는 그의 말에 충격을 받아서 물었다.

"물론 진실이야. 그건 분명한 사실일 거야. 강자가 약자를 때려죽인 거야. 그들이 정말로 형제였는지는 모르겠지만 그건 별로 중요하지 않아. 결국 모든 사람들은 형제니까. 그러니까 그 일은 강자가 약자를 죽인 정도에 불과해. 그게 영웅 같은 행동이었는지는 모르겠지만 아마 약자들은 두려움에 떨고 있었을 거야. 하지만 약한 자들에게 '왜 그들을 없애지 않았느냐'고 누군가가 묻는다면 '우리가 비겁해서.'라고 말하진 않을 거야. '신이 주신 표적을 그들이 갖고 있으니까 없앨 수가 없었어.' 라고 말할 테니까. 사람들은 이런 식으로 황당무계한 엉터리 같은 이야기를 만들어낸 거야. 아, 내가 너를 너무 오래 붙들고 있었구나. 그럼 안녕."

그는 알트 골목으로 사라졌다. 혼자 남겨진 나는 그 어느 때보다 멍한 기분이었다. 지금까지 데미안의 이야기는 그가 내 눈에서 사라지자 전부 거짓말이라는 생각이 들었다. 카인이 강한 자고 아벨은 겁쟁이였다니! 카인의 표적이 훈장이라니! 그것은 비합리적이고 신을 모독하는 이야기이며 방종한 생각이었다. 그렇다면 사람들을 사랑하는 신은 어디에 계셨을까? 신은 아벨의 제물을 거부했던 것인가? 신은 아벨을 사랑하지 않았던 것일까? 아니, 그렇지 않을 것이다. 그건 터무니없는 소리이다. 나를 놀리고 함정에 빠뜨리려고 데미안이 꾸며낸 이야기일 것이다. 그는 논리적이고 정말 똑똑했다. 그러나 그 이야기는 그럴 리 없을 것이며 사실이 아닐 것이다.

평소에 나는 성서의 이야기나 다른 이야기들을 그렇게 생각해본 적이 없다. 또한 그렇게 오랜 시간 동안, 저녁 내내 프란츠 크로머의 존재를 잊은 적도 없었다. 나는 집에서 다시 한 번 성서에 나오는 카인의 이야기를 자세히 읽어보았다. 내용은 매우 단순했다. 거기에서 어떤 다른 뜻을 찾아내는 것은 미친 짓이었다. 그런 식으로 해석한다면 살인자는 모두 신의 은총과 보살핌을 받은 사람들이라는 것인가! 아니다. 그건 헛소리였다. 단지 데미안이 모든 것을 쉽고 확실하게, 멋지고 논리적이며 진지한 눈으로 이야기했기 때문에 내 마음에 와 닿았을 뿐이다.

나는 아직 논리적이지 못한 상태였다. 나는 밝고 맑은 세계에 살고 있었으며 나는 아벨이었다. 그러나 지금의 나는 너무 깊숙이 '다른 것' 속에 자리 잡고 있었고, 그 속에서 굴러 떨어져 빠져나오지 못하고 가라앉은 것이다. 물론 이러한 것들이 나 혼자만의 잘못은 아니었지만, 어떻게 이렇게까지 일이 커져버린 것일까? 갑자기 과거의 어떤 장면이 떠올라 숨이 막히는 듯했다. 이 불행의 시작이었던 괴로웠던 밤에, 나는 아버지와 아버지의 밝은 세계와 지혜를 통찰이라도 한 듯 그것들을 경멸했던 것이다. 나는 이마에 표적을 달고 있는 카인이었다. 나는 그 표적을 수치가 아닌 표창이라고 생각하며, 이미 죄와 고통을 경험했던 나 자신을 아버지와 착하고 경건한 다른 이들보다 훨씬 더 우월하다고 생각했던 것이다.

당시 그 일을 겪었을 때는 내 생각이 이처럼 명확한 형태를 갖진 못했다. 그러나 그 경험 속에 모든 것들이 포함되어 있었다. 그것은 나를 슬프게도 했지만 이상하게도 뿌듯함을 느끼게도 했다. 데미안의 이야기를 생각해 보니, 그는 얼마나 이상하게 강한 자와 약한 자에 대해 이야기했던가? 얼마나 야릇하게 카인의 표적에 대해 이야기했던가? 그때 데미안의 눈은 어른처럼 어찌나 반짝였던가! 갑자기 어떤 생각이 머릿속에 떠올라 나는 혼란스러웠다. 어쩌면 데미안은 카인과 같은 존재가 아닐까? 데미안 자신이 카인과 비슷한 부류라고 생각하지 않았다면 왜 카인을 옹호했을까? 그의 눈빛은 왜 그렇게 힘이 넘쳤던 것일까? 왜 데미안은 경건하고 신의 마음에 드는 '다른 사람들', 겁이 많은 선한 사람들을 비아냥거리듯 이야기했을까?

나는 이 생각에 대한 결론을 내리지 못했다. 돌멩이 하나가 내 어린 영혼의 샘에 떨어진 것이다. 카인의 이야기는 아주 오랫동안 나의 인식과 의혹을 키웠고, 내가 비판적으로 생각할 수 있는 출발점이 되었다.

나는 곧 다른 아이들도 데미안에게 관심이 있다는 것을 알았다. 데미안이 다른 아이들에게는 카인의 이야기를 하지 않았는데도 그들은 그에게 관심을 갖고 있었다. 이 전학생과 관련해서 여러 소문들이 있었다. 내가 그 소문을 일찍 들었다면 데미안의 실체를 파악하는데 도움이 됐을지도 모르겠다. 그러나 내가 아는 것은 데미안의 어머니가 돈이 많다는 사실뿐이었다. 그의 어머니는 절대 교회에 가지 않았고 그녀의 아들도 그러하다는 소문도 있었다. 그리고 데미안과 그의 어머니가 유대인이고 비밀스러운 회교도라는 소문도 돌았다. 또한 데미안의 힘에 관한 소문도 있었다. 데미안의 반에 힘이 센 한 아이가 데미안에게 싸움을 걸었는데, 데미안이 거절하자 그를 겁쟁이라고 놀려댔고 데미안은 그 아이를 한 손으로 제압했다는 것이다. 그 장면을 본 아이들의 말에 따르면, 데미안은 단지 한 손을 써서 목을 눌렀을 뿐인데 그 아이가 겁에 질려 항복하고 달아났으며, 오랫동안 그 아이는 팔을 못 썼다는 것이다. 그러다가 그 아이가 죽었다는 소문도 있었다. 소문은 꼬리에 꼬리를 물고 점점 더 커졌으며, 사람들은 어느 순간 그것을 사실이라고 믿었다. 자극적인 소문들은 사람들을 놀라게 했다. 어느 순간 소문은 잠잠해졌지만 곧 새로운 소문이 돌았고, 그 새로운 소문은 데미안이 여자를 사귀고 있으며 여자에 대해 '아주 잘 알고 있다.'는 것이었다.

그때에도 프란츠 크로머와 나의 괴로운 관계는 계속 유지되고 있었다. 그 애가 나를 신경 쓰지 않을 때에도 나는 꼼짝도 못 하고 얽매여 있었다. 그는 꿈속에서도 나를 따라다녔고, 실제로 내가 저지르지도 않은 나쁜 행동들이 환상 속에서 일어났으며, 꿈속에서도 나는 크로머의 노예가 되어 있었다. 나는 현실이 아닌 꿈속에서 더 많이 살고 있었다.—내가 꿈을 많이 꾸는 편이었지만 말이다.—나는 나를 뒤쫓는 그림자 때문에 점점 기운과 활력을 잃어갔다.

나는 특히, 크로머가 나를 괴롭히느라 침을 뱉고, 내 무릎을 짓밟으며 더 나쁜 길로 나를 유인하는 꿈을 자주 꿨다.—유인보다는 어떤 강한 힘 때문에 이끌렸을 수도 있다.—그중에서 제일 무서웠던 꿈은 내가 아버지를 죽이는 꿈이었다. 나는 거의 정신을 잃을 때쯤에서야 꿈에서 깨어났다. 꿈속에서 크로머는 내게 칼을 갈아주었다. 그리고 우리는 나무 뒤에 숨어 있었는데 누구를 기다리고 있었는지는 몰랐다. 우리 근처로 오는 누군가를 발견하자 크로머는 내 팔을 툭 치며 그를 찌르라고 일러주었다. 그는 우리 아버지였다. 나는 이 장면에서 깨어났다.

이런 꿈을 꾸어서인지 카인의 이야기가 계속 생각났다. 그러나 데미안이 생각나는 건 아니었다. 하지만 이상하게도 데미안이 다시 나타난 것은 내 꿈속에서였다. 학대와 폭력을 당하는 꿈이었는데 나는 계속 참기만 했다. 그런데 내 무릎을 짓누르고 있는 사람은 크로머가 아닌 데미안이었다. 크로머가 나한테 나쁜 짓을 할 때면 괴롭고 혐오스러웠는데, 데미안이 그러니까 이상하게도 기쁜 마음이 들면서도 한편으로는 불안한 생각이 들었다. 이런 꿈을 두 번씩이나 꾸었다. 그러고 나면 데미안이 있던 곳에 크로머가 다시 나타나곤 했다.

나는 꿈인지 실제인지 확실히 구별되지가 않았다. 어쨌든 크로머와 나의 악연은 계속되었다. 나는 도둑질까지 해서 크로머에게 빚진 돈을 다 갚았다. 하지만 우리는 계속 이 관계를 유지했다. 크로머는 오히려 내가 저지른 도둑질에 대해 자세히 알게 되었고, 내가 돈을 구해올 때마다 어디서 났는지 꼬치꼬치 캐물었다. 그럴 때마다 나는 크로머에게 더 단단히 붙들려버렸다. 크로머는 아버지에게 모든 일을 말하겠다고 협박했고 나는 무서웠다. 처음부터 거짓말을 하지 않았더라면 좋았을 텐데. 나는 후회했다. 하지만 그토록 괴롭던 날들 속에서도 지금까지 했던 모든 일들이 다 후회스러운 것은 아니었다. 이런 일들은 어쩌면 운명이 아닐까라는 생각도 들었다. 불행이 내 운명이라면, 거기서 벗어나려고 안간힘을 쓰는 것은 어리석은 짓이었다.

나의 이런 모습을 지켜보며 부모님은 많이 걱정하셨을 것이다.

낯선 영혼이 내 안으로 들어와 나는 더 이상 밝은 세계의 사람으로 살 수 없었다. 잃어버린 낙원과 밝은 세계에 대한 참을 수 없는 그리움이 밀려왔다. 어머니는 내게 문제가 있다기보다는 병약한 아이라고 생각하셨고, 누나들은 내 상태를 안다는 듯이 나에게 매우 다정하게 대해 주었다. 그러나 그 다정함 때문에 나는 오히려 비참한 생각이 들었다. 누나들은 나를 보며 한숨을 쉬었고 나에 대한 동정심을 갖고 있었지만, 나는 언제 악마가 될지 모르는 주의해야 할 인물이었다. 가족들은 나를 위해 지금까지 했던 기도와는 다른 기도를 해주었다. 그 기도의 내용이 무엇인지 나는 알고 있었다. 그러나 그 기도가 이제는 아무 소용이 없다는 것도 잘 알고 있었다. 이 모든 괴로움에서 벗어나고 싶은 마음이 들 때마다 나는 잘못을 반성하고 용서를 구하고 싶었지만, 부모님께 모든 사실을 털어놓을 수는 없었고 어떻게 설명해야 할지도 몰랐다. 잘못을 뉘우친다면 다정한 용서와 위로, 동정을 얻을 수도 있겠지만 부모님이 나를 완전히 이해해 주시진 않을 것이다. 지금까지의 모든 일들이 내 운명이었다고 해도, 부모님은 그 모든 일을 그저 한때의 반항이라고 생각하셨을 것이다.

　대부분의 사람들은 열한 살도 안 된 어린아이가 이렇게까지 생각한다고는 상상할 수도 없을 것이다. 내 상황을 사람들에게 이해시키고 싶지는 않다. 다만 인간의 내면에 대해 더 잘 아는 사람에게 말해 주고 싶을 뿐이다. 이미 감정을 이성으로 바꾸는 법을 알게 된 어른들은 어린아이들에게도 이런 이성이 있다는 것을 상상조차 하지 못할 것이고, 어린아이들이 겪은 일들을 무시할 것이다. 그러나 나는 살면서 그때처럼 심각한 경험과 고민을 했던 적은 없었다.

어느 비 오는 날, 크로머가 성문 앞 광장으로 나를 불러냈다. 나는 광장의 비에 젖은 밤나무 아래에서, 계속 떨어지는 나뭇잎들을 발로 헤치며 크로머를 기다렸다. 그날 나는 돈을 구하지 못해서 과자 두 개를 들고 나왔다. 이렇게 구석진 곳에서 크로머를 기다리는 것은 내게 익숙한 일이 되었다. 사람들 모두가 피할 수 없는 상황에선 단념하듯이 나도 이러한 상황을 받아들였다.

크로머가 도착했다. 오늘은 많이 기다리진 않았다. 크로머가 내 가슴팍을 두어 번 치더니 기분 좋은 듯 웃어댔다. 과자를 빼앗아 갔고 내게 젖은 담배를 피우라고 권했다. 나는 당연히 받지 않았다. 그는 평소와는 다르게 매우 친절했다.

"참."

헤어지려고 할 때 크로머가 말했다.

"잊어버리기 전에 말해야겠다. 다음에는 큰누나를 데리고 와. 이름이 뭐였지?"

나는 크로머가 무슨 말을 하는지 몰라서 대답을 못 하고 멍한 얼굴로 크로머를 바라보았다.

"무슨 소린지 모르겠어? 네 누나를 데려오라는 거야."

"알아들었어, 크로머. 하지만 그건 안 될 것 같아. 누나는 따라오지 않을 거야."

나는 크로머가 나에게 시비를 걸기 위해 해본 말이라고 생각했다. 이따금 크로머는 자기 말을 더 잘 듣게 하기 위해, 불가능한 일을 제시해서 나에게 겁을 주며 내가 꼼짝 못 하도록 했다. 그럴 때마다 나는 돈을 구해 왔고 선물을 주며 크로머의 화를 풀어주어야 했다.

하지만 이번에는 달랐다. 내가 거절을 해도 크로머는 화를 내지 않았다.

"그래."

그는 건성으로 말했다.

"그래도 좀 더 생각해 봐. 너희 누나랑 사귀고 싶단 얘기야. 기회를 한 번 만들어줘. 너는 그냥 누나와 산책하러 나오기만 하라고. 내가 거기로 갈 테니. 내일 휘파람을 불 테니까 그때 다시 얘기해 보자."

크로머와 헤어지고 나서야 무슨 말인지 대충 이해가 되었다. 그때의 나는 아직 어린아이였다. 그러나 우리가 나이가 들면, 비밀스럽고 야릇한 금지된 일들을 남자와 여자가 할 수 있다는 것 정도는 알고 있었다. 이 상황은 너무나 해괴하고도 엄청난 일이 아니던가! 나는 절대 그럴 수는 없다고 굳게 다짐했지만 그 다음에 무슨 일이 일어날지, 크로머가 나에게 어떻게 복수할지 두려웠다. 지금껏 내가 겪은 고통으로는 충분하지 않았는지 나에게는 새로운 고통이 시작되었다.

주머니에 손을 넣고 절망적인 마음으로 텅 빈 광장을 터덜터덜 걸어갔다. 새로운 고민이 나를 괴롭혔다.

그때 맑고 깨끗하면서도 낮은 목소리가 나를 불렀다. 나는 너무 놀라서 도망갔다. 누군가가 나를 따라와서 한 손으로 살짝 잡았다. 데미안이었다. 나는 그에게 붙들렸다.

"난 또 누구라고."

나는 불안하게 말했다.

"깜짝 놀랐잖아!"

그는 나를 쳐다보았다. 데미안의 눈빛은 어느 때보다도 어른스럽고 힘이 있었으며 사람의 마음을 통찰하는 것처럼 느껴졌다. 우리는 오랫동안 침묵하고 있었는데도 그러했다.

"미안해."

그는 점잖으면서도 확고한 말투로 말했다.

"그렇게 놀랄 이유는 없잖아."

"그건 그래. 하지만 놀랄 수도 있는 거지."

"그럴 수도 있어. 근데 싱클레어, 별로 상관없는 사람 앞에서 네가 그렇게 깜짝 놀라면 이상한 생각이 들 거야. 궁금할 수도 있어. 넌 좀 의심스러울 정도로 깜짝 놀랐어. 사람들은 뭔가 불안할 때

잘 놀란다고 생각하니까. 겁쟁이들은 항상 불안에 떨고 있거든. 나는 네가 겁쟁이는 아닐 거라고 생각해. 그렇지? 그렇다고 네가 영웅이라는 얘기도 아니지만 넌 무언가를 두려워하고 있는 것 같아. 네가 두려워하는 누군가가 있다고. 하지만 이건 있을 수도 없고 말도 안 되는 일이야. 사람이 사람을 두려워한다는 것 말이야. 설마 내가 두려웠던 건 아니지? 그렇지?"

"아니야, 널 무서워하지는 않아."

"거 봐, 무서운 사람이 있긴 있구나?"

"글쎄, 잘 모르겠어⋯⋯. 그냥 나를 내버려둬. 뭘 원하는 거야?"

데미안은 내 속도에 맞춰서 걸었고―나는 그에게서 벗어나려고 빨리 걸었다.―데미안의 시선이 가까이 느껴졌다.

"만약에."

데미안이 다시 이야기를 계속했다.

"난 좋은 뜻으로 말하는 거니까 나를 두려워하지는 마. 너한테 한 번 실험을 해보고 싶어. 정말 재미있고 많은 것을 배울 수 있는 실험이야. 잘 들어봐!―난 가끔씩 독심술을 시험해 보는데, 사악한 마법 같은 건 아니지만 이게 뭔지 모르는 사람들에게는 아주 신기할 거야. 사람을 놀라게 할 수 있으니까.―그럼 이제부터 우리 한 번 해볼까? 내가 너를 좋아하고 너한테 관심이 있다고 가정해 보자. 네 마음이 어떤지 궁금해진 거야. 난 이미 탐색을 하기 시작한 거지. 나는 너를 놀라게 해봤으니까.―그렇게 하니 넌 깜짝 놀랐고. 그건 네가 두려워하고 있는 일이나 두려워하는 사람이 있다는 뜻이야. 왜일까? 사람은 어디서든 다른 사람을 두려워할 필요는 없어. 그럼에도 누군가를 두려워한다는 건 누군가가 나를 조종하고 있다는 얘기야. 예를 들면, 네가 나쁜 행동을 저질렀다고 가정했을 때 그 일을 누군가가 알고 있다면 그 사람은 너를 조종하는 힘이 생기겠지. 알겠지? 확실하지 이제, 그렇지?"

나는 몹시 당황해서 데미안을 쳐다보았다. 데미안은 평소처럼 진지하고 똑똑하며 친절했지만 다정하기보다는 엄해 보였다. 데미안의 표정에는 정의로움 비슷한 무언가가 담겨 있었다. 나는 무슨 영문인지 알 수가 없었다. 마치 마법사처럼 데미안은 내 앞에 버티고 서 있었다.

"무슨 말인지 알겠어?"

데미안이 다시 한 번 물었다.

나는 아무 말 없이 고개를 끄덕였다.

"아까 내가 독심술이 마법 같을 수도 있다고 말했지만 자연스러운 거야. 예를 들어, 예전에 우리가 카인의 이야기를 나누었던 그때, 나는 네가 날 어떻게 생각했는지도 알 수 있어. 이 상황과 관련 없는 이야기지만 넌 내 꿈을 꾼 적도 있었겠지. 그런 얘기는 생략하자! 넌 똑똑해. 대부분의 어린아이들은 어리석지만. 가끔씩 난 내가 믿고 있는 똑똑한 아이와 이야기하는 것을 즐기곤 해. 괜찮지?"

"응, 괜찮아. 근데 난 전혀 이해가 안 돼."

"다시 재미있는 실험을 이어가 볼까? 한 소년이 잘 놀라고, 그 소년은 두려워하는 누군가가 있으며 그 누군가와 불편한 비밀이 있어. 실험을 통해 우린 이런 것들을 알아냈어. 어느 정도는 맞지?"

나는 언젠가 꿈속에서처럼 데미안의 목소리와 힘에 지배당하고 있었다. 나는 고개만 끄덕일 뿐이었다. 그 목소리가 꿈속에서만 들렸던 게 아닌가? 그 목소리만이 모든 사실을 알고 있었던 게 아닌가? 모든 사실을 데미안이 나보다 더 자세히, 확실히 알고 있다니!

데미안은 내 어깨를 힘 있게 두드렸다.

"내 말이 맞는 거구나. 그런 것 같았어. 이제 남은 질문은 단 하나야. 좀 전에 너랑 헤어진 그 애 이름이 뭐야?"

나는 깜짝 놀랐다. 비밀을 들킨 것 같아서 너무 괴로워 다시 위축되었다. 나는 비밀이 새어 나가는 것이 싫었다.

"누구 얘기하는 거야? 아무도 없었는데."

데미안이 웃었다.

"얘기해 봐!"

그가 웃으며 말했다.

"그 애 이름이 뭐야?"

나는 들리지도 않는 목소리로 말했다.

"프란츠 크로머 말하는 거야?"

데미안이 고개를 끄덕이며 만족스러워했다.

"장하다! 넌 정말 똑똑해. 우린 친구가 될 거야. 근데 할 말이 더 남았어. 그 크로머라는 녀석 아주 못된 녀석이야. 얼굴에 악당이라고 씌어 있는 거 같아. 네 생각은 어때?"

"맞아, 그래."

나는 한숨을 쉬며 말했다.

"진짜 나빠, 악마라고! 하지만 그 녀석한테 들키면 안 돼. 아무 얘기도 하지 말아줘. 너, 그 애 알아? 크로머도 너를 알고 있어?"

"안심해, 그 애는 없어. 그리고 아직 그 애는 나를 몰라. 하지만 난 그 애에 대해 알고 싶어. 그 애도 초등학교에 다녀?"

"응"

"몇 학년인데?"

"5학년. 제발 아무 말도 하지 말아줘. 제발 부탁이야! 아무 말 하지 마!"

"걱정할 것 없어. 너한테 아무 일도 안 생길 테니. 크로머 얘기를 조금 더 해줄 수 있어?"

"못 해. 그건 안 돼. 그냥 나를 좀 놔둬."

데미안은 한동안 조용히 서 있었다. 그러다가 말했다.

"유감이네. 실험을 더 할 수도 있었는데. 널 괴롭힐 생각은 없어. 하지만 네가 그 애를 두려워하는 건 옳지 않다는 걸 너도 알지? 두려움은 우리를 망치게 할 테니까 거기서 빨리 벗어나야 돼. 진짜 남자가 되려면 넌 그 두려움을 이겨내야 해, 알겠어?"

"그래 네 말이 옳아……. 그래도 그렇게는 안 돼. 넌 절대 모를 거야……."

"네 예상보다 내가 훨씬 더 잘 알고 있다는 걸 봤잖아. 그 애한테 혹시 빚이라도 있는 거야?"

"그래, 그렇다고 볼 수 있어. 그런데 그게 중요한 건 아니야. 난 말 못 해. 절대로."

"그 애한테 진 빚을 내가 갚아준 대도? 내가 줄 수도 있어."

"아니, 그런 거 아니야. 부탁인데 제발, 아무한테도 얘기하지 말아줘. 한 마디도! 내 부탁을 거절한다면 난 몹시 불행해질 거야."

"싱클레어, 나를 믿어. 언젠가는 그 비밀에 대해 나한테 이야기하게 될 거야."

"절대 그런 일은 없을 거야."

나는 황급히 소리쳤다.

"네 마음대로 해. 시간이 조금 지나면 나한테도 털어놓을 수 있을 거야. 혹시 내가 너한테 크로머처럼 나쁜 짓을 할 거라고 생각하는 건 아니겠지?"

"물론이지. 넌 그 일에 대해 아무것도 모르고 있으니까."

"그래, 난 아무것도 몰라. 다만 그 일에 대해 이런저런 생각을 하고 있을 뿐이야. 나는 결코 크로머가 한 것처럼 너를 괴롭히진 않을 거야. 내 말 믿을 수 있지? 넌 나한테 빚진 게 없잖아."

우리는 한동안 침묵하고 있었다. 그러면서 마음이 점차 안정되었다. 그러나 데미안이 그 일에 대해 어떻게 알았는지 나는 점점 궁금해졌다.

"집에 가야겠어, 이제."

빗속에서 옷을 여미며 말했다.

"지금껏 우린 많은 이야기를 했으니까 조금만 더 말할게. 너는 그 애한테서 벗어나야 돼. 그 애를 때려죽이는 방법밖에 없다면 그렇게 해서라도 말이야. 네가 그렇게 할 수 있으면 좋겠어. 도와줄게."

새로운 불안감이 나를 찾아왔다. 카인의 이야기가 생각이 났고, 나는 두려워서 울어버렸다. 내 주위에 이렇게 끔찍한 일들이 벌어지고 있다는 생각이 나를 힘들게 했다.

"그래, 좋아."

데미안이 미소 지었다.

"이제 집으로 가, 우린 확실히 그 애를 없앨 수 있을 테니까. 때려죽이는 게 제일 간단한 방법이야. 가장 간단한 방법이 문제를 해결하는 최선의 방법이지. 넌 그 애의 손아귀에서 벗어나야 돼."

나는 집에 도착했다. 일 년쯤 방황하다가 돌아온 것 같았다. 모든 것들이 새롭게 보였다. 크로머와의 관계에 있어서도 미래나 희망이 보였다. 더 이상 나는 혼자가 아니었다. 비밀을 간직한 채 아파했던 지난 시간이 얼마나 외로웠는지도 깨닫게 되었다. 나는 계속해서 생각해 왔던 것들을 떠올려보았다. 부모님께 잘못을 빌고 용서를 구하면 이 고통은 줄어들겠지만 완전히 구원받을 수는 없을 것이다. 그러나 나는 방금 전에 다른 사람에게 잘못을 빌 뻔했다. 그럴 수 있다면 어쩌면 나는 구원을 받을 수도 있겠다는 생각이 들었다.

불안한 마음은 계속되었다. 나는 적과 무섭고도 긴 싸움을 할 마음이 있었다. 이토록 완벽하고도 은밀하게, 많은 일들이 평온하게 지나가는 것이 신기했다.

우리 집 근처에서 들리곤 했던 크로머의 날카로운 휘파람 소리가 하루, 이틀, 사흘…… 일주일이 지나도록 들리지 않았다. 나는 믿을 수가 없었다. 그러다가 어느 순간 크로머가 다시 나타날까 봐 마음을 졸이며 지켜보고 있었다. 하지만 크로머가 우리 집에 찾아오거나 갑자기 나타나는 일은 일어나지 않았다. 이 엄청난 자유를 믿을 수 없었다. 그러던 어느 날, 나는 프란츠 크로머와 우연히 만났다. 그때까지 나는 이 자유가 불안했었다. 자일러 골목에서 크로머는 내 쪽으로 오고 있었는데, 나를 발견하곤 깜짝 놀라더니 인상을 찌푸리며 나를 피해서 가버렸다.

이런 일은 지금껏 없었다. 내 앞에서 나의 원수가 도망가다니! 악마가 나를 무서워하다니! 기쁨과 놀라움이 내 몸을 관통하는 것 같았다.

그러던 어느 날 다시 데미안을 만났다. 그는 학교 근처에서 나를 기다리고 있었다.

"안녕."

나는 인사했다.

"싱클레어, 잘 지냈니? 잘 지내고 있는지 만나보고 싶었어. 크로머도 더 이상 너를 괴롭히진 않겠지. 그렇지?"

"네가 해결한 거야? 어떻게 한 거야? 도대체 어떻게? 무슨 일인지 전혀 모르겠어. 그 애가 내 앞에 나타나질 않는다고."

"잘된 일이네. 그럴 리는 없겠지만, 뻔뻔한 녀석이니까 혹시라도 또 나타나게 되면 데미안을 생각해 보라는 말만 전해 줘."

"무슨 뜻이야? 그 애를 실컷 패기라도 한 거야?"

"아니야, 난 싸움을 좋아하진 않아. 그 애하고도 이야기를 나눴을 뿐이야, 우리가 그랬던 것처럼. 너를 건드리지 않는 게 좋을 거라고 그 녀석한테 확실히 말해 뒀어."

"돈을 준 건 아니지?"

"아니야, 그 방법은 네가 이미 써봤잖아."

나는 더 자세히 물어보고 싶었지만 데미안은 가버렸다. 나는 오래전부터 데미안에게 느꼈던 고마움과 두려움, 놀라움과 불안함, 호감과 마음속의 반항이 섞여 있는 듯한 답답한 기분을 느끼며 그대로 서 있었다.

나는 조만간 데미안을 다시 만나서 크로머와의 일들과 카인의 이야기에 대해 좀 더 많은 이야기를 하고 싶었다. 그러나 그러지 못했다.

나는 고마움이라는 감정을 믿지 않았다. 또한 어린아이에게 고마움의 대가를 바라는 것은 옳지 않다고 생각했다. 그러니까 내가 데미안에게 고마워하지 않는 것은 크게 문제될 일은 아닌 것이다. 만일 데미안이 나를 크로머에게서 벗어나게 해주지 않았다면 나는 평생 아프고 타락해 버렸을 것이다. 그때에도 나는 그 구원의 시간이 내 어린 시절의 가장 큰 경험이라 생각했다. 그러나 구원의 손길로 기적을 만들어낸 사람은 내게서 금방 잊혀졌다.

좀 전에 말했듯이 고마워하지 않는다는 것은 큰 문제가 아니었다. 이상하게도 난 그 일에 대해 호기심이 생기지 않았다. 신기하게도 나는, 나와 데미안이 만날 수 있었던 비밀들에 대해 더 자세히 알지 않아도 편하게 지낼 수 있었던 것이다. 나는 카인과 크로머, 독심술에 관해서 더 알고 싶고, 이야기하고 싶었던 욕망을 어떻게 누를 수 있었던 것일까?

이해는 되지 않았지만 사실이었다. 나는 악마의 손에서 벗어났고, 내 앞에는 다시 밝고 재미있는 세계가 펼쳐졌다. 불안에 떨며 발작을 일으키지도, 숨 막힐 듯한 심장 박동 소리에 괴로워하지도 않았다. 저주는 풀렸고 더 이상 난 죄인이 아니었다. 다시 평범한 학생이 된 것이다. 나의 천성은 가능한 한 빨리 예전처럼 균형과 평온함으로 돌아가고 싶어 했다. 나는 수많은 괴로운 일들과 고통에서 하루빨리 벗어나기 위해서 그것들을 잊어버리려고 애썼다. 그렇게 내가 지은 죄와 오랜 고통은 아무런 흔적도 남기지 않고 너무도 빨리 지워져갔다.

나를 도와주며 구원해 준 사람을 하루빨리 잊으려 한 이유도 이제는 알 것 같다. 상처받은 영혼이 온갖 노력 끝에 저주받은 죄의 늪과 크로머의 끔찍한 손아귀에서 벗어나, 예전처럼 행복하고 만족스러운 세계로 돌아왔다. 나는 잃어버린 낙원과 아버지와 어머니, 누나들의 밝은 세계로, 깨끗한 향기가 나는 곳으로, 아벨이 받았던 신의 사랑 속으로 다시 돌아왔다.

데미안과 간단히 이야기를 나누던 그 다음 날, 나는 되찾은 자유에 대한 확신이 있었고, 결코 이 자유가 사라지지 않을 거라는 믿음 때문에 그동안 바라고 원했던 일을 실천하기 시작했다. 내가 저지른 죄에 대해 모두 털어놓은 것이다. 나는 열쇠가 깨지고 장난감 지폐가 채워진 저금통을 어머니께 가져다 보여드리고, 어리석은 거짓말로 인해 아주 오랫동안 나쁜 녀석한테 괴롭힘을 당한 일을 고백했다. 어머니는 내 이야기를 다 이해하시지는 못한 것 같았지만 저금통과 달라진 내 눈빛, 달라진 내 목소리를 통해서 예전의 나로 돌아왔다는 것을 느끼신 것 같았다.

나는 흥분되어 나의 복귀를 축하하는 파티를 열고, 방탕아가 돌아온 기념의식을 치렀다. 어머니는 나를 아버지께 데리고 가셨고 나는 다시 고백했다. 부모님은 놀라셨지만 내 머리를 쓰다듬어주시며 오랜 걱정에서 벗어나신 듯 안도의 한숨을 내쉬었다. 모든 일들이 멋졌고, 한 편의 이야기 같았으며, 놀랍게도 모든 일들이 잘 풀려갔다.

나는 있는 힘을 다해 이 평화로움 속으로 들어왔다. 다시 찾은 평화 속에서 부모님의 신뢰를 얻는 것은 썩 괜찮은 일이었다. 나는 모범생이 되었고 누나들과도 잘 지냈으며, 구원을 받고 죄를 뉘우친 사람의 기쁜 감정으로 예배 시간에는 감사한 마음을 가득 담아 좋아하던 찬송가를 함께 불렀다. 이 모든 일들은 전부 다 진심이었다.

하지만 완전히 안정을 찾은 것은 아니었다. 그동안 왜 데미안을 잊고 있었는지 설명할 수 있다. 나는 데미안에게 참회를 했어야 했다. 그 참회는 그럴듯하고 감동적이진 않았겠지만 아주 큰 쾌감을 주었을 것이다. 그 당시의 나는 온힘을 다해 과거의 낙원에 집중했고 다시 고향으로 돌아온 것처럼 너그럽게 받아들여졌다. 그러나 데미안은 이 세계에 속하지도, 어울리지도 않았다. 데미안은 크로머와는 분명 달랐지만 그 역시 나를 끌어당기는 힘이 있었다. 그것은 더는 알고 싶지 않은 새로운 나쁜 세계로 나를 이끄는 힘이었다. 나는 이제 겨우 아벨로 돌아왔는데 다시 아벨을 버리고 카인을 옹호할 수는 없었다. 또 그러고 싶지도 않았다.

하지만 이러한 것들은 겉으로 보이는 상황이었고 속사정은 달랐다. 나는 크로머에게서 벗어났지만 나 혼자의 힘으로 그런 것은 아니었다. 나는 좁은 길을 제대로 걸어가려고 노력했지만 그 길은 너무도 위험했다. 어떤 다정한 손길이 나를 위험에서 구해 주었기 때문에 곧장 어머니의 품으로, 경건하고 포근한 어린 시절로 다시 돌아올 수 있었던 것이다. 나는 더 어리광을 부리고 더 의존적인 어린아이처럼 행동했다. 나는 이미 자립성을 잃어버렸다. 크로머에게 복종했던 것처럼 의지할 무언가가 필요했다. 그래서 더 맹목적으로 부모님의 보호 속에 있는 '밝은 세계'에 집착했는지도 모르겠다. 그곳만이 유일한 세계는 아니었는데도 말이다. 그러지 않았으면 나는 데미안에게 모든 것을 털어놓고 의지했을지도 모른다. 그렇게 하지 않았던 것은 데미안의 다른 생각에 아직은 신뢰가 생기지 않았기 때문이다. 솔직히 말하면 두려움 때문이었다. 데미안은 우리 부모님보다 훨씬 더 많은 것들을 나에게 원했을 것이다. 그리고 나의 자립심을 키우기 위해 나를 채찍질하고 경고하며, 조롱하고 풍자했을 것이다. 이제야 난 알았다. 인간이 자아를 찾아가는 일보다 더 어려운 일은 없다는 것을!

그럼에도 불구하고 나는 이 유혹을 이기지 못하고, 반년쯤 후에 아버지와 산책을 하면서 아벨보다 카인이 더 훌륭하다는 말에 대해 어떻게 생각하시는지 여쭤보았다. 아버지는 몹시 놀라시면서 새로운 견해는 아니라고 말씀하셨다. 그런 식으로 보는 관점은 원시 그리스도교 시대에 이미 여러 종파들 사이에 퍼졌고, 그중 하나를 '카인교도'라고 불렀다고 말씀하셨다. 그러나 이런 관점은 신앙을 파괴하려는 악마의 시도이며, 카인이 옳고 아벨이 틀리다면 신이 잘못을 저지른 것이 되며, 성경 속의 신은 유일신이 아닌 잘못을 범한 신이 되고 만다. 카인교도들은 실제로 이렇게 비슷한 생각을 가르치고 설교했을 것이다. 그러나 이러한 이교도들은 인류의 역사에서 사라져버린 지 오래였다. 아버지는 나의 학교 친구가 이런 것들을 안다는 것에 대해 놀라셨고, 이런 생각은 반드시 버려야 한다며 진지하게 경고하셨다.

예수 옆에 매달린 도둑

내 유년 시절은 따뜻하고 사랑스럽고 밝은 환경에서 어머니와 아버지의 보살핌을 받으며 즐겁고 만족할 만한 사랑을 받았다. 나는 아름답고 부드럽고 사랑스러운 말들로 이러한 것들을 표현할 수 있을 것이다. 그러나 내가 가장 흥미로웠던 것은 자아를 찾기 위해 걸었던 길의 흔적이다. 나는 아름다운 쉼터와 행복의 섬, 낙원이 가진 매력을 모르진 않았지만 이 모든 것들을 저 멀리 빛 속에 남겨두고 다시는 그때로 돌아가고 싶지 않았다.

그렇기 때문에 나는 유년 시절에 대해서는, 어떤 새로운 일들이 일어나서 나를 내몰고 내 자신을 빼앗아갔던 일에 관해서만 이야기하려고 한다.

그러한 충격은 항상 '다른 세계'로부터 왔고, 불안과 강압과 양심의 가책을 동시에 불러일으켰으며, 혁신적이었기 때문에 내가 흔쾌히 살고 싶어 한 평화로운 상태를 혼란스럽게 만들어놓았다.

나는 이제 밝은 세계로부터 내 안에서 움직이는 근원적인 충동을 감추어야 할 곳이 필요하다는 것을 알게 된 나이가 되었다. 모두들 그러하듯이 성적 호기심은 나에게 적이었고 파괴자였으며, 금기이자 유혹, 죄악으로 다가왔다. 성적 호기심이 내게 가르쳐준 것은 꿈과 쾌락, 두려움이었으며 사춘기의 비밀스러움 같은 것은 어린 시절의 평화와 아늑한 행복과는 전혀 맞지 않는다는 것이었다. 나는 다른 이들과 마찬가지로 행동해야만 했다. 이미 어린아이가 아니었는데도 마치 어린아이인 것처럼 생활했다. 나의 의식은 세상이 받아들이는 밝은 세계에 있으면서 어렴풋이 보이는 새로운 세계를 결코 인정하지 않았다. 그러나 그와 동시에 나는 비현실적인 꿈과 본능과 욕망 속에서 살고 있었다. 그리고 그것들 위에 의식적인 생활이 만든 다리는 점점 더 위태위태해졌다. 내 안의 어린 세계가 허물어졌기 때문이다. 다른 부모들처럼 나의 부모님 역시 말로 표현하기 힘든 사춘기의 생명적 충동을 모른 척하셨다. 단지 부모님은, 어린이의 세계에 머무르며 점점 비현실적인 생활 속에서 현실을 받아들이지 않는 나의 무의미한 노력을 도와주셨을 뿐이다. 이럴 때 부모님의 역할이 무엇인지 나는 잘 알지 못했기에 결코 부모님을 비난하고 싶지는 않다. 자신의 일을 처리하고 스스로 가야 할 길을 찾는 것은 나 자신의 문제이기 때문이다. 그러나 나는 대부분의 좋은 집안의 자식들이 그러하듯 내 문제를 제대로 해결하지 못했다.

대부분의 사람들은 이런 경험을 한다. 보통사람들에게 이러한 경험은 자신의 욕구가 주변의 세계와 심각한 갈등에 빠지고, 온힘을 다해 투쟁해서 얻어야 하는 인생의 전환점인 것이다. 거의 모든 사람들은 이 지점에서 우리의 숙명인 죽음과 새로운 탄생을 경험한다. 우리가 사랑했던 것들이 갑자기 우리를 저버리게 되어 고독과 죽음 같은 냉기를 느끼며, 어린 시절이 차츰 무너지고 있다는 것을 지켜보면서 말이다. 그들은 이것을 평생에 단 한 번밖에 경험할 수 없다. 그리고 매우 많은 사람들이 이러한 경험을 이겨내지 못하고 되돌릴 수 없는 과거에 집착하며, 꿈 중에 가장 사악하고 살인적인, 잃어버린 낙원을 그리워하며 평생을 괴로워하는 것이다.

나의 이야기로 다시 돌아가 보자. 내 유년 시절의 끝을 알려준 감정과 환상들은 별로 중요하지 않아서 화젯거리가 되지 않는다. 중요한 것은 다시 '어두운 세계'와 '다른 세계'가 등장한 것이다. 프란츠 크로머와 비슷한 무엇인가가 이제 내 안에 자리 잡고 있었다. 그렇기 때문에 그 '다른 세계'가 외부로부터 나를 지배하는 힘을 얻었던 것이다.

크로머와의 일이 있은 지 몇 년이 지났다. 극적이고 죄의식으로 가득했던 어린 시절의 기억들은 저 멀리 흩어져 순간의 악몽처럼 사라진 듯했다. 프란츠 크로머는 이미 오래전부터 내 생활 속에 존재하지 않았고 나는 어쩌다 그와 마주칠 때도 크게 신경 쓰지 않았다. 그렇지만 내 비극적인 삶 속에 또 다른 중심인물이었던 막스 데미안은 내 주위에서 완전히 사라지지 않았다. 데미안은 오랫동안 먼 곳에서 가끔씩 눈에 띄었지만 나에게 특별한 영향을 주지는 않았다. 그런데 데미안이 이제 점점 내게 다가와 힘과 영향을 주기 시작했다.

그 당시의 데미안에 대해 내가 알고 있던 것들을 생각해 보면, 일 년 혹은 그 이상 그와 말을 나누지 않았던 것 같다. 될 수 있으면 나는 데미안을 피했고 그도 나에게 다가오지 않았다. 그러던 언젠가 우리가 우연히 마주쳤을 때 데미안은 고개를 끄덕이며 나에게 인사했다. 그런 후에 간혹 데미안의 친절 속에 차가운 미소와 야릇한 비난이 섞여 있는 것 같아 기분이 썩 좋지는 않았다. 어쩌면 나의 착각이었는지도 모르지만 말이다. 나와 데미안 모두 그 당시 함께 겪었던 일과 서로에게 미쳤던 영향을 거의 다 잊은 것 같았다.

나는 데미안의 모습을 떠올려본다. 다시 데미안의 모습을 그려보니 그는 여전히 그곳에 있었고 자주 내 눈에 띄었던 것 같다. 나는 데미안이 학교에 가거나 혼자 있는 모습, 키가 큰 아이들 속에 있는 모습을 본다. 자신만의 묘한 분위기에 싸여 고귀하고 고독하고 조용하게 아이들 틈에서, 자신의 법칙에 따라 살면서 별처럼 걷고 있는 것을 본다. 아무도 데미안을 사랑하지 않았고 데미안과 친하게 지내지도 않았다, 데미안의 어머니를 제외하고는. 그러나 모두들 데미안을 아이처럼 다루지 않고 성숙한 어른처럼 상대하는 것 같았다. 선생님들은 될 수 있으면 그를 내버려두었다. 그는 좋은 학생이었지만 누군가의 마음에 들기 위해 애쓰지는 않았다. 그리고 우리는 데미안이 선생님께 했다는, 강한 도전과 빈정댄다고 여겨지는 말이나 비평, 항의에 관한 소문을 가끔씩 들었다.

나는 눈을 감고 생각해 본다. 데미안의 모습이 그려진다. 그곳은 어디였을까? 이제 머릿속에 그곳이 떠오른다. 그곳은 우리 집 앞 골목이었다. 그곳에서 어느 날 나는 노트를 들고 서 있는 데미안을 보았다. 그는 우리 집 대문 위에 붙어 있는, 새가 있는 낡은 문장을 그리고 있었다. 나는 창가의 커튼 뒤에 몸을 숨기고 데미안을 보고 있었다. 문장을 관통하듯 바라보는 날카롭고 차갑고 밝은 그의 얼굴이 경이로웠다. 그것은 어른의 얼굴이었고 연구자나 예술가의 얼굴이었다. 그것은 탁월하고 의지에 가득 찬 얼굴이었고 이상하게 느껴질 만큼 밝고 차갑고 총명한 두 눈을 가진 얼굴이었다.

그로부터 며칠 뒤 거리에서 나는 또다시 데미안의 모습을 본다. 수업이 끝나고 집으로 가는 길에 우리는 쓰러져 있는 말 주위를 둘러싸고 있었다. 말은 농부의 달구지에 멍에를 매단 채 쓰러져 있었다. 무엇인가 애원하듯 콧구멍을 벌름거리며 헐떡였고, 우리 눈에는 보이지 않았지만 어딘가의 상처에서 흘러내린 듯한 피가 말의 옆구리와 거리의 뽀얀 먼지를 검붉게 물들이고 있었다. 나는 속이 메스꺼워 고개를 돌렸고, 그때 데미안의 얼굴을 보았다. 그는 앞으로 밀치고 나오지 않았고 언제나 그랬듯이 맨 뒤에서 편안하고 여유 있게 서 있었다. 그는 말머리에 시선을 고정했던 것 같았고, 깊고 조용하고 열정적이면서도 경이로울 만큼 차갑게 느껴지는 집중력을 보이고 있었다. 나는 오랫동안 데미안을 눈여겨보지 않을 수 없었다. 나는 그때 확실히 의식한 것은 아니었지만 매우 특이한 것을 느꼈다.

내가 데미안의 얼굴을 보고 있을 때 그것은 어린아이의 얼굴이거나 어른의 얼굴 말고도 더 많은 무엇인가가 있다는 것을 알아냈다. 그의 얼굴은 마치 여자의 얼굴과도 같은 무언가도 보인 것 같았다. 데미안의 얼굴에는 어른과 아이의 모습, 나이가 들었거나 어린 것을 넘어서는, 수천 살을 먹었거나 시간을 초월한 모습이 보이기도 했고, 그는 우리의 세계와는 다른 시간의 세계에서 온 것 같기도 했다. 짐승들, 나무들, 혹은 별 같은 것이 그렇게 보일 수도 있을 것이다. 내가 어른이 되어 이제야 말하는 것들을 그 당시에는 확실히 몰랐고 온전히 느끼지도 못했다. 다만 비슷한 무언가를 느꼈을 뿐이다. 아마도 그는 미남이었던 것 같고, 그때의 그는 어쩌면 내 마음에 들었을 수도, 아닐 수도 있을 것이다. 그 무엇도 확신할 수는 없다. 데미안은 우리와는 다른 한 마리의 짐승, 유령 혹은 환영처럼 느껴졌다. 그 당시 그의 모습이 어땠는지는 정확히 모르겠지만 우리가 상상할 수 없을 만큼 다른 존재였다.

그 이상은 아무것도 떠오르지 않는다. 어쩌면 이것조차도 일부분은 그 후의 인상들에서 다시 만들어낸 것인지도 모른다.

몇 살 더 나이를 먹은 후에야 나는 데미안과 다시 친해졌다. 데미안은 동급생과는 달리 교회의 견진성사를 받지 않았다. 이런 일은 관례에 어긋나는 일이라 사람들은 수군대기 시작했다. 학교에서는 다시 그가 원래 유대인이고 이교도라는 소문이 퍼졌다. 누군가는 데미안과 그의 어머니를 무신론자라 했고, 그들이 터무니없는 사이비 종교에 빠져 있다고도 했다. 또한 데미안이 자신의 어머니와 연인처럼 산다는 소문도 돌았다. 데미안은 아마도 신앙 없이 자랐던 것 같고, 그것 때문에 데미안의 미래에 어떤 불이익이 생길지도 모른다는 두려움이 생긴 것 같았다. 그래서였는지 데미안의 어머니는 2년이나 늦게 데미안이 견진성사를 받도록 했다. 그래서 데미안은 몇 달 동안 견진성사 수업 시간에 나의 동급생이 되었다.

나는 얼마 동안 데미안과 멀리 떨어져 있었다. 나는 될 수 있으면 데미안과 어울리고 싶지 않았다. 그는 무성한 소문과 비밀에 둘러싸인 존재였다. 무엇보다도 크로머 일로 내 마음속에 남아 있던 빚이 데미안과 친하게 지내려는 것을 방해했던 것이다. 그리고 내 자신의 비밀에 신경 쓰느라 데미안에게 관심을 가질 여유가 없었다. 견진성사 수업 시간은 내가 성性에 관해 눈을 뜬 시기와 맞아떨어졌다. 그래서인지 노력해도 집중이 잘 되지 않았고, 경건한 교리에는 관심이 가지 않았다. 나에게 신부님의 말씀은 멀리 있는 고요하고 신성한 비현실적인 세계의 이야기 같았다. 그것이 아무리 아름답고 가치가 있을지라도 현실적이거나 자극적인 것은 아니었다. 그런데 성적인 문제는 눈앞의 현실이었고 매우 자극적인 것이었다.

이런 상태인 나는 점점 더 수업에 무관심해졌고, 반대로 나의 관심은 데미안에게 쏠렸다. 누군가가 우리를 묶어주는 것만 같았다. 나는 이 기억의 실마리를 되도록 정확히 더듬어 가야겠다. 내 생각에 그것은 아마도 이른 아침, 교실에 아직 불이 켜져 있던 시간이었던 것 같다. 신부님이 카인과 아벨에 관한 이야기를 하셨다. 하지만 나는 그 이야기에 집중하지 못하고 졸고 있었다. 신부님이 카인의 표적에 대해 목소리를 높여 열심히 강연을 하던 그때, 나는 일종의 영감과 경고 같은 것을 느껴 고개를 들었다. 그러자 데미안이 앞줄에서 내 쪽으로 얼굴을 돌리고 있는 것이 보였다. 데미안의 눈빛은 마치 내게 말을 하고 있는 것 같았는데, 진지하면서도 냉정한 조롱이 담긴 눈빛이었다. 단지 잠시 동안 데미안이 나를 쳐다보았을 뿐이었는데도 나는 괜히 긴장이 되어 신부님의 이야기에 더 집중하며 카인의 표적에 관한 이야기를 들었다. 그 이야기를 다른 관점으로 볼 수도 있고, 신부님의 관점을 비판할 수도 있다는 생각이 내 영혼 깊은 곳에서 느껴지기 시작했다.

그때 다시 나와 데미안의 관계가 새롭게 시작되었다. 우리의 영혼이 다시 어떤 관련이 있다고 느낀 순간, 묘하게도 그 생각이 마법처럼 공간에 전파되는 것을 보았다. 데미안의 힘 때문인지 단지 우연이었는지는 모르겠다. 하지만 그때는 우연이라고 굳게 믿었다. 며칠 후 데미안은 갑자기 견진성사 수업 시간에 자리를 옮겨 바로 내 앞에 와서 앉았다.(사람이 꽉 찬 교실에서는 비참한 빈민가의 냄새가 뿜어져 나왔다. 그러나 아침마다 데미안의 목 근처에서 풍기는 부드럽고 신선한 비누 냄새는 여전히 기억하고 있다.) 그리고 며칠 뒤 데미안은 또다시 자리를 옮겨 내 옆으로 왔다. 그는 겨울, 봄 내내 계속 거기에 앉아 있었다.

지루했던 아침 수업이 완전히 바뀌었다. 나는 더 이상 수업이 졸리거나 지루하지 않았다. 나는 그 시간을 몹시 기다리고 있었다. 우리는 신부님 말씀을 매우 집중해서 들었다. 내 옆에 앉은 데미안은 나에게 집중해야 될 이야기나 이상한 말에 대해서 눈짓으로 알려주었고 그것은 내 마음을 끌리게 했다. 그리고 다른 아이들과 전혀 달랐던 데미안의 집중하는 눈빛은 내게 어떤 경각심을 느끼게 하거나 비평과 의혹을 불러일으켰다.

그러나 우리는 때때로 충실하지 않은 학생으로서 수업을 전혀 듣지 않을 때도 있었다. 데미안은 선생님과 친구들에게 언제나 예의 바르게 행동했다. 그는 다른 아이들이 저지르는 어리석은 행동을 하지 않았다. 큰 소리로 웃어대거나 시끄럽게 떠들지도 않았으며, 선생님께 꾸중을 듣는 일 또한 없었다. 데미안은 정말 조용하게, 속삭여 말하지 않더라도 손짓이나 눈빛으로 나를 끌어들이는 방법을 알고 있었다. 이것은 때때로 묘한 경우의 일이었다.

예를 들면, 그는 나에게 한 아이에게 관심이 생기면 그 아이를 어떤 방법으로 연구하는지 말해 주었다. 그는 많은 아이들을 매우 정확하게 이해하고 있었다. 수업 시작 전에 그가 말했다.

"엄지손가락으로 내가 너한테 손짓을 하면 저 아이가 우리 쪽으로 돌아보거나 목 주변을 긁을 거야."

수업 시작 후, 내가 그 말을 완전히 잊고 있었을 때 갑자기 데미안이 눈에 띄는 행동을 하며 엄지손가락을 치켜들었다. 내가 황급히 데미안이 가리키는 아이를 쳐다보았더니, 그 아이는 마치 철사줄에 끌려오는 것처럼 우리를 쳐다보면서 머리를 긁적였다. 나는 선생님께도 한 번 해보자고 데미안을 괴롭혔지만 그는 들어주지 않았다. 그러나 언제인가 내가 예습을 해오지 않은 날, 신부님이 내게 아무런 질문도 하지 않았으면 좋겠다고 그에게 말했더니 그는 흔쾌히 나를 도와주었다. 교리문답 한 구절을 외우게 할 학생을 찾고 있던 신부님의 시선은 나의 죄지은 듯한 얼굴에 멈추었다. 천천히 내 옆으로 오시던 신부님이 손짓하며 내 이름을 부르려는 순간, 갑자기 마음이 복잡한 듯 옷깃을 만지더니 자신을 쳐다보는 데미안에게로 발걸음을 돌렸다. 그러고는 데미안에게 질문을 하려다가 갑자기 몸을 돌려 잠시 기침을 하고는 다른 학생을 시켰다.

나는 이런 장난이 무척 재미있었지만 데미안이 이런 장난을 나한테도 똑같이 여러 번 했다는 걸 눈치 챘다. 학교 가는 길에 데미안이 따라오고 있다는 느낌이 들 때가 종종 있는데, 뒤돌아보면 데미안이 정말로 거기에 있곤 했다.

"정말 네가 원하는 대로 다른 사람의 생각을 조종할 수 있어?"

나는 그에게 물었다. 그는 흔쾌히 침착하게 논리적으로 어른처럼 설명해 주었다.

"아니."

그가 말했다.

"그건 불가능한 일이야. 신부님께서도 그러셨듯이 사람에게 자유 의지 같은 건 없어. 누군가에게 내가 원하는 것을 생각하도록 할 수 없듯이 나 또한 내가 원하는 걸 남이 생각하도록 할 수는 없어. 하지만 확실히 사람은 누군가를 자세히 관찰할 수는 있어. 그렇게 되면 때때로 그 사람이 어떤 생각을 하고 무엇을 느끼고 있는지를 꽤 정확히 알 수 있겠지. 그러면 대개 그 사람이 다음에 무엇을 할지도 예상할 수 있는 거야. 정말 간단한 거야. 다만 다른 사람들은 그걸 모를 뿐이지. 물론 연습이 필요해. 예를 들어, 나비 중에 암컷의 수가 수컷보다 훨씬 적은 나방이 있는데 이 나방도 다른 짐승들처럼 똑같이 번식을 하거든. 수컷이 암컷을 수정시키면 암컷은 알을 낳게 되지. 만일 너한테 지금 암컷 나방 한 마리가 있다면, 즉 생물학자들이 종종 실험하듯이 말이야, 이 암컷에게 수컷들이 날아오는 것을 볼 수 있게 될 거야. 몇 시간이나 걸리는 먼 곳에서 말이야! 몇 시간이나 걸리는 먼 곳을 생각해 봐! 수 킬로미터나 떨어진 곳에서도 수컷들은 근처에 있는 유일한 암컷을 느끼고 있는 거야! 그것을 증명하려고 사람들은 노력하지만 어려운 문제야. 거기엔 일종의 냄새나 그 비슷한 어떤 것이 있을 거야. 사냥개들이 눈에 보이지 않는 어떤 자취를 따라가는 것처럼 말이야. 알아듣겠어? 이런 일은 자연계에서 흔한 일이지만 그것을 명확히 설명하는 사람은 아무도 없어. 하지만 나는 이렇게 설명할 수 있을 것 같아. 만약 그 암컷 나방이 수컷처럼 많았다면 그것들이 그렇게 예민한 후각을 갖고 있진 않았을 거라고! 단지 나방들은 그 일에 훈련이 되었기 때문에 그런 후각을 가질 수 있었던 거지. 만일 인간도 짐승처럼 자기의 모든 주의력과 모든 의지를 어느 한곳에 집중한다면 목표에 도달할 수 있을 거야. 그게 다야. 네가 생각하고 있는 것도 그렇고. 누군가를 아주 자세하게 관찰해 봐. 그럼 그 사람 자신보다도 그에 대해 더 잘 알게 될 테니까.”

나는 ‘독심술’이라는 말을 떠올려 오랫동안 잊고 있던 크로머와의 일을 상기시킬까도 생각했다. 하지만 그 일은 우리에게는 아주 미묘한 문제였다. 그가 진지하게 내 생활에 개입했던 수년 전 일에 관해서는 서로 조금도 내색하지 않았다. 마치 아무 일도 없었던 것처럼, 혹은 서로 그 일을 완전히 잊었다고 굳게 믿는 것 같았다. 같이 길을 가다가 한두 번 정도 크로머를 만나기도 했지만 우리는 시선을 마주치지도 않았고, 크로머에 대해 한 마디도 하지 않았던 것이다.

"그러면 자유 의지는 어떻게 되는 거야?"

나는 물었다.

"넌 사람이 자유 의지가 없다고 말했어. 그리고 나서 너는 사람이 그 의지를 어떤 일에 집중시키면 자신의 목적에 도달할 수 있다고 했어. 그건 모순이야. 만일 내가 내 의지를 지배할 수 없다면, 마음대로 집중시킬 수도 없을 거야."

그는 내 어깨를 쳤다. 그건 내가 그를 즐겁게 해주었을 때 하는 행동이었다.

"좋은 질문인데."

그가 웃으며 말했다.

"사람은 언제나 다시 묻고 의문을 갖지 않으면 안 돼. 하지만 그 이치는 정말 단순해. 예를 들면, 좀 전에 말한 나방이 자신의 의지를 별이나 그 밖에 다른 데에 향하게 하려고 해도 그것은 불가능한 일이지. 그 나방들은 처음부터 그런 노력을 하려고도 하지 않아. 그것들은 오로지 자기들에게 의미와 가치가 있는 것만을 필요로 하고, 반드시 가져야 하는 것만을 찾기 때문이지. 그리고 그럴 때에만 믿을 수 없는 일도 이루어낼 수 있는 거야. 그것들은 자신들 말고는 다른 어떤 짐승도 갖고 있지 않은 불가사의한 육감을 발전시키는 거라고! 확실히 우리들은 짐승보다 더 많은 활동 범위

와 호기심을 갖고 있어. 하지만 우리 또한 좁은 영역 내에서 제약을 받고 있기 때문에 그 이상으로 나가긴 어려운 거야. 우리는 가령 아무런 구속도 받지 않고 북극에 가고 싶다든가 하는 등의 이런저런 상상을 해볼 수도 있어. 그렇지만 그 소원이 나의 내부에 깊이 스며들고, 내 모든 존재가 그것으로 충만할 때에만 나는 상상한 것을 실행할 수 있고, 충분하고 강력하게 바랄 수도 있는 거란 말이야. 그렇게 되면 너의 내부에서 무엇인가를 요구하자마자 모든 일이 다 잘 될 거고, 네 의지를 잘 길들여진 말처럼 다룰 수 있다는 말이야. 만일, 지금 내가 앞으로 안경을 쓰지 않은 신부님을 상상한다면 그건 안 되는 일이겠지. 그건 장난이나 마찬가지니까. 하지만 지난 가을에 나는 내 자리를 좀 뒤쪽으로 옮겼으면 하는 확고한 의지가 있었는데 그 일은 아주 잘 해결됐어. 그때 알파벳 이름 순서로 볼 때 내 앞쪽에 앉아야 할 아이가 갑자기 나타난 거야. 그 애는 계속 아파서 학교에 나오지 못하다가 그때 학교에 다시 나온 거라서 누군가가 자리를 비켜주어야 했어. 물론 내가 자리를 내어줬지. 그럴 수 있었던 건 내 의지가 기회를 얻을 준비를 완벽하게 했기 때문이라고 생각해."

"그래."

나는 말했다.

"나는 그때 정말 이상하다고 느꼈어. 우리가 서로 관심이 있었을 때쯤에 넌 나한테 점점 다가왔어. 그런데 그건 왜 그랬던 거야?

처음에 바로 내 옆에 앉지 않고 내 앞자리에 몇 번 앉았잖아. 그렇지 않아? 그건 어떻게 된 거야?"

"그건 내가 자리를 처음 옮길 때 어디로 가고 싶은지 확실히 알지 못했기 때문이야. 난 그저 뒤쪽에 앉고 싶다는 생각만 했어. 내 의지는 네 옆에 앉겠다고 했지만 처음엔 그걸 의식하지 못했던 거야. 동시에 네 의지도 나를 도와서 이끌어주었어. 그러다가 내가 네 앞에 앉았을 때, 나는 이제 반 정도 내 소원을 이뤘다고 생각했어. 내가 네 옆에 앉는 것 말고 아무것도 바라는 게 없다고 깨달은 거야."

"하지만 그땐 새로 들어온 학생이 없었는데."

"그랬지. 그렇지만 말이야. 그때 나는 내가 원하는 걸 행동으로 옮겼을 뿐이고 그저 네 옆에 앉은 거지. 나와 자리를 바꿨던 아이는 그저 이상하다고 여겼을 뿐 내가 하는 대로 내버려두었어. 그리고 신부님은 분명 한 번쯤은 무슨 변화가 있다는 것을 아셨을 거야. 예를 들어, 나와 연관된 일이 있을 때마다 신부님은 뭔지 모르게 마음에 걸려 하셨거든. 이름이 데미안인, D로 시작되는 이름을 가진 내가 뒤쪽의 S자 사이에 앉아 있는 것이 맞지 않다는 것을 알고 계셨을 거야. 하지만 내 의지가 그것을 거부하고 자꾸 방해했기 때문에 그 일이 신부님의 의식까지 닿지 못한 거지. 신부님은 여러 번 잘못되었다는 것을 알고 나를 연구하기 시작하셨어. 하지만 그런 경우, 나는 간단한 해결 방법을 잘 알고 있지. 계속 신부님의 눈을 뚫어지게 들여다보는 거야. 이럴 경우 대부분의 사람들은 마음이 불안해지기 때문에 이러한 상황을 견디지 못하거든. 만일 네가 누군가에게 무엇인가를 얻고 싶다면 무조건 상대방의 눈을 뚫어지게 들여다보고, 그가 전혀 불안해하지 않으면 바로 단념해야 돼. 그런 사람한테서는 어떤 것도 얻을 수 없을 테니까. 하지만 그런 일은 아주 드물어. 이 수법이 통하지 않는 사람은 딱 한 명뿐이었어."

"그게 누군데?"

나는 다급히 물어보았다.

그는 습관처럼 눈을 가늘게 뜨고 나를 쳐다보았다. 이따금 깊은 생각에 빠져 있을 때면 그렇게 하곤 했다. 그는 시선을 돌리고 대답을 하지 않았다. 나는 몹시 궁금했지만 다시 물어보진 못했다.

하지만 나는 그때 데미안이 자신의 어머니를 생각했다고 믿는다. 그는 어머니와 몹시 친밀한 것 같았지만 한 번도 내게 어머니에 관한 이야기를 한 적이 없었고, 나를 집에 데려간 적도 없었다. 나는 그의 어머니의 얼굴조차도 전혀 알지 못했다.

그때의 나는 무엇인가를 성취하기 위해 여러 번 시도하고 내 의지를 집중하려는 노력을 했다. 나는 정말 간절한 소원이 있었다. 하지만 이 방법으로는 소용이 없었다. 그 일에 대해서는 데미안에게 말할 수 없었다. 내가 바라는 것을 데미안에게 말하기가 힘들었고, 데미안도 묻지는 않았다.

그러는 사이에 나의 신앙심에는 수많은 균열이 생겼다. 나는 데미안에게 큰 영향을 받았지만 신을 불신하는 다른 동급생과는 달랐다. 그러한 불신론자들이 몇 명 있었다. 그들은 하나의 신을 믿는 것은 우습고 인간답지 않으며, 삼위일체나 예수의 동정녀 탄생 같은 것은 웃음거리라며, 사람들이 오늘날에도 이런 구식의 생각을 하는 것은 수치스러운 일이라고 했다. 나는 결코 그렇게 생각하지는 않았다. 때때로 의혹을 품기도 했지만 내 유년 시절의 모든 경험을 바탕으로, 우리 부모님이 영위하는 경건한 생활이 실제로 존재한다는 것을 알고 있기 때문이다. 또한 그것이 무가치하지도 않고 위선도 아님을 잘 알고 있었다. 오히려 나는 종교적인 것에 경외심을 갖고 있었다. 유일하게 데미안만이 내가 성서 이야기와 교리에 대해 보다 자유롭게, 보다 개인적으로, 보다 즐길 수 있게 상상력을 동원해 해석할 수 있도록 도와주었다. 그가 해석한 것을 나는 항상 흔쾌히, 즐겁게 따랐다. 물론 심한 거부감이 드는 생각들도 많았다. 카인의 문제 또한 그러했다.

언젠가 견진성사 수업 시간에 데미안은 경이로울 만큼 대담한 견해로 나를 놀라게 했다. 선생님이 골고다 언덕에 대해 이야기하고 계셨다. 예수의 고난과 죽음에 대한 성서 이야기는 아주 오래 전부터 나에게 깊은 인상을 주었다. 내가 어렸을 때, 예수 수난일 같은 때가 되면 아버지께서 수난에 대한 이야기를 읽어주셨다. 그러면 나는 진한 감동을 받아 고난에 가득 찬, 아름답지만 창백하고 오싹하지만 무시무시한 생명력이 있는 겟세마네와 골고다의 세계에서 살았다. 그리고 처음으로 바흐의 <마태 수난곡>을 들었을 때는 신비로우면서 어둡고 힘찬 고난의 빛이 신비로운 전율로 나를 감동시켰다. 나는 지금도 이러한 음악 속에서, 그리고 모든 비극에서, 모든 시와 예술적인 표현의 본질을 본다.

수업이 끝날 때쯤, 데미안이 생각에 잠긴 표정으로 내게 말했다.

"싱클레어, 어딘가 마음에 들지 않는 부분이 있어. 그 이야기를 다시 읽어봐. 그리고 혀로 음미해 봐. 무엇인가 개운치 않은 것이 있는 것 같아. 두 명의 도둑에 대한 이야기 말이야. 언덕 위에 세 개의 십자가가 당당하게 서 있는 것은 대단해! 하지만 이 교활한 도둑 이야기는 너무도 감상적이고 종교적일 뿐이야! 그는 범죄자이고 수치스러운 행위를 했는데, 지금은 회개하며 참회의 눈물을 흘리고 있으니 말이야! 무덤 앞에서 그런 회개가 대체 무슨 의미가 있을까? 그것은 단지 선교를 위한 유치한 감상이며 달콤한 속임수에 불과한 거야. 만일 나에게 두 도둑 중에 한 명을 친구로 택하라고 하거나 둘 중 누구를 더 믿는지를 생각해 보라고 한다면, 나는 당연히 눈물을 찔끔 흘리는 개종자를 택하진 않을 거라고. 다른 도둑을 선택하겠지. 그는 남자답고 개성이 있으니까. 그는 그의 입장에선 달콤한 유혹이었을 개종 같은 것은 조금도 신경 쓰지 않았어. 그는 끝까지 자신의 길을 갔고 마지막 순간까지도 그를 도와주었던 악마의 손을 비겁하게 뿌리치진 않았어. 그는 개성이 있어. 대부분 성서 속에서는 개성이 있는 사람들이 손해를 보게 되지. 아마 그도 카인의 후예일 거야. 그렇게 생각하지 않니?"

나는 몹시 당황했다. 십자가에 못 박히는 이야기에 대해서는 아주 잘 안다고 자부했는데 그의 말을 듣고 나니, 나는 상상력이나 개성 없이 단순히 그 이야기를 듣고 읽기만 했다는 걸 깨달았다. 데미안의 이 새로운 생각은 나에겐 숙명적으로 들렸고, 그것은 내가 지켜내야만 한다고 생각했던 모든 관념을 뒤흔들어 놓았다. 그건 안 된다. 모든 것들, 내가 신성시했던 것까지 잃어버릴 수는 없다.

언제나 그랬듯이 그는 내가 입을 열기도 전에 그 의견에 반대한다는 것을 알고 있었다.

"그래, 네 생각은 벌써 알고 있어."

그는 단념하듯이 말했다.

"그건 옛날이야기야. 너무 진지하게 받아들이지는 마. 하지만 종교의 결함이 이 이야기에 잘 드러나 있어. 구약이나 신약에서의 완전한 신은 정말 훌륭한 모습이지. 그러나 그게 본래의 모습은 아닐 거야. 신은 선하고, 고귀하고, 아버지와 같고, 아름답고, 높고 감상적인 존재라는 건 아주 정당한 얘기야! 하지만 세상은 다른 것으로도 이루어져 있어. 그런데 사람들은 다른 세계를 악마로 보기 때문에 세상의 절반인 다른 부분은 은폐되고 묵살되고 있어. 그들은 신을 생명의 근원으로서 찬양하지만, 생명을 탄생시키는 성적인 생활은 모두 묵살하거나 악마의 짓, 죄로 여기는 것은 어떻게 된 일이냐고! 사람들이 신을 숭배하는 것을 반대할 이유는 전혀 없어. 하지만 우리는 이 세상의 모든 것을 존중하고 신성시해야 된다고 생각해. 인위적으로 분리된 공식적인 반쪽이 아닌, 모든 세계를 인정해야 되는 거야. 그러니까 우리가 신께 예배드리는 것은 정당한 일이야. 하지만 그와 동시에 자신의 내부에 악마까지도 품을 수 있고 세상에서 벌어지는 일들이 묵살되지 않게 하는 그런 신을 창조해 내야 될 거야."

평소와는 다르게 데미안은 몹시 흥분해 있었으나 곧 다시 미소를 지었으며, 더 이상은 내게 따지듯이 말하지는 않았다.

그러나 누구에게도 그 말을 하지 못하고 늘 간직하기만 했던 소년 시절의 나는 그 이야기에 의혹을 갖게 되었다. 데미안이 이야기했던 신의 세계와 금지된 악마의 세계에 대한 생각은 나와 같았다. 두 개의 세계 혹은 세계의 두 부분에 관한, 밝은 세계와 어둠의 세계에 대한 부분은 내 생각과 같았던 것이다. 나의 문제가 바로 모든 인간의 문제이고, 모든 인생과 사색의 문제라는 인식이 어떤 성스러운 그림자처럼 나를 덮쳤다. 그리고 나의 개인적인 생활과 생각이 영원한 강에 깊이 속해 있다는 것을 느끼게 되자 불안함과 경건한 마음이 들기 시작했다. 하지만 그런 깨달음은 나의 존재를 실증해 주고, 행복하게 해주었지만 마냥 즐겁지만은 않았다. 그것은 냉혹하고도 서늘한 느낌이었다. 왜냐하면 그 속에는 내가 더 이상 어린애가 아니며, 혼자의 힘으로 삶을 꾸려나가야 된다는 인생에 대한 책임 의식이 담겨 있었기 때문이다.

나는 이런 생각들을 데미안에게 난생 처음으로 드러냈고, 그에게 유년 시절부터 품고 있던 '두 개의 세계'에 관한 생각을 이야기했다. 그리고 내 이야기를 들으면서 그는 나의 깊은 내면에 담긴 생각이 그의 생각과 일치하며, 정당성을 부여하고 있다는 것을 알았다. 하지만 데미안은 그런 나의 생각을 이용하진 않았다. 그는 다른 때보다도 더 내 말에 깊이 주의를 기울이면서 내 눈을 바라보았다. 나는 그의 시선을 피했다. 데미안의 시선에서 나는 묘하고 짐승 같은, 시간을 초월하여 나이를 가늠하기 어려운 존재에서나 볼 수 있는 듯한 그 어떤 것을 보았기 때문이다.

"이 문제에 대해서는 다음에 다시 이야기해 보자."

그가 말했다.

"네가 남들에게 말할 수 없는 그 이상의 것을 생각하고 있다는 것을 나는 알고 있어. 만약 그렇다면 너도 생각한 대로 인생 전부를 살아보지 못했다는 것을 알겠지. 그건 좋은 일이 아니야. 우리를 실제로 살게 하는 생각만이 가치가 있는 거야. 넌 네게 허락된 세계는 단지 세계의 반쪽에 지나지 않는다는 것을 알고 있고, 나머지 반쪽은 신부님이나 선생님들이 말씀하셨듯이 감추어버리려고 애썼던 거야. 그러나 그걸 숨길 수는 없어. 한 번 생각을 시작하게 되면 그 누구라도 그렇게 되지."

그의 말은 내 가슴에 깊이 와 닿았다.

"하지만."

나는 외치듯이 말했다.

"실상은 금지된 추악한 것들도 현실에는 존재하잖아. 너도 그걸 부정하진 못할 거야. 금지되어 있기 때문에 우리는 그것을 단념할 수밖에 없는 거지. 난 살인이나 온갖 악덕들이 존재한다는 걸 알아. 하지만 그것이 존재한다고 해서 우리 스스로가 범죄자가 되어야 하는 건 아니잖아?"

"우리가 오늘 어떤 결론을 내리지는 못할 거야."

데미안이 나를 달래며 말했다.

"너는 살인이나 강간 같은 짓을 해서는 절대 안 돼. 그건 확실히 안 되는 일이야. 하지만 넌 '허용된 것'과 '금지된 것'을 스스로 판단할 수 있는 경지에는 아직 이르지 못했어. 넌 겨우 작은 진리의 한 조각을 발견했을 뿐이야. 더 많은 다른 조각들을 발견할 수 있겠지. 그 사실을 잊지 마. 1년 전쯤부터 넌 내면에 어떤 충동을 느꼈을 거야. 그건 다른 어떤 충동보다 강해서 '금지된 것'으로 간과되고 있어. 하지만 우리와는 달리 그리스 사람이나 다른 민족들은 이런 충동을 신성하게 여기며 굉장한 축제를 열고 그것을 기념했어. 그러니까 '금지된 것'은 영원하지 않고 변할 수도 있는 거야. 오늘이라도 신부님 앞에서 결혼한다면 당장이라도 여자와 잘 수 있어. 하지만 그렇지 않은 민족도 있어. 옛날이 아니라 지금도 다르다는 말이야. 그러니까 우리는 각자에게 허용된 것과 금지된 것을 스스로 찾을 수 있어야 해. 금지된 일을 한 번도 해본 적이 없어도 악당이 될 수 있고 그 반대가 될 수도 있어. 그것은 단지 편의상의 문제일 뿐이야. 너무도 안일한 생각을 하며 판단력이 부족한 사람은 결국 있는 그대로의 금지된 것에 당장 따르게 되지. 그게 쉬우니까. 하지만 다른 이들은 자기의 내면에서 금지된 것을 스스로 느끼지. 다른 모든 이들이 매일하는 일이 그들에게는 금지된 일이 될 수도 있고, 반면에 다른 이들에게 금지된 일이 자신들에게는 허용될 수도 있어. 사람은 각자 스스로 판단을 내려야만 해."

그는 갑자기 너무 많이 이야기한 것을 후회하는 듯 조용해졌다. 그때 나는 데미안의 마음을 어느 정도는 이해할 수 있었다. 데미안은 꽤 유쾌하고 자신의 생각을 거침없이 이야기하는 듯했지만 예전에 그가 말했던 것처럼 '그저 떠들기 위해서' 이야기하는 것은 결코 견디지 못했다. 이 이야기에 대해 내가 진심으로 관심을 갖긴 했지만, 가벼운 재미와 농담 정도로만 즐긴다는 것을 데미안도 느꼈던 것이다. 나는 '완전한 진지함' 은 갖지 못했던 것이다.

'완전한 진지함' 이라고 쓴 마지막 어구를 다시 읽어보니, 데미안과 겪었던 사춘기 시절의 가장 감동적인 부분이 다시 떠오른다.

견진성사를 받는 날이 다가왔다. 마지막 종교 수업의 몇 시간 동안은 최후의 만찬에 대해 배웠다. 그것은 신부님에게 중요한 일이었다. 그래서 신부님은 열성을 다해 수업을 하셨으며 그 신성한 느낌과 기분이 그 시간 동안에 잘 느껴졌다. 하지만 몇 시간 남지 않은 교리문답 수업 시간에 내 생각은 다른 곳에 가 있었다. 내 친구에 관한 생각으로 가득 차 있었던 것이다. 나는 교회 사회로 입문하는 엄숙한 견진성사를 준비하는 반년 동안의 종교 수업보다는 데미안을 가까이 하며 그의 영향을 받은 것에 더 큰 가치가 있다고 느꼈다. 이제 나는 교회가 아닌 전혀 다른 사상과 개성의 교단에 들어갈 준비가 되었고, 그 교단은 어쨌든 이 세상에 확실히 존재할 것이며, 그 대표자나 사도는 바로 내 친구 데미안이라고 느꼈던 것이다.

이런 생각을 떨쳐버리기 위해 나는 몹시 애썼다. 나는 견진성사 의식만큼은 진심을 다해 경건하게 치르고 싶었다. 그런데 이러한 마음은 나의 새로운 생각과 어울릴 수 없었다. 그럼에도 불구하고 나는 견진성사를 진심으로 치르고 싶었다. 그리고 이 생각과 교회 의식 시간이 다가오고 있다는 생각이 합쳐졌다. 결국 나는 다른 사람들과는 다르게 의식을 치르기로 결심했다. 그것은 나에게 데미안의 영향으로 알게 된 사색의 세계로 들어가는 것을 의미했다.

내가 데미안과 또다시 열띤 논쟁을 한 것도 그때쯤이었다. 바로 문답 수업 직전이었다. 데미안은 아무 말도 하지 않았다. 제법 조숙한 척하면서 멋을 부리려는 듯 내 이야기에 대해 별로 좋아하지 않는 것 같았다.

"우리 너무 많은 이야기를 하는 것 같아."

그는 유난히 정색하며 말했다.

"말만 있는 이야기는 아무 가치가 없어. 아무런 가치도 없다고. 스스로에게서 멀어질 뿐이야. 자기 자신에게서 멀어진다는 건 죄악이야. 거북이가 그러하듯 사람은 자기 자신 안으로 완전히 들어가야 되는 거야."

그러고 나서 곧 우리는 교실로 들어왔다. 수업이 시작되었다. 나는 수업에 집중하려고 노력했다. 데미안도 나를 방해하지 않았다. 얼마 후에 나는 데미안에게서 어떤 독특한 공허함이나 냉정함, 혹은 그의 자리가 텅 비어 있는 듯한 느낌이 들었다. 그러자 가슴이 답답해져 왔다. 나는 데미안이 있는 쪽을 쳐다보았다.

평소처럼 그는 올바르고 단정하게 앉아 있었다. 그럼에도 불구하고 그는 지금까지와는 전혀 다르게 보였다. 그리고 나도 모르는 무엇인가가 그에게서 나와서 그를 둘러싸고 있는 것 같았다. 나는 그가 눈을 감았다고 생각했다. 하지만 그는 눈을 뜨고 있었다. 그러나 그 눈이 무엇을 쳐다보고 있지는 않았다. 무엇을 보고 있는 눈은 아니었다. 눈은 그저 떠 있을 뿐 내부의 세계, 혹은 아득히 먼 세계를 향해 있었다. 완전한 정지 상태로 데미안은 조금의 움직임도 없이 앉아 있었고, 숨도 쉬지 않는 것처럼 보였다. 그의 입은 나무나 돌로 만들어놓은 것 같았다. 창백한 얼굴도 돌처럼 보였다. 오직 갈색 머리카락만이 생기가 있었다. 두 손은 마치 돌이나 과일처럼 생기 없이 의자 위에 놓여 있었는데. 고요하면서도 창백했고 미동도 하지 않았으나 축 늘어진 것이 아닌, 강한 생명력이 숨겨진 단단한 껍데기 같았다.

그 광경에 나는 전율을 느꼈다. 데미안이 죽었다는 생각이 들어 크게 소리를 지를 뻔했다. 하지만 나는 그가 죽지 않았다는 것을 알았다. 나는 매혹된 눈빛으로 그의 창백하고 굳은 가면을 바라보았다. 그리고 그 모습이 진정 데미안임을 느꼈다. 나와 함께 걷고 이야기를 나누던 지금까지의 데미안은 반쪽짜리였다. 때때로 배역을 맡아 연기하고 나의 말에 호응해 주던 데미안은 반쪽짜리였던 것이다. 데미안의 진짜 모습은 이렇듯 굳어 있고, 창백하고, 짐승 같고, 아름답고, 차갑게 죽어 있으면서도 그 내면에는 엄청난 생명력으로 충만한 모습이었다. 그의 주위를 감싸고 있는 절대적 고요의 공허함, 정기와 별이 가득한 하늘, 그리고 고독한 이 죽음!

데미안이 완전히 자기 속에 침잠했음을 안 나는 전율했다. 한 번도 나는 이렇게 고독해 본 적이 없었다. 그와 나는 아무 상관없는 사이였고 내가 도달할 수 없는 존재였으며, 세상에서 가장 먼 섬보다도 더 먼 곳에 있었다.

나 이외에 그 누구도 이 광경을 본 사람이 없다는 것이 믿을 수 없었다. 모든 사람들이 그를 봤어야 했다. 그랬다면 모두들 오싹해져 몸서리쳤을 것이다. 그런데 그를 주의 깊게 보는 사람은 아무도 없었다. 그는 석상처럼 꼿꼿한 자세로 앉아 있었다. 파리 한 마리가 그의 이마 위에 앉았다가 천천히 코와 입술로 내려왔다. 하지만 그는 눈썹 하나 까딱하지 않았다.

어디에, 도대체 그는 지금 어디에 있는 것일까? 무엇을 생각하고, 무엇을 느끼고 있을까? 천국에 있을까? 지옥에 있을까?

그에게 그 일을 묻고 싶었지만 불가능했다. 수업이 끝나고 다시 살아서 숨 쉬는 그를 보며 그와 나의 시선이 마주쳤을 때, 그는 예전 그대로의 모습이었다. 그의 얼굴에는 다시 생기가 돌았고, 두 손은 다시 움직였다. 하지만 그의 갈색 머리카락은 푸석하고 지쳐 보였다.

그 일이 있은 다음 며칠 동안 나는 침실에서 몇 가지 새로운 연습에 몰두했다. 의자에 꼿꼿하게 앉아 눈을 고정시키고 움직이지 않은 채 얼마나 버틸 수 있는지, 그리고 그때 무엇을 느낄 수 있는지 알아보려는 것이었다. 하지만 나는 이내 피곤해졌고 눈꺼풀에 심한 경련이 일었다.

그 후 얼마 안 되어 견진성사 의식을 치렀다. 하지만 기억에 남는 것은 하나도 없었다.

그때부터 모든 것이 변했다. 내 주위를 감싸고 있던 유년 시절은 산산이 부서졌다. 부모님은 나에게 실망하신 듯했고, 누나들과는 아주 어색해졌다. 예전의 감정과 기쁨 사이로 차가운 기운이 스며들어와 원래의 것들을 왜곡하고 퇴색시켰다. 정원은 향기를 잃었고 숲은 더 이상 내 마음을 끌지 못했으며, 주위의 세계는 고물상처럼 무의미하고 힘도 잃었다. 책은 종잇조각 같았고 음악은 소음처럼 느껴졌다. 가령 가을이 되면 낙엽이 주위에 떨어지지만 나뭇잎이 지는 것이 느껴지지 않았다. 나무 위로 비가 쏟아지고, 태양이 비치며, 서리가 내린다. 나무의 내부에서는 생명이 서서히 위축되고 한쪽 구석으로 깊이 빨려 들어간다. 그러나 나무는 죽은 것이 아니다. 기다리는 것이다.

　방학이 끝나고 나는 다른 학교에 입학하기 위해 난생 처음으로 집을 떠나기로 했다. 어머니는 유난히 다정하게 다가와 내게 미리 작별인사를 해주셨고, 내 마음속에 사랑과 향수 같은 잊지 못할 추억을 남기려고 애쓰시는 것 같았다. 데미안은 여행을 떠나버렸다. 나는 홀로 남겨졌다.

베아트리체

데미안을 다시 만나지 못한 채 방학이 끝나자마자 나는 성 ○○ 시로 향했다. 부모님 두 분이 함께 오셔서 모든 일들을 세심하게 신경 써주셨고, 김나지움 소년 기숙사에 나를 맡기셨다. 그러나 부모님께서 내가 있는 곳이 어떤 곳인지, 어떤 아이들과 함께 있는지 아셨다면 놀라서 쓰러지셨을 것이다.

문제는 시간이 지나면서 내가 착한 아들이 되고 착한 시민이 될 것인지, 아니면 나의 본성대로 다른 길로 갈 것인지에 관한 것이었다. 아버지의 세계 속에서 정신적인 영향을 받으며, 행복한 생활을 하고자 하는 나의 마지막 노력은 오랫동안 계속되었다. 하지만 이러한 노력은 성공할 것 같았으나 결국 완전히 실패하고 말았다.

견진성사를 치른 후 방학 동안 처음으로 느꼈던 이상한 공허함과 고독감은—나는 이 공허함과 부족한 공기를 그 후에도 얼마나 많이 맛보았던가!—좀처럼 사라지지 않았다. 고향에 작별 인사를 하는 일은 이상할 만큼 쉬웠다. 하나도 슬프지 않아서 오히려 부끄러웠다. 누나들은 계속 울었다. 하지만 나는 조금도 눈물이 나지 않았다.

나는 이런 내 자신이 너무도 놀라웠다. 나는 감정이 꽤 풍부하고 본성도 착한 편이었다. 그러나 지금은 아주 다르게 변해 버렸다. 온종일 내 자신의 내부를 향해서 귀를 기울이고 내 마음속에서 흐르고 있는 금지된 어두운 냇물 소리를 듣는데 온 정신이 팔려 있던 반면, 외부 세계에 대해 아주 냉담한 태도를 보였다.

지난 반년 동안 나는 매우 빠르게 성장했다. 키는 훌쩍 컸으나 야위었고, 완전하진 않았지만 나만의 눈으로 세상을 보게 되었다. 그리고 소년다운 귀여움이 사라진 내 모습으로는 다른 사람들에게 사랑받을 수 없다고 생각했다. 게다가 나 스스로도 나 자신을 전혀 사랑하지 않았다. 나는 막스 데미안을 가슴 깊이 동경했다. 그러나 다른 한편으로는 데미안을 미워하기도 했고, 진저리쳐지는 병처럼 내가 짊어진 생활의 공허함에 대한 책임을 데미안에게 떠넘기기도 했던 것이다.

나는 기숙사에서 사랑도, 존중도 받지 못했다. 그들은 나를 비웃으며 멀리했고, 음침하고 불쾌하며 불량한 학생쯤으로 여겼다. 나는 그러한 역할이 마음에 들어서 오히려 더 과장되게 행동했다. 그리고 나는 번뇌와 절망이 파고드는 발작에 번번이 마음이 무거워지는 것을 느끼면서도 겉으로는 항상 남자답게, 세상을 멸시하는 듯한 표정을 지었다. 학교에서는 집에서 쌓아두었던 지식을 조금씩 써먹었다. 지금의 학급은 예전의 학급보다 다소 진도가 뒤떨어져 있어서 내 또래의 아이들을 나보다 어린아이로 얕잡아보는 습관도 생겼다. 그렇게 1년여의 시간이 지났다. 방학이 되어 집으로 갔을 때도 새롭게 변화된 것은 없었다. 나는 다시 집에서 떠나왔다.

11월 초순의 일이었다. 나는 날씨에 상관없이 생각에 빠져 산책하는 버릇이 생겼다. 산책을 하면서 나는 종종 즐거움을 느꼈는데, 그것은 우울과 염세와 자기혐오가 다분히 섞인 것이었다. 그러던 어느 날, 나는 축축한 안개가 잔뜩 낀 저녁에 교외의 공원을 어슬렁거리고 있었다. 공원의 넓은 가로수 길에는 아무도 없었다. 길에는 낙엽이 잔뜩 쌓여 있었고, 나는 발로 낙엽들을 헤치며 어두운 쾌감을 느꼈다. 공기는 축축하면서도 매캐한 냄새가 났다. 멀리 있는 나무들은 안개 속에서 유령처럼 커다랗고 희미하게 보였다.

나는 길게 늘어선 가로수 길 끝에서 엉거주춤 멈춰 서서 검고 무성한 나뭇잎들을 바라보며, 그것들이 바스라지면서 사라지는 축축한 냄새를 탐하듯 들이마셨다. 내 마음속에서도 그 냄새에 대답하듯 인사를 했다. 아, 인생이란 얼마나 무상한 것인가!

그때 옆길에서 누군가가 외투 깃을 바람에 날리며 내 쪽으로 다가오고 있었다. 내가 그만 돌아가려고 생각하던 바로 그때, 그가 나를 불렀다.

"이봐, 싱클레어!"

그는 내 옆으로 다가왔다. 우리 기숙사에서 나이가 가장 많은 알폰스 베크였다. 나는 그와 만나는 것이 좋았다. 그가 내게 다른 아이들을 대하는 것처럼 빈정대고 거만해 보이는 행동만 하지 않는다면 나는 그에게 어떠한 나쁜 감정도 가지지 않았다. 김나지움 학생들 사이에서 떠도는 소문에 의하면 그는 곰처럼 힘이 세고 기숙사 사감을 꼼짝 못 하게 한다는 주인공이었다.

"대체 여기서 뭐하고 있는 거야?"

그는 어른들이 어린아이에게 하듯이 조용하고 상냥하게 말했다.

"어디, 알아맞혀 볼까. 너 시를 짓고 있었지?"

"전혀 아닌데."

나는 무뚝뚝하게 내뱉었다.

그는 깔깔대고 웃으며 내게 다가와서, 내게는 익숙하지 않은 태도로 이야기를 시작했다.

"너무 경계할 필요 없어, 싱클레어. 내가 모를 줄 알고? 이렇게 저녁 안개 속을 생각에 잠겨 걷고 있다는 건 분명 어떤 사연이 있기 때문이야. 그럴 때 사람들은 시를 짓곤 하지. 그런 것쯤은 나도 알고 있어. 물론 죽어가는 자연이나 그것과 비교되는 사라져간 청춘에 대한 것이겠지. 하인리히 하이네가 그랬듯이."

"난 그만큼 감성적이지 않아."

나는 그의 말을 가로막았다.

"그럼, 좋을 대로 해! 하지만 이런 날씨에는 와인이나 그와 비슷한 것들이 있는 조용한 곳으로 가는 것도 괜찮다고 생각하는데, 같이 가지 않을래? 나도 마침 혼자야. 싫어? 네가 모범생처럼 굴겠다면 굳이 강요하지는 않을게."

그러고 나서 우리는 곧 교외의 작은 술집에 앉아 품질이 썩 좋지 않은 와인을 마시며 유리잔을 부딪쳤다. 처음에는 그다지 마음에 들지 않았으나 차츰 새로운 맛이 느껴졌다. 하지만 나는 술을 마셔본 경험이 없었기에 곧 취해서 떠들기 시작했다. 내 마음의 창이 활짝 열린 것 같았다. 세계가 그 속으로 비쳐 들어왔다. 오랜 시간 동안, 정말 무서울 만큼 오랫동안 나는 마음을 터놓고 이야기한 적이 없었다. 그러다가 정신없이 지껄이며 카인과 아벨 이야기를 멋지게 해냈다!

베크는 즐겁게 내 말에 집중했다. 드디어 내 이야기를 들어줄 사람을 찾은 것이다! 베크는 내 어깨를 툭툭 쳤다. 그리고 나에게 정말 굉장한 녀석이라고 말했다. 나는 흉금을 털어놓을 대상을 얻었고 그동안 막혀 있던 욕구를 마음껏 풀었다. 또 선배에게 인정받았다는 사실에 몹시 흥분했다. 그리고 그가 나를 천재적인 녀석이라고 말했을 때 그 말은 달콤하지만 독한 와인처럼 내 마음에 스며들었다. 세계는 새로운 빛으로 타올랐고, 생각은 수백 개의 힘찬 샘에서 흘러나왔으며, 영혼의 불꽃은 나의 내부에서 활활 타올랐다.

우리는 선생님과 친구들에 대한 이야기를 했다. 나는 우리가 멋지게 의기투합하고 있다고 느꼈다. 우리는 그리스인과 이교도에 관한 이야기도 했다. 그리고 베크는 어떻게 해서든 나에게서 연애에 관한 이야기를 듣고 싶어 했다. 그러나 나는 더 이상 이야기를 할 수 없었다. 이야기할 만한 경험이 없었기 때문이다. 마음속에서 느끼고 구성하고 상상했던 것들이 내 안에서 불타고 있었다. 하지만 그걸 입 밖으로 꺼내는 것은 술에 취했어도 어려운 일이었다.

여자에 대해서는 나보다 베크가 훨씬 더 많이 알고 있었다. 나는 여자에 대한 이야기에 열심히 귀를 기울였다. 도저히 믿기 힘든 이야기들이었다. 절대 불가능하다고 여겼던 것들이 현실에서는 지극히 평범하고 확실한 것이었다. 베크는 아마도 열여덟 살쯤 되었을 텐데 경험이 많았다. 여자들은 아름답거나 달콤하게 기분 맞추어 주기만을 원할 뿐 그 밖에는 별로 바라지 않는다는 것을 베크는 이미 수많은 자신의 경험을 통해 알고 있었다. 그러나 그것으로도 물론 좋지만 그것만이 진실은 아니라고 했다. 더 큰 성과는 부인들을 통해 얻을 수 있다면서, 부인들은 그런 경험에 훨씬 더 정통하다고 했다. 그는 나에게 문구점 주인 야겔트 부인에 관한 이야기를 해주었다. 만일 그 부인과 대화가 통하는 사람이 있다면 그 가게의 계산대 뒤에서, 책에서도 볼 수 없는 야릇한 일들이 두 사람 사이에 이미 있었던 거라고 생각하면 된다는 것이었다.

나는 이야기에 푹 빠져들어 멍하게 있었다. 물론 내가 야겔트 부인과 사랑에 빠지게 될 일은 없을 것이다. 하지만 그런 건 지금까지 들어본 적이 없는 이야기였다. 적어도 나이 든 사람들에게는 내가 한 번도 꿈꾸어보지 못한 어떤 샘이 흐르고 있는 것 같았다. 물론 그 이야기에는 어느 정도의 거짓이 섞여 있는 것 같았다. 그리고 베크의 말은, 내가 생각했던 사랑보다는 한층 더 보잘 것 없고 평범하게 느껴지기도 했다. 그렇다고 해도 그것은 현실이고 생활이며 모험이었던 것이다. 바로 지금, 그것을 모두 경험해 보고 그것을 자명한 것으로 생각하는 사람이 내 곁에 앉아 있는 것이다.

대화가 끊기자 우리는 활기를 잃었다. 나는 이미 천재적인 소년이 아니었다. 다만 어른의 말에 솔깃해서 집중하는 한 명의 소년이었을 뿐이다. 그러나 몇 달 동안의 나의 우울한 생활과 비교해 보면 그것은 달콤했고 천국 같았다. 게다가 우리가 술집에 온 것, 우리가 나누었던 이야기들 모두 엄격히 금지된 것들이었다. 그것을 비로소 나는 조금씩 깨달았다. 어쨌든 나는 그 속에서 뜨거운 정신과 혁명을 맛보았다.

나는 그날 밤을 생생히 기억한다. 우리가 희미하게 타고 있는 가스등 옆을 지나, 차갑고 축축한 밤공기를 맞으며 집으로 돌아가고 있을 때, 나는 난생 처음으로 취해 있었다. 불쾌하면서 몹시 괴로웠다. 그럼에도 불구하고 무엇인가 매력적인 달콤함이 있었다. 그것은 반란과 방탕이었고 생명력과 정신이었다.

베크는 나에게 머리에 피도 안 마른 어린애라며 투덜거렸지만 그래도 나를 챙겨주었다. 그는 나를 거의 메다시피 해서 기숙사로 데려왔고, 우리는 열린 창문을 통해 몰래 들어가는데 성공했다. 하지만 나는 아주 잠시 동안 깊은 잠을 잤고, 깨어났을 때는 괴로움과 참을 수 없는 고통이 엄습했다. 나는 자리에서 일어나 앉았다. 낮에 입었던 셔츠를 그대로 입고 있었다. 옷과 신발은 바닥에 널브러져 있었고 담배 냄새와 토한 냄새가 역겹게 느껴졌으며, 두통과 구토와 미칠 듯한 갈증에 휩싸였다. 그때 갑자기 내 마음에 한동안 보이지 않던 영상이 비쳤다.

나는 고향과 부모님의 집을, 아버지와 어머니를, 누나들과 정원을 보았고, 조용한 고향 집의 내 방을 보았으며, 학교와 시장을 보았고, 데미안의 견진성사 장면을 보았다. 이 모든 것들은 환하게 빛났으며 근사하고 신성하고 청순하게 보였다. 그리고 이 모든 것이 그렇다는 걸 나는 이제야 비로소 깨달았다. 그것들은 어제까지도, 불과 몇 시간 전까지만 해도 내 것이었고 나를 기다리고 있었다. 하지만 지금 이 시간에는 사라져버리고, 저주를 받고, 더 이상 나에게 속해 있지 않으며, 나를 거부하며 증오에 찬 눈빛으로 바라보고 있었다! 나는 내 인생의 황금기였던 멀고 먼 어린 시절의 정원으로 돌아가 있었다. 부모님께 받았던 온갖 사랑과 다정함, 어머니의 입맞춤과 매년 맞이했던 성탄절, 경건한 일요일 아침에 정원에 피어 있던 꽃들, 이 모든 것이 이제는 황폐해졌다. 이 모든 아름다운 것들을 내 스스로 짓밟았던 것이다! 만일 지금 당장 경찰이 찾아와 나를 묶고 쓸모없는 인간, 신성모독자라고 하며 교수대로 끌고 간다고 해도 나는 수긍하며 따라갔을 것이고, 그것을 정당하고 당연하다고 생각했을 것이다.

나의 내면은 이러했다! 사방을 헤매며 이 세상을 얕잡아본 사람이여! 자만으로 가득 차 데미안의 생각에 기대던 자여! 쓸모없는 인간, 추잡한 녀석, 술에 취해 더럽고 구역질나는 저급하며 거친 짐승과 추악한 충동의 노예가 될 수밖에 없었겠지! 온갖 청순함과 빛과 사랑스러움의 정원에서 온, 바흐의 음악과 아름다운 시를 사랑하던 내가 이렇게 되다니! 술에 잔뜩 취해 자제할 수 없으며 충동적이고 바보처럼 웃어대던 내 자신의 웃음이 아직도 들리는 것 같아서 나는 심한 구역질과 분노를 느꼈다. 그것이 바로 나였던 것이다!

하지만 이 모든 것에도 불구하고, 고통의 괴로움을 견디는 일에는 쾌감이 있었다. 아주 오랫동안 내 마음은 맹목적이면서 미련스럽게 위축되어 있었고, 너무도 오랫동안 소리를 죽인 채 구석에 웅크리고 있었기 때문에 이런 가책과 전율, 영혼의 모든 추악한 감정도 환영받았던 것이다. 거기에는 분명 감정이 있었고, 불꽃이 타올랐으며, 심장이 고동치고 있었다. 비참함 속에서도 나는 해방과 봄의 기운 같은 것을 느꼈던 것이다.

그러는 동안에 나는 겉으로 몹시 타락해 가고 있었다. 처음 있었던 주정은 주정만으로 그치지 않았다. 우리 학교에서는 폭주가 성행하고 난동이 속출했다. 나는 그들 중에 최연소자였다. 그러나 나는 곧 한몫 거드는 구경꾼이나 애송이가 아닌 대장이며 샛별 같은 존재가 되었고, 유명하고 거침없는 술집의 단골이 되었다. 나는 다시 한 번 완전히 어두운 세계, 악마의 세계에 속해 있었다. 그리고 나는 이 세계에서는 꽤 근사한 녀석으로 인정받았다.

그와 동시에 내 마음은 비참해졌다. 나는 내 스스로를 파멸하는 미치광이 소굴에 살고 있었던 것이다. 친구들에게는 대장이니, 멋진 녀석이니, 영리하고 예리하고 재치 있는 녀석이라 불렸지만, 내 마음 깊은 곳에서는 불안에 가득 찬 내 영혼이 두려워하며 떨고 있었다.

언젠가 나는, 일요일 오전에 거리에서 깨끗한 차림으로 명랑하고 즐겁게 노는 아이들을 보며 눈물을 흘렸던 일을 아직도 기억하고 있다. 그리고 나는 초라한 술집의 더러운 탁자에 앉아 맥주에 취해 웃음을 터뜨리며, 터무니없는 방탕한 풍자로 친구들을 즐겁게 해주고 때로는 놀라게도 해주었지만, 나는 무언가를 조롱하면서도 마음속으로는 몰래 내가 조롱하는 모든 것에 대해 공경심을 품고 있었다. 나는 마음속으로는 나의 영혼과 과거와 어머니 앞에, 그리고 신 앞에 눈물 흘리며 무릎을 꿇고 있었던 것이다.

내가 한 번도 나의 무리와 하나가 되지 못하고 그들 사이에서도 고독하고, 또 괴로워했던 데에는 이유가 있었다. 나는 가장 난폭한 무리의 마음에 드는 술집의 영웅이며 독설가였다. 나는 선생님과 학교, 부모님과 교회에 관한 생각이나 이야기에서는 재치와 용기를 보여주었다. 음담패설조차도 남에게 뒤처지지 않으려 애썼으며, 그런 것 하나쯤은 나도 만들어낼 수 있었다. 그러나 나의 무리가 여자에게 갈 때는 한 번도 따라가지 않았다. 내가 말한 대로라면 나는 철면피의 방탕아여야 했지만, 사실 나는 외로웠고 사랑에 대한 타오르는 동경과 가능성 없는 그리움으로 가득 차 있었던 것이다. 그 누구도 나만큼이나 더 상심하고 부끄러움을 많이 타지는 않았다. 가끔씩 어린 소녀들이 아름답고 말끔하게, 명랑하고 우아하게 걸어가는 것을 볼 때면, 그들은 근사하고 깨끗한 꿈인 것 같았고 나보다 천배는 더 선하고 청순하게 느껴졌다. 얼마 동안 나는 야겔트 부인의 문구점에는 가지도 못했다. 그 여인을 쳐다보면 알폰스 베크가 이야기했던 것이 생각나서 얼굴이 몹시 달아올랐기 때문이었다.

하지만 내가 새로운 무리들 사이에서 끊임없이 고독하고 색다른 존재라고 생각하면 생각할수록 더욱더 그들에게서 떨어질 수가 없었다. 사실, 내가 과음과 호언장담을 하던 일들이 단 한 번이라도 즐거웠던 적이 있었는지 이젠 알 수가 없다. 또한 나는 술에 익숙해지지 않아서 번번이 괴로운 결과를 맛보아야 했다. 모든 일들이 다 강제 같았다. 그 외에 다른 어떤 일을 해야 할지 알 수가 없었다. 나는 그저 내가 해야 할 일을 했을 뿐이었다. 나는 오랫동안 혼자인 것을 두려워했고, 항상 마음이 향했던 온화하고 수줍은 내부의 발작이 두려웠으며, 엄습해 오는 따뜻한 사랑에 대한 갈망이 두려웠던 것이다.

나에게 결핍되어 있던 중요한 한 가지는 바로 진실한 친구였다. 자주 만나던 동급생이 두세 명 있었지만 그 친구들은 모범생에 속했다. 나의 악행은 이미 오래전부터 모두가 다 알고 있었기에 그들은 나를 피했다. 그들 모두 나를 뿌리째 흔들리고 있는, 희망 없는 불량 학생으로 여기고 있었다. 선생님들도 나에 대해 많은 것을 알고 있었다. 나는 혹독한 처벌도 여러 번 받았으며, 결국엔 퇴학 처분을 받을 것이라고 수군댔다. 나 자신도 그 사실을 잘 알고 있었다. 나는 이미 오래전부터 착한 학생이 아니었고, 더 이상 이런 생활은 버틸 수 없다고 느끼면서도 애써 그러한 생활을 유지하며 내 자신을 속이고 있었다.

신이 우리를 고독하게 만들었기 때문에, 신이 우리 자신에게로 이끌어줄 수 있는 길은 너무도 많았다. 신은 그때 나와 함께 이런 길을 갔던 것이다. 그것은 마치 악몽 같았다. 더러운 것, 끈적거리는 것, 깨진 맥주잔, 그리고 터무니없는 잡담을 지껄이며 보낸 밤들에서 나 자신이 몽유병자처럼 쉼 없이 괴로워하면서 구역질나는 더러운 길을 기어 다니고 있는 내 모습을 보았다. 공주에게 가는 도중에 악취와 오물로 가득 찬 뒷골목 속에 빠져버리는 꿈을 꾼 적이 있었다. 나도 그런 상태였던 것이다. 이렇듯 쓸데없는 짓을 하면서 나는 더욱 고독해졌고, 냉정한 눈빛으로 지키고 서 있는 문지기가 나와 나의 유년 시절 사이에 버티고 서 있었기 때문에 닫혀버린 낙원의 문이 생겨났다. 이것이야말로 나 자신에 대한 그리움의 시작이었으며 현실에 대한 깨달음이었다.

그러던 어느 날, 사감 선생님께 경고 편지를 받으신 아버지께서 성 ○○시에 오셔서 예상치 않게 내 앞에 나타나셨을 때, 나는 너무 놀라 몸에 경련이 일어났다. 하지만 그 겨울의 끝 무렵 두 번째로 오셨을 때는 이미 나는 냉담하고 무관심한 상태였다. 아버지께서 꾸중을 하셔도, 당부를 하셔도, 어머니를 떠올리게 하셔도 나는 개의치 않았다. 마침내 아버지께서는 몹시 화가 나셨고, 만일 내가 달라지지 않는다면 불명예스럽고도 모욕적인 퇴학을 시켜서 감화원에 집어넣겠다고 말씀하셨다. 그렇게 하실 테면 하시라지! 아버지께서 떠나신 다음, 나는 죄송한 마음이 들었다. 하지만 아버지는 나에게 아무런 약속도 듣지 못하셨고, 나에게로 통하는 그 어떤 길도 찾지 못하셨다. 그리고 아주 잠시 동안이었지만 나는 그것이 당연하게 느껴졌다.

내가 앞으로 무엇이 되든지 나는 상관이 없었다. 술집에 앉아서 떠들어대는 기묘하고 썩 아름답지 못한 방식으로 나는 세상과 싸우고 있었던 것이다. 그것이 내 반항의 방식이었다. 그러면서 나는 내 자신을 엉망진창으로 만들었다. 때때로 상황을 이렇게 파악하곤 했다. 만일 세상이 나 같은 사람들을 필요로 하지 않고, 이들을 위해 보다 더 나은 자리, 더 가치 있는 일을 부여하지 않는다면 세상은 분명 파멸할 것이며, 그 손해의 책임은 이 세상이 져야 한다고.

그 해의 성탄절 휴일은 정말 불쾌했다. 나를 보신 어머니는 깜짝 놀라셨다. 나는 키가 한층 더 자랐고 야윈 얼굴은 축 늘어졌으며, 눈가에는 염증이 생겨 어두워지고 처량한 모습이었던 것이다. 코 밑의 엉성한 수염과 최근에 쓰기 시작한 안경이 더 낯설게 만들었다. 누나들은 뒤에서 소리를 내며 웃었다. 모든 일들이 불쾌했다. 서재에서 아버지와 나눈 대화도 불쾌하고 씁쓸했으며, 두세 명의 친척들과 나눈 인사도 불쾌했고, 무엇보다도 크리스마스이브의 밤이 불쾌했던 것이다.

내가 태어난 이래 크리스마스는 우리 집에서 가장 중요한 날이었고, 축제 분위기에서 사랑과 감사의 마음으로 부모님과 나의 유대감을 새롭게 해주는 날이었다. 그러나 이번 성탄절에는 모든 일들이 답답했고 당혹스러울 뿐이었다. 예전처럼 아버지께서는 '그들은 그곳에서 양 떼를 지키고 있었노라.' 라는 들판의 목동에 관한 복음서를 읽으셨고, 누나들은 기쁨에 가득 찬 모습으로 선물이 놓인 책상 앞에 서 있었다. 그러나 아버지의 음성은 즐겁지 않았고, 얼굴은 늙고 피곤해 보였으며, 조그맣게 오그라들어 보였다. 어머니는 슬픈 표정이셨다. 그리고 그 모든 것이 나에게는 한결같이 괴롭고 거북했다. 선물과 축복, 복음서와 불이 밝혀진 트리 또한 그러했다. 꿀 과자는 달콤한 냄새를 풍기며 향긋한 추억의 뭉게구름을 만들어냈다. 또한 참나무는 향기를 내며 달콤한 추억의 연기를 뿜어내고 있었다. 나는 이 밤과 축제의 날이 어서 빨리 끝나기만을 기다렸다.

겨울은 그런 모습으로 지나갔다. 방학이 되기 얼마 전에 나는 교사회로부터 심각한 경고를 받았다. 제적하겠다는 경고였다. 나는 더 이상 이런 생활을 할 수는 없었다. 될 대로 되라는 생각이 들었다.

나는 데미안에게 특별한 원망을 갖고 있었다. 그동안 나는 그를 한 번도 만나지 못했다. 성 ○○시로 옮겨온 초기에 나는 그에게 두 번이나 편지를 썼다. 하지만 답장은 받지 못했다. 그래서 나는 방학 동안에도 그를 방문하지 않았다.

지난 가을에 알폰스 베크와 만났던 교외의 공원에서, 봄이 시작될 무렵 가시나무 울타리가 푸른빛을 띠던 그때, 나는 우연히 한 소녀에게 관심이 생겼다. 나는 불쾌한 생각과 근심에 싸여 홀로 산책을 하고 있는 중이었다. 건강은 나빠지고 돈은 끝없이 모자랐다. 친구들에게 빌린 돈의 액수는 점점 늘어나서 집에서 돈을 받아내려면 그럴듯한 이유를 생각해 내야 했다. 여러 가게에서 담배나 그 외의 다른 것을 사느라 외상값 또한 자꾸 늘어나고 있었다. 하지만 이 걱정거리는 아주 심각한 지경은 아니었다. 만약 얼마

지나지 않아 이곳 생활이 끝이 나서 내가 물속에 뛰어들거나 혹은 감화원에 끌려가게 된다면, 이런 문제는 사소한 일일 뿐이었다. 그러나 현실에서의 나는, 늘 그런 아름답지 않은 일에 시달리고 있었으며 나는 그것들에 억눌려 살고 있었다.

그 봄날의 공원에서 나는 내 마음을 사로잡은 한 소녀를 만났다. 키가 크고 날씬하며 우아한 옷차림을 한 그녀는 꽤 영리해 보이는 얼굴이었다. 나는 첫눈에 그녀가 마음에 들었다. 나는 그런 타입의 여자를 좋아했기 때문이다. 나는 곧바로 그 여인에 대한 공상을 하기 시작했다. 나보다 나이가 그렇게 많은 것 같지는 않았다. 그런데 그녀는 나보다 훨씬 성숙하고 우아하고 윤곽이 뚜렷했으며, 이미 완전한 숙녀 같았다. 그러면서도 그녀에게는 내가 무엇보다도 좋아하는 오만함과 앳된 티가 엿보였다.

나는 지금껏 한 번도 내가 반한 여자에게 접근해서 성공한 적이 없었다. 그리고 이 여자의 경우도 역시 마찬가지였다. 그러나 그녀는 과거의 어떤 소녀들보다 더 인상 깊었다. 그래서 이 짝사랑은 내 생활에 깊은 영향을 미쳤다.

갑자기 내 앞에 고귀하고 숭고한 영상이 다시 나타났다. 어떤 갈망이나 충동도 나의 내부의 경건하고 숭배하고 싶은 소망보다 깊고 간절하지는 않았다. 나는 그 여인에게 베아트리체라는 이름을 붙였다. 단테의 시집을 읽어보지는 않았지만 영국 판본板本의 그림을 통해 그 여자에 대해 알고 있었기 때문이다. 그 그림의 복

제품을 나는 잘 간직하고 있었다. 그 그림에는 영국의 라파엘 초기파의 화풍으로 그려진 소녀의 모습이 있었다. 그 소녀는 작고 긴 얼굴에 영혼이 깃든 손과 표정을 지녔고, 팔다리가 길었으며 날씬한 모습이었다. 외모는 내가 사랑하는 날씬한 모습과 소녀다운 면을 지녔다는 점과, 얼굴에 영혼이 깃들어 보인다는 점에서 그림 속 여자와 비슷했지만 완전히 똑같지는 않았다.

나는 베아트리체와 대화를 나눈 적이 단 한 번도 없었다. 그럼에도 불구하고 그녀는 그 당시 나에게 깊은 영향을 끼쳤다. 그녀는 내 앞에 자기 모습을 세워놓고 나에게 성스러운 전당을 열어주었고, 나를 사원의 기도자가 되게 해주었다. 시간이 흐를수록 나는 술집을 전전하는 일과 밤의 싸움에서 멀어져갔다. 나는 다시 홀로 있을 수 있었고, 다시 독서와 산책을 즐겼다.

이러한 돌발적인 전향으로 나는 많은 조롱을 받았다. 하지만 이제 나는 사랑할 대상과 흠모할 대상을 갖게 되었다. 나의 이상이 다시 살아났고, 삶은 다시 예감과 신비스러운 비밀로 가득 차 있었다. 그것이 나로 하여금 다른 사람들의 조롱을 신경 쓰지 않게 해주었다. 비록 숭배하는 영상의 하인이며 노예일 뿐이었지만, 나는 다시 나 자신 속으로 스며들 수 있게 된 것이다.

그 시절을 감동 없이 돌이켜볼 수는 없다. 나는 다시 진지하게 노력하며 무너져버린 생활의 폐허에서 '밝은 세계'를 재건하려고 애썼으며, 나의 마음속에서 어둠과 악을 제거하고 완전히 밝은 것

속에 머물려는 열망 속에서 신들 앞에 무릎을 꿇고 있었다. 지금의 내가 머물려고 하는 '밝은 세계'는 어느 정도는 나 자신의 창조물이었다. 그것은 어머니 품으로 달아나거나 책임이 없는 안전한 곳으로 도망쳐 들어가는 것과는 달랐다. 그것은 책임감과 자기 절제력을 가진, 나 스스로에 의해 새롭게 발견되고 요구되는 자기 헌신이었다. 그 때문에 나를 끊임없이 괴롭히고 언제나 달아나려고 애썼던 성욕은, 이 성스러운 불속에서 정신과 기도로 정화될 수밖에 없었다. 더 이상 음침한 것, 흉측한 것들이 존재해서는 안 되었다. 신음하면서 지새운 밤들, 음란한 생각 앞에서의 심장의 고동, 금지된 문 앞에서 엿듣던 일, 음탕한 짓들도 모두 존재해서는 안 되었다. 나는 이 모든 것들 대신에 베아트리체의 초상을 모신 제단을 마련하였다. 그리고 그 여인에게 나를 바치고 또한 정신과 신들에게 나를 바쳤다. 음침한 세계에서 빼앗아온 삶의 몫을 밝은 세계의 제물로 바쳤다. 나의 목적은 향락이 아니라 청순함이었으며, 행복이 아니라 아름다움과 정신이었던 것이다.

이 베아트리체에 대한 숭배는 내 인생을 송두리째 변화시켰다. 어제까지는 조숙한 냉소자였던 내가 지금은 성자가 되려는 희망을 가진 사원의 하인이었다. 나는 내 몸에 젖어버린 나쁜 생활을 청산했을 뿐만 아니라 모든 것을 변화시키기 위해 노력했고, 모든 생활 속에 청순함과 존귀함, 품위가 깃들도록 노력했으며, 먹고 마실 때나 이야기할 때, 옷차림까지도 여기에 어울리도록 신경을 썼다. 나는 아침마다 냉수욕을 했다. 그 일에는 엄청난 노력이 필요했다. 나는 진지하고 품위 있는 행동을 했고, 자세를 똑바로 하고 천천히 위엄 있게 걸었다. 사람들에게는 다소 우습게 보였을지도 모른다. 하지만 내 마음은 그만큼 신에 대해 헌신하는 마음으로 가득 차 있었다.

새로운 신념을 표현하는 방법을 찾으려고 한 여러 시도들 중에서 내게 단 한 가지만이 중요해졌다. 나는 그림을 그리기 시작했던 것이다. 내가 가지고 있는 영국 판본의 베아트리체 초상이 그녀와 정확하게 일치하지 않았던 것이 그 시초가 되었다. 나는 그 여자를 내 의지대로 그려보고 싶었다. 아주 새로운 기쁨과 희망으로 나는 내 방에서—최근에 나는 독방을 쓰고 있다.—깨끗한 종이와 그림물감과 붓을 마련해 두었고 팔레트, 유리잔, 도자기 접시, 연필을 준비했다. 새로 산 작은 튜브 속에 든 고운 색의 템페라 물감이 나를 매혹시켰다. 물감을 작고 뽀얀 접시 위에 처음 짰을 때의 그 빛깔이 아직도 눈에 보이는 듯하다. 그것은 불타는 듯한 크롬 옥시드 그린이었다.

나는 조심스럽게 그림을 그리기 시작했다. 얼굴을 그리는 것은 어려운 일이었다. 그래서 나는 처음에는 다른 것부터 그려보려고 했다. 장식 무늬, 꽃, 조그만 환상적인 풍경화, 예배당 앞에 서 있던 한 그루의 나무, 사이프러스 나무들이 서 있는 로마의 다리 등을 그렸다. 나는 이 일에 완전히 넋을 잃기도 하고 그림물감을 처음 가져본 아이처럼 행복해했다. 그러다 마침내 나는 베아트리체를 그리기 시작했다.

하지만 처음 몇 장은 완전히 실패했기 때문에 나는 그것을 내던져버렸다. 때때로 거리에서 만나던 그 소녀의 얼굴을 마음속에서 떠올려보려고 할수록 더 잘 되지 않았다. 결국 나는 그 소녀를 그리는 일을 포기하고 공상에 따라서, 그림물감이나 붓이 저절로 이끄는 대로 얼굴을 그리기 시작했다. 그렇게 해서 꿈에서 본 모습으로 완성된 얼굴은 만족스러웠지만 나는 계속해서 시도했다. 한 장 한 장 새로운 얼굴이 그려질 때마다 그 모습은 한층 더 선명해졌고, 비록 실제와 똑같지는 않았지만 그 소녀의 모습에 점점 가까워졌다.

시간이 지날수록 나는 꿈꾸는 듯이 붓으로 줄을 긋고 화면을 채워가는 것에 점점 익숙해졌다. 특정 모델을 생각하며 그리진 않았으나 장난삼아 그리는 사이에 무의식적으로 어떤 이미지가 만들어졌다. 그러던 어느 날, 드디어 나는 이제까지의 것들보다 한층 더 강력하게 내게 말을 건네는 하나의 얼굴을 완성했다. 그 얼굴은 예전 그 소녀의 모습은 아니었다. 나는 처음부터 그 소녀를 그린 것이 아니었다. 그것은 조금 더 다르고, 비현실적인 것이었지만 가치가 덜한 것은 아니었다. 그것은 소녀의 얼굴이라기보다는 소년의 얼굴처럼 보였다. 머리카락도 그 소녀처럼 옅은 금발이 아니라 붉은빛을 띤 갈색이었다. 이마는 뚜렷하고 야무지게 보였다.

그리고 입술은 붉게 타고 있었으며, 전체적인 인상은 딱딱하고 가면 같은 느낌이었다. 그렇지만 그 얼굴에는 인상적이고도 신비스러운 생명력이 가득 차 있었다.

완성한 그림 앞에 앉아 있으니 그것은 나에게 묘한 감동을 전해주었다. 나에게 그것은 신의 초상의 일종이거나 신성한 가면 같아보였다. 그것은 절반은 남성이고 절반은 여성이었으며, 나이를 초월하여 꿈을 꾸고 있는 것 같으면서도 강한 의지를 지녔다. 또한남모를 생명력이 충만해 있으면서도 딱딱하게 굳은 것처럼 보이기도 했다. 이 얼굴은 무엇인가 할 말이 있는 것 같았고, 내 안에존재하면서 나에게 무엇인가를 요구하고 있었다. 그리고 그것은확실히 누군가와 닮은 듯했다. 하지만 누구를 닮았는지는 알 수없었다.

그 얼굴은 한동안 나의 모든 생각 속에서 살아 있었고 나와 함께 생활했다. 나는 그것을 서랍 속에 넣어두었다. 누군가 그것을보고 나를 조롱하는 것은 정말 싫었기 때문이다. 그러나 나는 혼자 있을 때마다 그 그림을 꺼내보곤 했다. 저녁에는 그 그림을 침대 맞은편 벽지에 핀으로 꽂아놓고는 잠들 때까지 쳐다보았다. 그리고 아침이 되면 눈을 뜨자마자 그 그림을 쳐다보았다.

바로 그 시절에 나는, 어린아이였을 때 그랬던 것처럼 다시 많은 꿈을 꾸기 시작했다. 몇 년 동안 나는 한 번도 꿈을 꾼 적이 없었던 것 같다. 이제야 그것들이, 아주 새로운 종류의 영상이 다시 나를 찾아왔던 것이다.

그리고 자주 꿈속에서, 내가 그린 그림 속의 얼굴이 생기를 띠고 나에게 말을 걸면서 아주 친밀하게, 혹은 적대적인 태도로, 때론 인상을 찌푸리고, 또 때로는 무한히 아름다우며 조화롭고 고귀한 모습으로 나타나곤 했다.

어느 날 아침 역시 그러한 꿈을 꾼 후 깨어났을 때, 나는 갑자기 하나의 사실을 알아차렸다. 그 그림은 믿을 수 없을 만큼 다정한 시선으로 나를 바라보고 있었다. 마치 내 이름이라도 부르는 것 같았다. 또한 어머니만큼이나 나를 잘 알고 있는 것 같았다. 그리고 그것은 옛날부터 나를 항상 바라보고 있었던 것처럼 보였다. 흥분을 가라앉히며 나는 그 그림 속의 얼굴을, 숱 많은 갈색 머리카락과 반은 여성적인 그 입술을, 그리고 기이하게 밝고 굳센 이마를 바라보았다.(그 그림은 물감이 저절로 말라 있었다.) 그러자 나는 차츰 마음속에서 눈에 익은 누군가의 얼굴이 떠올랐고, 그가 누구인지 잘 알고 있다는 것을 깨닫게 되었다.

나는 침대에서 벌떡 일어나서 그 그림 앞에 아주 가까이 다가갔다. 초록빛이 감도는 크게 뜬 눈, 내 눈을 물끄러미 바라보고 있는 그 눈을 응시했다 오른쪽 눈이 다른 쪽보다 약간 올라가 있었다. 그러자 갑자기 그 오른쪽 눈이 찡긋 움직였다. 가볍게 그러나 분명히 그 눈은 움직였다. 그리고 이 작은 움직임으로 나는 이 그림이 누구의 얼굴인지를 알 수 있었다. 어째서 이렇게 늦게야 그것을 알아차릴 수 있었던 것일까? 그것은 데미안의 얼굴이었던 것이다.

그 후 나는 그 그림을 종종 내 추억 속에 남아 있는 데미안의 진짜 표정과 비교해 보았다. 닮기는 했지만 똑같지는 않았다. 그러나 그것이 데미안인 것은 틀림없었다.

어느 초여름 저녁, 서쪽으로 향해 있는 창문을 통해 기울어져 가는 태양이 붉게 비쳐들었다. 방 안은 점점 어두워졌다. 나는 베아트리체, 혹은 데미안의 초상을 창틀 가운데에 핀으로 고정시키고 문득 그림이 석양에 비치는 모습이 보고 싶다는 생각이 들었다. 얼굴은 윤곽이 흐려져 모호해졌지만, 붉은 눈과 밝은 이마와 유난히도 붉은 입술은 깊고 강렬하게 타올랐다. 석양이 벌써 사라져버렸는데도 나는 오랫동안 그 앞에 마주앉아 있었다. 그러자 점점 그 얼굴은 베아트리체나 데미안이 아니라 나 자신이라는 느낌이 들었다. 물론 그 그림은 나와 닮지 않았고 그럴 이유도 없다고 생각했다. 그렇지만 그것은 나의 생명을 이루고 있는 것이고, 나의 마음, 나의 숙명 혹은 나의 수호신이었던 것이다. 언젠가 내가 다시 친구를 찾게 된다면 그 친구는 이런 모습일 것이다. 언젠가 내가 사랑을 하게 된다면, 사랑하는 이는 이런 모습일 것이었다. 나의 삶과 죽음 또한 그러할 것이었다. 이것은 나의 숙명의 울림이었고 리듬이었다.

그 무렵 나는 이제까지 읽었던 어떤 책보다 내게 깊은 인상을 남긴 책을 한 권 읽기 시작했다. 훗날에도 니체를 제외하고 그러한 감동을 받았던 적은 거의 없었다. 그것은 시간과 잠언이 수록된 노발리스의 책이었다. 그 내용의 대부분을 나는 이해할 수 없었다. 하지만 그것들은 하나같이 내 마음을 이끌어주고 나를 휘감았다. 지금 그 잠언의 한 구절이 불현듯 떠올라 나는 펜으로 그것을 초상화 아래에 적었다.

"운명과 마음은 하나의 개념에서 나온 이름이다."

그 말을 나는 그제야 이해했다.

내가 베아트리체라고 이름 지은 소녀와 나는 여전히 자주 만났다. 나는 이미 아무런 감정도 느끼지 않았지만 언제나 부드러운 화합과 감정적인 예감을 느꼈다. 그대는 나와 맺어져 함께 있는 것이다. 그러나 그대의 실체가 아니라 단지 그대의 영상만이 그럴 뿐이다. 그대는 내 영혼의 일부분인 것이다.

막스 데미안에 대한 내 동경이 다시 강렬해졌다. 나는 그의 소식을 몇 년 동안 한 번도 듣지 못했다. 단 한 번 방학 때 그를 만난 적이 있었을 뿐이다. 지금에서야 나는 이 잠깐 동안의 만남을 이 기록에서 빠뜨렸음을 깨닫는다. 그리고 그것은 수치심과 허영심 때문이라는 것도 알고 있다. 나는 그것을 만회해야겠다.

언젠가 방학 중에 나는 데미안을 만난 적이 있었다. 나는 술집에 드나들던 시절의 모습으로 피곤한 얼굴을 하고 산책용 지팡이를 휘두르면서 걸어가고 있었다. 예전 모습 그대로, 경멸스러운 거리의 건달들을 구경하면서 건들건들 시내를 돌아다니다가 나의 옛날 친구가 내게로 걸어오는 것을 보았던 것이다. 그를 발견하자마자 나는 오싹해졌다. 그리고 섬광처럼 프란츠 크로머가 떠올랐다. 제발 데미안이 그때의 일을 잊어버렸다면 좋겠는데! 그에게 신세를 지고 있다는 것은 몹시 불쾌했다. 사실 어리석은 아이들의 일이기는 했지만 그래도 신세진 것은 틀림없었다.

그는 내가 인사를 하려는지 어떤지를 알아보려는 것 같았다. 내가 될 수 있는 대로 태연하게 인사를 하자 그는 나에게 손을 내밀었다. 예전과 똑같은 데미안의 악수였다. 꽉 움켜쥐는, 따뜻하면서도 차가운 남성적인 악수!

그는 주의 깊게 내 얼굴을 들여다보며 말했다.

"싱클레어, 너 많이 컸구나."

그는 전혀 변하지 않은 것 같았다. 늘 그랬듯이 나이 들어 보이면서도 젊어 보였다.

우리는 함께 산책을 하며 오로지 다른 이야기만 했다. 그 당시의 이야기는 하나도 언급하지 않았다. 예전에 내가 몇 차례나 답장도 받지 못한 편지를 보냈던 일이 생각났다. 아, 제발 그 일을 기억하지 못했으면 좋겠는데. 그놈의 바보 같은, 바보 같은 편지를! 그는 편지에 대해서는 한 마디도 하지 않았다.

그때에는 아직 베아트리체도, 초상도 없었다. 나는 삭막한 시절의 한복판에 있었다. 교외에서 나는 술집에 가자고 제의했다. 그는 순순히 따라왔다. 나는 한껏 멋을 부리며 와인 한 병을 주문했다. 와인을 잔에 따르고 그와 잔을 부딪치고서는 보통 학생들이 그러하듯이 첫 잔을 단숨에 비워버렸다.

"술을 자주 마시는 모양이구나?"

그가 나에게 물었다.

"응, 물론."

나는 무덤덤하게 말했다.

"그것 말고는 무슨 할 일이 있겠어? 아직까지는 이게 제일 재미있는 일이거든."

"그렇게 생각해? 아마 그럴지도 모르지. 제법 근사한 점도 있으니 말이야. 도취의 황홀함과 바커스적인 면이 있으니까. 하지만 늘 술집에 앉아 시간을 보내는 사람들에게는 그런 멋은 이제 찾아볼 수 없을 거라고 생각해. 술집을 찾아다니는 일이야말로 진짜 건달이나 하는 짓이란 말이지. 하루 저녁 내내 훨훨 타는 횃불 곁에서 진짜 아름다운 도취와 흥분을 느끼는 것도 좋겠지! 하지만 언제나 같은 모습으로 자꾸 술을 마셔대는 것이 과연 잘하는 짓일까? 밤마다 단골 술집의 테이블을 보고 있는 파우스트를 상상할 수 있겠어?"

나는 술을 마시며 적의에 찬 눈으로 그를 쳐다보았다.

"그래, 누구나 다 파우스트가 될 수는 없으니까."

나는 짤막하게 말했다.

데미안은 다소 놀란 얼굴로 나를 쳐다보았다.

그러고 나서는 예전처럼 신선하고 우월감에 찬 웃음을 지었다.

"무엇 때문에 우리가 이런 걸로 다투어야 되는 거지? 어쨌든 술꾼들이나 방탕아의 생활이 모범 시민의 생활보다 더 생기 있다는 건 맞는 말일 거야. 그리고 언젠가 책에서 읽은 적이 있는데 방탕한 생활은 신비주의자가 되기 위한 최선의 준비 활동이라는 거야. 예언자가 되는 것은 언제나 성 아우구스티누스 같은 인물이라는 거지. 그도 예전에는 향락가였고 방탕아였거든."

나는 데미안의 이야기가 미심쩍어서 될 수 있으면 감화를 받지 않으려고 했다. 그래서 나는 냉담하게 말했다.

"그렇지. 누구나 다 자기 방식대로 사니까! 솔직히 말하면, 나는 예언자 같은 것이 될 생각은 전혀 없어."

데미안은 눈을 지그시 감았다 뜨고는 알아들었다는 듯이 나를 바라보았다.

"이봐, 싱클레어."

그는 천천히 말했다.

"너에게 잔소리를 하려는 의도는 아니었어. 하지만 말이야, 무슨 목적으로 술을 마시는지는 우리 둘 다 모르고 있단 말이야. 하지만 너의 마음속에 있는, 너의 생명을 이루고 있는 것은 그걸 이미 알고 있어. 우리들 마음속에는 모든 것을 알고, 모든 것을 원하고, 우리 자신보다 모든 것을 더 잘 해내는 누군가가 들어 있어. 그 사실을 안다는 것은 너에게 유익한 일이 될 거야. 그럼 먼저 실례할게. 집에 가야겠어."

우리는 짧게 작별 인사를 했다. 나는 몹시 속이 상해서 그대로 앉아 남은 술을 다 마셨고, 집에 가려고 일어섰을 때 데미안이 이미 술값을 냈다는 사실을 알았다. 그 일이 한층 더 나를 속상하게 만들었다.

이 사소한 사건을 다시 떠올려보았다. 그 생각은 온통 데미안으로 가득 차 있었다. 그리고 그가 교외의 술집에서 내게 했던 말들이 이상할 정도로 생생하게 하나도 잊히지 않고 떠올랐다.

"우리들 마음속에는 모든 것을 알고, 모든 것을 원하고, 우리 자신보다 모든 것을 더 잘 해내는 누군가가 들어 있어. 그 사실을 안다는 것은 너에게 유익한 일이 될 거야."

나는 이제는 퇴색해 버렸지만 여전히 창틀에 걸려 있는 그림에 시선을 고정했다. 그러나 아직도 두 눈만은 불타고 있었다. 그것은 데미안의 눈빛이 아니면 내 마음속에 들어 있는 눈빛이었다. 모든 것을 알고 있는 그 눈빛이었다.

나는 데미안을 얼마나 동경했던가! 하지만 그에 대해서 아무것도 알지 못했다. 그는 내가 도달할 수 없는 존재였다. 단지 내가 알고 있는 건, 아마도 그가 어디에선가 공부를 하고 있을 것이고, 김나지움을 졸업한 후에 그의 어머니와 함께 우리 도시를 떠났다는 사실뿐이었다.

크로머의 일까지 포함해서, 나는 데미안과 관련된 온갖 기억을 다시 떠올려보았다. 그가 일찍이 내게 한 말이 얼마나 많이 지금까지도 들려오는 것일까. 그리고 그 모든 것들은 오늘날까지도 깊은 의미를 지니고 있으며, 나와 관련을 맺고 있었던 것이다. 최근에 우리가 별로 달갑지 않게 다시 만났을 때 그가 말했던 방탕아와 성자에 관한 이야기 또한 마음속에서 분명하게 되살아났다. 나에게도 데미안이 말했던 것과 똑같은 일이 일어나지 않았던가? 나 또한 술과 더러움과 마비와 방탕 속에서 살지 않았던가? 청순함에 대한 요구와 성스러운 것들을 향한 동경처럼, 새로운 생에 대해 반대되는 충동이 나의 내부에서 되살아나지 않았던가?

　이렇듯 나는 나의 기억을 더듬어갔다. 벌써 밤이 되었고 밖에는 비가 내리고 있었다. 나의 기억 속에서도 비가 내리는 소리가 들렸다. 언젠가 밤나무 아래에서 그가 프란츠 크로머에 대해 물으며 그와 관련된 나의 최초의 비밀을 알아맞힌 그때, 학교 가는 길에 나누었던 대화, 견진성사 수업 시간, 이렇게 하나의 기억이 떠오르면 또 다른 기억이 되살아났다.

　그리고 마지막으로 막스 데미안과 맨 처음 만났던 일이 떠올랐다. 그땐 무엇을 이야기했던가? 나는 그 기억을 당장에 떠올릴 수가 없었다. 시간을 두고 그 기억을 완벽하게 떠올리기 위해 나는 열중했다. 그러자 그 기억도 떠올랐다. 그가 카인에 대한 이야기를 한 다음에 우리는 우리 집 앞에 서 있었다. 그리고 그는 우리 집 현관 위에 있는 종석宗石에 새겨진 낡고 퇴색한 문장紋章에 관해서 이야기했다. 그는 그것에 흥미를 느꼈고, 누구나 그런 물건에 대해 관심을 갖지 않으면 안 된다고 말했던 것이다.

그날 밤, 나는 데미안과 그 문장에 관한 꿈을 꾸었다. 그것은 계속 변화했다. 데미안이 그것을 손에 쥐고 있었는데, 어떤 때는 조그마한 잿빛 모양이었다가 때로는 굉장히 커져서 여러 가지 색깔을 띠기도 했다. 그럼에도 불구하고 그는 나에게 그것은 항상 똑같은 문장이라고 설명해 주었다. 마지막으로 그는 나에게 그 문장을 삼키라고 강요했다. 내가 그것을 삼키자 문장 속의 새가 다시 살아나서는 내 배를 채우고 내 뱃속을 쪼아대는 것처럼 느껴졌다. 나는 매우 겁에 질렸다. 죽을 것 같은 두려움에 사로잡혀 나는 몹시 놀라서 잠에서 깼다.

한밤중이었으나 나의 정신은 맑아졌다. 방 안으로 비가 들이치고 있어서 창문을 닫으려고 일어선 나는 방바닥에 놓인 무언가 흰 것을 밟았다. 아침이 되어서야 그것이 내가 그린 그림이라는 걸 알았다. 그 그림은 물에 젖은 채로 방바닥에 떨어져 있었고, 볼록하게 부풀어 올라 있었다. 나는 그것을 말리려고 흡수지 사이에 끼워서 두꺼운 책 속에 넣어두었다. 다음 날 다시 보니 그것은 말라 있었다. 그러나 그것은 변해 있었다. 붉은 입술은 창백해졌고 조금은 가늘어져 있었다. 이제 정말 데미안의 입 그대로였다.

나는 그 문장을 다른 종이에다 그리기 시작했다. 그러나 그 새의 본래 모양을 나는 분명하게 알지는 못했다. 하지만 희미한 기억을 더듬어봤을 때 그 문장은 너무 낡았고 가끔 덧칠을 했기 때문에 어떤 부분은 가까이에서도 잘 알아볼 수가 없었다. 그 새는 서 있거나 무엇인가의 위에 앉아 있었다. 아마도 그것은 꽃이거나 바구니, 혹은 둥지나 나뭇가지였을지도 모르겠다. 나는 그러한 것에 신경 쓰지 않고 머릿속에서 떠오르는 분명한 모습부터 그리기 시작했다. 불분명했던 욕구 때문에 나는 강한 색깔로 색칠하기 시작했다. 내 그림에서 새의 머리는 황금빛이었다. 나는 기분이 내키는 대로 그렸고 그림은 며칠 만에 완성되었다.

마침내 그려진 것은 날카롭고 겁이 없는 매의 머리를 가진 한 마리의 새였다. 새의 반신은 푸른 하늘을 배경으로 어두운 지구에 박혀 있었다. 그리고 마치 굉장히 큰 알에서 빠져나오려는 것처럼 몸부림치고 있었다. 그 그림을 오래 바라볼수록 나에게는 꿈속에 나타났던 영롱한 문장처럼 보였다.

데미안에게 편지를 쓴다는 것은 설사 내가 부칠 곳을 알고 있다고 해도 불가능했을 것이다. 하지만 나는 그 당시에 무슨 일을 하거나 무엇을 느끼든 그 꿈과 같은 예감에 사로잡혀, 그가 받아볼 수 없다 해도 그에게 새의 그림을 보내기로 결심했다. 나는 그림에다 아무것도, 내 이름조차도 적지 않았다. 가장자리를 조심스럽게 오려내고 커다란 봉투에 데미안의 옛날 주소를 적었다. 그러고는 그것을 발송했다.

시험이 다가왔다. 나는 예전보다는 더 열심히 공부하려고 노력했다. 내가 나의 행동을 고친 후로 선생님들은 나를 너그럽게 받아주셨다. 지금도 나는 착한 학생이라고 할 수는 없지만, 어느 누구도 반년 전에 내가 퇴학 처분을 기다리고 있었다는 것을 기억하지는 못했다.

아버지께서도 이제는 비난이나 위협이 아닌 옛날과 같은 어조로 편지를 보내주셨다. 하지만 나는 아버지나 그 누구에게든 어떤 이유에서 나에게 그런 변화가 일어났는지 설명하고 싶진 않았다. 이 변화가 부모님이나 선생님의 바람과 일치한 것은 우연일 뿐이었다. 이 변화 때문에 나는 다른 사람을 찾아가지도 않았고, 다른 사람이 나에게 접근하는 것을 허락하지도 않았다. 다만 나를 한층 더 고독하게 만들었을 뿐이었다. 그것은 내 자신 어느 곳에서나 멀고 먼 운명의 목표로 데미안을 삼고 있는 것이었다. 사실 나는 그것을 확실하게 알지 못하면서도 그 한가운데에 서 있었다. 그것은 베아트리체로부터 비롯되었다. 하지만 얼마 후에는 그림 속의 초상이나 데미안에 대한 생각으로 비현실적인 세계에서 살았기 때문에 베아트리체조차도 완전히 내 시야와 생각 속에서 사라졌다. 누구에게도 나는 꿈에 대해, 나의 기대와 내적인 변화에 대해 단 한 마디도 이야기할 수 없었다. 설사 간절히 말하고 싶었더라도 말하지는 못했으리라.

그런데 어떻게 그런 말을 내세울 수 있었겠는가.

새는 알에서 나오려고 투쟁한다

내가 그린 꿈의 새는 떠나고 나는 친구를 찾았다. 그것은 아주 신기한 경로를 통해서 나에게 답장을 주었다.

어느 날 쉬는 시간이 끝난 후, 나는 교실의 내 자리에서 책갈피 사이에 종이쪽지 하나가 꽂혀 있는 것을 발견했다. 그 종이는 때때로 우리가 수업 시간에 쪽지를 보낼 때처럼 그런 모양으로 접혀 있었다. 누가 이런 쪽지를 나에게 보냈을까. 나는 짐작이 가지 않았다. 지금까지 어떤 친구와도 이런 장난을 해보지 않았기 때문이다. 나는 이것을 학교에서 유행했던 장난 정도로 생각했다. 절대 그런 일에 동참하고 싶은 생각이 없었기에 나는 그 쪽지를 읽지도 않고 책 앞쪽에 꽂아두었다. 그러다 수업 중에 우연히 다시 한 번 그 쪽지를 손에 들게 되었다.

그 쪽지를 만지작거리다가 무심코 펼쳐보았는데, 거기에는 몇 개의 문장이 적혀 있었다. 무심하게 읽다가 어떤 한 문장에 사로잡혔다. 나는 몹시 놀라서 그 문장을 다시 읽었다. 그동안에 내 마음은 혹한을 만난 것처럼 운명 앞에 잔뜩 움츠러들었다.

"새는 알에서 나오려고 투쟁한다. 알은 새의 세계이다. 태어나려고 하는 자는 한 세계를 깨뜨리지 않으면 안 된다. 새는 신을 향해서 날아간다. 그 신의 이름은 아브락사스다."

나는 이 문장을 여러 번 읽은 후에 깊은 생각에 잠겼다. 의심할 여지가 없었다. 그것은 데미안에게서 온 답장이었다. 그와 나 말고는 아무도 그 새에 대해 알 수가 없었다. 그가 나의 그림을 받았던 것이다. 그는 그림을 이해하고 내가 해석하는 것을 도와준 것이다. 그러나 이 모든 일은 어떻게 관련되어 있는 것일까? 그리고—무엇보다도 나를 괴롭힌 것은—아브락사스라는 것의 정체는 무엇일까? 나는 한 번도 그런 이름을 들어본 적도 읽어본 적도 없었다.

"그 신의 이름은 아브락사스다!"

수업에는 전혀 집중하지 못한 채 시간이 지나갔다. 그날 오전의 마지막 수업이 시작되었다. 그 수업은 젊은 보조 교사의 수업이었다. 그는 대학을 갓 졸업한 사람으로 매우 젊었고 학생들에게 권위적인 모습을 보이지 않아서 인기가 있었다.

우리는 폴렌스 선생님의 지도에 따라 헤로도토스를 읽었다. 이 강독 수업은 내가 흥미 있어 하는 몇 안 되는 과목 중의 하나였다. 하지만 이번에는 수업에 집중할 수가 없었다. 나는 기계적으로 책을 펼쳤지만 선생님의 해석을 따라가지 않았고, 다른 생각에 잠겨 있었다. 나는 데미안이 예전 견진성사 수업 시간에 내게 말했던 것이 얼마나 옳았었는지를 여러 번 느꼈다. 그것은 사람이 무엇인가를 간절히 원하면 이루어진다는 말이었다. 만일 내가 수업 중에 아주 강렬하게 나 자신의 생각에 집중하고 있다면, 선생님들은 나를 그냥 내버려둘 것이다. 그러나 정신이 산란하거나 졸릴 때에는 갑자기 선생님이 옆에 와서 서 있곤 했다. 그것은 이미 여러 차례 경험한 일이다. 그러나 내가 정말로 깊은 생각에 몰두하고 있다면 안전했다. 그리고 나는 이미 관통할 듯한 시선으로 상대를 응시하는 실험도 해봤는데, 그것도 믿을 만하다는 것을 확인했다. 데미안과 함께였던 시절에는 성공할 수 없었던 일이었다. 그러나 지금은 강렬한 시선과 생각만으로도 매우 많은 일을 해낼 수 있다는 사실을 종종 느꼈던 것이다.

지금 이 시간에도 나는 역시 그 방법을 사용하고 있기 때문에 헤로도토스와 학교와는 멀리 떨어져 있었다. 그러나 그때 뜻밖에도 선생님의 목소리가 나의 의식을 섬광처럼 내리쳤다. 나는 깜짝 놀라 정신을 차렸다. 나는 선생님의 목소리를 들었다. 그는 내 곁에 바짝 붙어 있었다. 나는 그가 내 이름을 불렀다고 생각했다. 그러나 그는 나를 쳐다보고 있지 않았다. 나는 안도의 한숨을 내쉬었다.

그때 다시 선생님의 목소리가 들렸다. 큰 소리로 '아브락사스'

라고 말하고 있었다. 그 말의 첫 부분은 듣지 못했지만 폴렌스 선생님은 계속 설명하고 있었다.

"우리는 고대의 교파와 신비적인 단체의 견해를 합리주의적인 관점에서 파악해야 하며, 단순하고 소박한 것으로 생각해서는 안 된다. 과학은 고대에 존재하지 않았지만 그 시대에는 매우 높은 수준의 철학적이고 신비한 진리 활동이 있었다. 때로는 사기와 범죄로 이끌었던 마술과 유희가 그것으로부터 발생했던 것이다. 그러나 마술이라는 것도 필연적인 연유와 깊은 사상을 지녔던 것이다. 내가 앞서 예로 든 아브락사스의 교의도 그렇다. 이 이름은 그리스의 주문과 관련이 있다고 보고 있으며, 오늘날에는 대개 미개한 민족들이 믿고 있는 어떤 악마의 이름이라고 여기기도 하는데, 아브락사스는 훨씬 더 많은 것을 의미한다고 생각한다. 우리는 대략 이 이름을 신적인 것과 악마적인 것을 결합하며 상징적인 역할을 하는 일종의 신으로 생각할 수 있다."

체구가 작은 이 젊은 학자는 섬세하면서도 열정적으로 계속 설명했다. 그러나 크게 신경을 쓰는 사람은 아무도 없었다. 그리고 그 이름이 다시 언급되지 않자 나 또한 나만의 생각으로 잠겨버렸다.

"신적인 것과 악마적인 것을 결합한다."

아직도 이 문장의 여운이 내게서 사라지지 않았다. 나는 이 설명과 예전의 일을 결부시켰다. 그것은 우리가 우정을 나누었던 마지막 시절에 자주 했던 나와 데미안과의 대화였다. 데미안은 그때 이렇게 말했다. 그때 우리는 분명히 존경하는 하나의 신이 있었다. 하지만 그 신은 단지 인위적으로 나누어진 세계의 절반만을 나타낼 뿐이었다.(그것은 공적으로 허용된 '밝은 세계'였다.) 그러나 사람들은 모든 세계를 존경할 수 있어야 한다. 따라서 사람들은 악마까지도 감싸 안을 수 있는 새로운 신을 갖거나 혹은 신에게 예배하는 동시에 악마에게도 예배를 해야 하는 것이다. 그렇다면 이 아브락사스가 신이면서 악마인 바로 그 신이었던 것이다.

나는 얼마 동안 대단한 열정을 갖고 그 신에 대해 찾아보았으나 아무런 소득이 없었다. 나는 아브락사스를 찾기 위해 온 도서관을 다 뒤졌다. 그러나 막상 손에 쥐어보면 작은 돌에 불과한 진리를 발견하는 것처럼, 나는 직접적이고 의식적인 탐구에는 제대로 열중해 보지 못했다.

한때 그렇게 몰두했던 베아트리체의 모습은 점차 멀어지고 있었다. 그 모습은 나에게서 멀어지고 지평선에 가까워질수록 그림자처럼 아련하고 희미해지는 것이었다. 그것은 이미 내 영혼을 만족시켜주지 못했다.

이상하게도 내 자신의 틀에 박혀 몽유병자처럼 지내온 생활 속에서 새로운 것이 형성되기 시작했다. 생활의 동경, 아니 사랑을 향한 동경과 더불어 잠시 동안 베아트리체를 갈망하는 동안 숨죽이고 있던 성적 충동이 다시 내부에서 솟아오르며 새로운 영상과 목표를 원하고 있었다. 여전히 그 무엇도 나를 만족시키지 못했다. 그리고 동경하는 마음을 속이거나, 내 친구들처럼 소녀들에게 무엇인가를 기대한다는 것은 더욱 불가능한 일이었다. 나는 다시 심하게 꿈을 꾸었다. 그런데 오히려 밤보다 낮에 더 많이 꿈을 꾸었다. 상상, 영상, 혹은 소망이 솟아올라 나를 외부 세계와 단절시켰고 그렇기 때문에 나는 내 마음속의 영상들과 꿈, 그림자와 함께 주변의 현실적인 일들보다 한층 더 현실적이고 생기 있게 관계를 맺고 살았던 것이다.

어떤 특정한 꿈, 혹은 항상 되풀이되며 떠오르는 어떤 환상이 내게는 중요한 의미가 되었다. 내 생활에 가장 중대하고 큰 영향을 미쳤던 꿈은 대략 이러했다. 나는 우리 집으로 되돌아갔다. 푸른 하늘을 배경으로 한 문장 속의 새가 황금빛으로 찬란하게 빛나며 현관문 위에 있었다. 어머니가 나를 맞이하러 나오셨다. 그러나 내가 집으로 들어가서 포옹하려고 하니 그 사람은 어머니가 아니라 지금껏 한 번도 본 적이 없는 사람이었다. 그는 키가 훤칠하게 크고 힘이 셌는데, 막스 데미안이나 내가 그린 그림과 닮긴 했지만 달랐으며, 힘이 셌지만 지극히 여성스러운 여인이었다. 그 여인은 나를 끌어당겨 진한 사랑의 포옹을 해주었다. 희열과 공포가 뒤섞인 듯한 기분이었다. 왜냐하면 그 포옹은 신에 대한 예배인 동시에 죄악이었기 때문이다. 어머니에 대한 수많은 추억과 데미안과의 수많은 추억이 나를 힘껏 안아준 여인의 모습 가운데 홀연히 나타났다가 사라지곤 했다. 그녀의 포옹은 엄숙한 경건함과는 모순되었지만 희열이었던 것만은 확실했다. 때때로 나는 이 꿈에서 깊은 행복을 느끼며 깨어났고, 때론 무서운 죄를 지은 것 같은 죽음의 공포와 양심의 가책을 느끼며 깨어나기도 했다.

아주 내면적인 이 영상과 외부에서 찾아온 탐구해야 할 신의 암시 사이에 차츰 무의식적인 관련이 생겼다. 그리고 그것은 점점 밀접하고 긴밀하게 결합되는 것이었다. 나는 이 암시의 꿈속에서 아브락사스를 부르고 있다는 사실을 감지했다.

희열과 공포, 남성인 동시에 여성인 것의 혼합, 성스러운 것과 전율적인 것의 뒤엉킴, 다정한 순수함을 뚫고 지나가는 깊은 죄악, 내 사랑과 꿈과 아브락사스의 영상은 이러했다. 그리고 아브락사스 또한 그러했다. 사랑은 이제 내가 불안하게 느꼈던 짐승적인 어두운 충동이 아니었다. 그리고 또한 내가 베아트리체의 초상에 마음을 바쳤던 것처럼 경건하고 정신적인 숭배도 아니었다. 사랑은 그 양쪽 모두 다였다. 양쪽 모두일 뿐만 아니라 그 이상의 것이었다. 그것은 천사인 동시에 악마였고, 남성과 여성이 합쳐진 것이며, 인간적이며 동물적인 것이고, 최고의 선이면서 극단의 악이었다. 이렇게 사는 것이 나의 운명이고, 이것을 체험하는 것이 나의 숙명인 듯했다. 나는 그것에 대해 깊은 동경을 품으면서도 동시에 깊은 두려움을 갖고 있었다. 나는 그것을 꿈꾸면서 그것에서 도망쳤다. 사랑은 내 머리 꼭대기에서 항상 존재하고 있었다.

다음 해 봄에 나는 김나지움을 졸업하고 대학에 진학해야 했다.

그러나 아직도 나는 어디서 무슨 공부를 해야 할지 정하지 못했다. 내 입술 위에는 작은 콧수염이 자랐다. 나는 이제 성인이 되었던 것이다. 그럼에도 불구하고 무엇을 해야 할지 몰랐으며 아무런 목표도 없었다. 확실한 것은 단지 나의 내면의 소리, 꿈속의 영상 하나뿐이었다. 나는 이것이 이끄는 대로 무조건 따라가야 한다고 느꼈다. 하지만 그것은 나에게 너무 어려운 일이었다. 나는 매일 그것에 반항했다. 혹시 내가 미친 게 아닐까라는 생각을 한두 번 한 게 아니다. 나는 다른 사람들과 다른 걸까? 그러나 다른 학생들이 할 수 있는 일은 나도 할 수 있었다. 조금만 노력하고 애쓰면 플라톤도 읽을 수 있었고 삼각함수 문제도 풀 수 있었으며, 화학적인 분석도 따라갈 수 있었던 것이다. 하지만 다른 사람들은 다 할 수 있지만 단 한 가지, 내가 할 수 없는 것이 있었다. 그것은 나의 내면에 숨겨진 목표를 꺼내서 내 앞에 그려보는 일이었다. 다른 사람들은 자기들이 교수나 판사, 의사나 예술가가 되고 싶으며, 그 목표를 이루기 위해서는 얼마간의 기간이 필요하고 어떠한 장점이 있는지 정확하게 알고 있었다. 하지만 나는 그렇지 못했다. 아마도 언젠가는 나도 그런 직업을 갖게 되겠지만 내가 지금 그것을 어떻게 알 수 있단 말인가. 나 역시 그것을 몇 년간 찾고 또 찾아야겠지만, 아무것도 되는 일 없이 어떠한 목표에도 도달하지 못할 수도 있을 것이다. 설사 시간이 지나 나 역시 어떠한 목표에 도달한다 해도 그것은 아마도 곤란하고 위험하며 무서운 목표일 것이다.

나는 단지 내 안에서 우러나오는 것에 따라 온전히 살고 싶었을 뿐인데, 그게 그렇게도 어려운 일이었을까?

나는 때때로 내 꿈에 나타나는 기운 넘치는 사랑의 모습을 그리려고 노력했다. 그러나 한 번도 성공하지 못했다. 만약 성공했다면 나는 그것을 데미안에게 보냈을 것이다. 그는 어디에 있는 걸까? 나는 알 수 없었다. 나는 다만 데미안과 내가 어떻게든 연결되어 있다고 믿고 있을 뿐이었다. 언제쯤 다시 그를 볼 수 있을까?

베아트리체와의 그 몇 주, 아니 몇 개월간의 고요함은 사라져버린 지 오래였다. 그 당시에 나는 어떤 섬에 도착해서 평화를 찾은 거라고 생각했다. 그러나 그것은 늘 같은 모습이었다. 어떤 상태가 내 마음에 들거나, 어떤 꿈 때문에 즐겁기가 무섭게 그것은 바로 퇴색하고 희미해지는 것이었다. 그것을 한탄해 봤자 무슨 소용이 있겠는가. 이제 나는 가끔씩 나를 완전히 야성적이고 미치광이처럼 만들면서, 이루어지지 않는 소망과 긴장된 기대의 불꽃 속에서 살고 있었다. 꿈속에 보이는 여인의 모습을 때로 너무도 생생하게, 내 손을 들여다보는 것보다 한층 더 선명하게 바라보며 함께 이야기하고, 그 앞에서 울면서 그녀를 저주했다. 나는 그녀를 어머니라 부르고 눈물을 흘리면서 무릎을 꿇었다. 또한 그 여인을 애인이라 부르고 모든 것을 충족시키는 깊은 입맞춤을 희미하게 느꼈다. 그리고 나는 그녀를 악마, 매춘부, 흡혈귀, 살인마라고도 불렀다. 그녀는 나를 다정스런 사랑의 꿈으로 유인하고 뻔뻔한 행동으로 유혹하기도 했다. 그녀에게는 지나치게 선한 것도 귀중한 것도 없었고, 또한 지나치게 악하고 비천한 것도 없었다.

그해 겨울 동안 나는 말로 하기 힘든 내면적 폭풍우 속에서 지냈다. 고독은 익숙해진 지 오래였기 때문에 그것은 더 이상 나를 압박하지는 않았다. 나는 데미안과 매와 더불어, 나의 숙명이면서 애인인 커다란 꿈의 영상과 함께 살았다. 그것들 속에서 나는 충분히 살 수 있었다. 이 모든 것은 위대하고 넓은 세계를 바라보며 또 모든 것이 아브락사스를 가리키고 있기 때문이었다. 그러나 이 꿈들 중 어떠한 것도, 내 생각 중 어떠한 것도 나에게 복종하지 않았다. 어떤 것도 나는 내 마음대로 불러들일 수 없었다. 또한 어떤 것도 내 마음대로 색칠할 수 없었다. 다만 그것들이 나에게 찾아와서 나를 사로잡았으며, 나를 지배하고 살아가게 했던 것이다.

나는 분명히 외부에 대해서는 안전했을 것이다. 나는 사람을 두려워하지 않았다. 그것은 같은 반 친구들도 알고 있어서 그들은 나에게 경의를 표하기도 했는데, 그럴 땐 나의 비웃음을 사기도 했다. 내가 마음만 먹으면 거의 모든 친구들의 마음을 통찰해 볼 수 있었기 때문에, 나는 종종 그들을 깜짝 놀라게 할 수도 있었다. 그러나 나는 될 수 있으면 그렇게 하지 않았다. 나는 언제나 나의 일에, 나 자신의 일에 몰두하고 있었기 때문이다. 그리고 이제는 삶의 일부분이라도 살아보면서, 내 자신에게서 무엇인가를 이끌어내서 그것을 세상에 주고 그 세상과 관계를 맺고 그것들과 싸움을 시작하는 것을 몹시 갈망했다. 나는 저녁에 거리를 돌아다녀도 마음이 진정되지 않아 종종 한밤중까지 방황하기도 했다. 이번에는 틀림없이 나의 애인과 만나겠지, 다음 골목 모퉁이에서는 볼 수 있겠지, 다음 창문에서 나를 부르겠지 하고 생각했다. 때로는 이 모든 것이 나에게 참을 수 없는 고통으로 다가와, 언젠가는 자살을 하려는 결심을 하기도 했다.

나는 그 당시에 '우연히' 도피처를 찾을 수 있었다. 그러나 '우연'이란 원래 존재하지 않는 것이다. 만일 무엇인가가 필요했던 사람이 그것을 발견한다면, 그것은 '우연'이 아니라 자기 자신이, 자기 자신의 소망과 필연이 그곳으로 자신을 이끈 것이기 때문이다.

나는 시내를 걷다가 두세 번쯤 교외의 작은 교회에서 울리는 오르간 연주 소리를 들은 적이 있었다. 그러나 그때에는 걸음을 멈추지 않았다. 그러다가 한 번 더 지나갔을 때 나는 오르간 소리를 다시 들었다. 바흐의 곡이었다. 문 쪽으로 가보았지만 닫혀 있었다. 그리고 골목에는 사람이 거의 없었기 때문에 나는 교회 옆 길가에 있는 돌 위에 앉아 외투 깃을 세우고 귀를 기울였다. 소리가 크지는 않지만 꽤 좋은 오르간인 것 같았다. 그것은 묘하고 독특하게, 수준 높은 개성적인 의지와 인내를 표현하면서 훌륭한 대가의 곡처럼 연주되었고 기도처럼 울려 퍼졌다. 오르간 연주자는 이 음악 속에 보물이 숨겨져 있음을 알고 있어서, 마치 생명을 얻으려는 것처럼 이 보물을 얻으려고 노력하고 두드리며 애쓰고 있다고 느껴졌다. 내가 음악에 대해 전문적인 식견이 없었기에 기교적인 부분은 잘 모르지만, 나는 이러한 영혼의 표현은 어렸을 때부터 본능적으로 이해해 왔고, 음악의 본질에 대해서는 아주 확실하게 내 마음속에서 느껴왔던 것이다.

그 음악가는 이어서 내가 잘 알지 못하는 현대 음악을 연주했다. 레거의 곡인 듯했다. 교회의 주위는 완전히 어두워졌다. 다만 아주 희미한 빛이 이웃 창문에서 흘러 들어오고 있었다. 나는 연주가 끝날 때까지 기다렸다. 그리고 오르간 연주자가 밖으로 나오는 것이 보일 때까지 교회 앞을 서성거렸다. 그는 젊었으나 나보다는 나이가 들어 보였고, 다부진 체격에 통통한 모습이었다. 그는 기분 나쁜 사람처럼 씩씩대는 발걸음으로 급하게 그곳을 떠났다.

그 후에 나는 저녁 무렵에 가끔씩 그 교회 앞에 앉아 있거나 이리저리 거닐곤 했다. 언젠가는 문이 열려 있어서 교회 안으로 들어간 적이 있었다. 나는 추위에 떨면서도, 위층에서 오르간 연주자가 가물거리는 가스등 밑에서 연주하는 것을 행복한 기분으로 들었다. 그가 연주하는 음악에서 그 사람의 이야기만 들었던 것은 아니다. 나는 그가 연주하는 모든 곡들이 서로 인연이 있고 남모르는 관계가 있다는 생각이 들었다. 모든 연주곡들은 종교적이고 헌신적이며 경건했다. 하지만 교회의 신도들이나 목사들처럼 경건한 것이 아니라 중세의 순례자나 걸인들처럼 경건했고, 모든 종파를 뛰어넘어 존재하는 세계의 감정에 물불을 가리지 않는 헌신처럼 경건했던 것이다. 바흐 이전의 거장들과 옛 이탈리아 작곡가들의 곡이 계속 연주되었다. 모든 연주들은 같은 이야기를 해주었는데, 그 이야기는 모든 연주곡들은 음악가의 마음속에 담긴 것을 표현한다는 것이었다. 그것은 동경과 세계의 가장 내적인 파악이고, 세계로부터의 가장 난폭한 분리였다. 또한 자신의 어두운 영혼의 소리에 대한 귀 기울임이며, 헌신적인 도취와 불가사의한 것에 대한 깊은 호기심 같은 것이었다.

언젠가 나는 교회에서 나온 그 오르간 연주자의 뒤를 몰래 따라간 적이 있었다. 나는 그가 시내에서 멀리 떨어진 조그만 술집으로 들어가는 것을 보았다. 나는 스스로를 억제하지 못하고 그를 따라 들어갔다. 그리고 그곳에서 비로소 나는 그를 똑똑히 보았다. 그는 검정 펠트 모자를 쓴 채 와인 한 병을 앞에 놓고 술집 구석에 있는 작은 탁자에 앉아 있었다. 그의 얼굴은 내가 상상했던 모습 그대로였다. 그는 못생겼고 야성적인 듯했으며, 탐구적이고 고집스러워 보이면서 집요하고 의지에 차 있었다. 하지만 입 가장자리는 부드러워 보여서 마치 아이 같은 느낌이 들었다. 남성적이고 강렬하게 느껴지는 것은 모두 눈과 이마에 모여 있었고, 얼굴의 아래쪽은 안정감이 없었으며, 부분적으로 연약하고 섬세하며 불완전해 보였다. 우유부단해 보이는 턱은 이마와 눈초리와는 모순되어 보였으며 마치 소년 같았다. 그중 내 마음에 든 것은 긍지와 적의로 가득 찬 암갈색의 눈이었다.

나는 아무 말도 없이 그의 맞은편에 앉았다. 술집 안에는 우리 두 사람 말고 다른 사람은 없었다. 그는 마치 나를 쫓아버리려는 듯이 노려보았다. 그럼에도 불구하고 나는 버티고 앉아서 그가 화가 나서 중얼거릴 때까지 그를 뚫어지게 쳐다보았다.

"젠장, 뭘 그렇게 기분 나쁘게 쳐다보고 있소? 나한테 무슨 용건이라도 있는 거요?"

나는 말했다.

"그렇지만 난 당신에 대해 이미 많은 걸 알고 있어요."

그는 인상을 찌푸렸다.

"그럼, 음악광이오? 음악에 미친다는 건 내가 보기엔 역겨운 짓이오."

나는 미동도 하지 않았다.

"벌써 여러 차례 교회 밖에서 당신의 연주를 들었습니다."

나는 말했다.

"물론 나는 당신을 귀찮게 하려는 것은 아닙니다. 나는 당신에게서 무엇인가를, 뭔가 색다른 것을 찾을 수 있지 않을까 하고 생각했던 겁니다. 그것이 정확히 무엇인지는 잘 모르겠지만요. 그러니 내가 하는 말들은 귀담아듣지 마세요! 나는 교회에서 당신의 연주를 듣는 것만으로도 만족하니까요."

"하지만 난 항상 문을 잠가두고 있소."

"최근에 그것을 잊으신 적이 있었어요. 그래서 안으로 들어갈 수 있었지요. 그렇지 않을 때는 밖에 서서 듣거나 길가의 돌에 앉아 듣곤 했습니다."

"그래요? 다음번에는 안으로 들어와도 좋소. 훨씬 따뜻할 테니까. 그저 문만 두드려주시오. 하지만 세게 두드려야 할 거요. 내가 연주하고 있지 않을 때 말이오. 자, 무슨 말을 하려고 했소? 아주 젊은 분이군, 아마도 고등학생 아니면 대학생이겠지. 아니면 음악을 하시오?"

"아닙니다. 저는 그저 음악 듣는 것을 좋아할 뿐입니다. 당신이 연주하는 것처럼 구속이 없는 음악, 천국과 지옥을 잡아 흔드는 것처럼 느껴지는 그런 음악 말입니다. 저는 음악을 대단히 좋아합니다. 그건 아마도 음악이 도덕적이지 않을 거라는 생각 때문일 겁니다. 다른 모든 것들은 다 도덕적이지요. 그런데 저는 그렇지 않은 것을 찾고 있어요. 저는 항상 도덕적인 것에 억눌려 괴로움밖에 받지 못했어요. 말로는 잘 표현할 수 없지만, 당신도 신이면서 동시에 악마인 하나의 신이 존재해야 한다는 생각을 하지 않나요? 저는 그러한 신이 존재했다는 이야기를 들은 적이 있습니다."

그는 넓은 모자를 약간 젖히고는 이마를 덮었던 검은 머리카락을 쓸어 넘겼다. 동시에 그는 나를 뚫어지게 쳐다보며 탁자 너머로 내게 얼굴을 가까이 들이댔다.

그러고는 나직하면서 긴장된 목소리로 말했다.

"당신이 지금 말하는 그 신의 이름이 대체 무엇이오?"

"유감스럽게도 저는 그 신에 대해 거의 아무것도 알지 못합니다. 그저 이름만 알 뿐이에요. 그 신의 이름은 아브락사스입니다."

그는 누가 우리의 대화를 엿듣기라도 하는 것처럼 조심스럽게 주변을 둘러보았다. 그러고 나서 내게 더 가까이 다가와서는 속삭이듯 말했다.

"그럴 줄 알았소. 당신은 누구요?"

"저는 김나지움 학생입니다."

"어디서 아브락사스를 알았소?"

"우연히 알게 됐지요."

그가 갑자기 탁자를 내리쳤다. 와인이 잔에서 넘쳐흘렀다.

"우연이라니! 이보시오. 쓸데없는 소리하지 마시오! 아브락사스를 우연히 알게 되는 법은 없소. 명심하시오. 내가 그것에 관해 아는 것이 있어서 좀 더 이야기해 줄 테니까 말이오."

그는 말을 멈추고 의자를 다시 옮겼다. 기대에 가득 차서 그를 바라보자 그는 얼굴을 찌푸렸다.

"여기서 말고! 다음번에 말해 주겠소. 자, 이거나 좀 드시오."

그러면서 그는 외투 주머니에 손을 넣고 군밤 몇 알을 꺼내서는 내게 던져주었다.

나는 아무 말도 하지 않고 만족스럽게 그것을 집어먹었다.

"그래!"

잠시 후에 그는 속삭이듯 말했다.

"어떻게 그것에 대해 알게 되었소?"

나는 주저하지 않고 말했다.

"저는 고독했고, 방황했었지요."

나는 말했다.

"그때 저는 옛 시절의 친구가 떠올랐어요. 저는 그가 매우 많은 것을 알고 있다고 믿었습니다. 저는 세계로 나오려고 하는 한 마리의 새를 그렸어요. 그것을 그에게 보냈던 것이지요. 어느 정도 시간이 지나고 생각지도 못하게 종이쪽지 하나를 답장으로 받았습니다. 거기에는 이렇게 적혀 있었어요. '새는 알에서 나오려고 투쟁한다. 알은 새의 세계이다. 태어나려고 하는 자는 한 세계를 깨뜨리지 않으면 안 된다. 새는 신을 향해서 날아간다. 그 신의 이름은 아브락사스다.'"

그는 아무런 대꾸도 하지 않았다. 우리는 술안주로 밤을 까서 먹었다.

"한 잔 더 마시겠소?"

그가 말했다.

"고맙습니다만 더는 안 되겠어요. 저는 술을 그다지 좋아하지 않아요."

그는 다소 실망한 듯이 웃었다.

"그럼 좋을 대로 하시오! 나는 다르니까. 난 여기 더 있을 테니

당신은 이제 그만 가보시오!"

그날 이후 그의 연주를 들은 어느 날 나는 그와 함께 걸었다. 하지만 그는 왠지 말이 없었다. 그는 나를 옛날 골목에 있는 낡고 으리으리한 집으로 데려갔고, 크고 음산하며 초라한 방으로 안내했다. 그곳에는 피아노를 제외하고는 음악에 관련된 것은 하나도 없었으며, 커다란 책장과 책상 때문인지 왠지 모를 학구적인 느낌마저 들었다.

"책이 참 많네요!"

나는 감탄해서 말했다.

"일부는 아버지의 서재에서 가져온 것이오. 나는 아버지의 집에 살고 있소. 이봐요, 나는 부모님과 함께 살고 있긴 하지만 당신을 그들에게 소개할 순 없소. 여기 이 집에서 내 친구는 그다지 존경을 받지 못하니까. 나는 탈선한 자식이오. 나의 아버지는 믿을 수 없을 만큼 존경스러운 분으로 이 시에서 유명한 목사이자 설교가라오. 좀 더 쉽게 말하자면, 나는 재능 있고 전도유망한 그분의 아들이지만 탈선을 하고 얼마간 정신이 돌아버렸던 것이오. 나는 신학생이었는데 국가시험 바로 전에 이 신성한 신학부를 떠나버렸던 것이오. 내 개인적인 공부에 대해 말한다면, 사실 나는 여전히 신학을 전공하고 있소. 사람들이 때로 어떤 신을 생각해 냈는가를 찾아내는 것이 여전히 나에게는 가장 중요하고 흥미 있는 일이라오. 그건 그렇고, 나는 지금 음악을 하고 있는데 머지않아 작은 교회의 오르간 연주자 자리를 얻게 될 것 같소. 그러면 다시 교회에서 일하게 되는 것이오."

나는 서가의 책들을 쭉 훑어보았다. 조그만 램프가 희미하게 불빛을 비추는 곳에서 그리스어, 라틴어, 그리고 히브리어의 책 제목들을 보았다. 그러는 동안에 그는 어두컴컴한 벽 근처의 방바닥에 엎드려 무엇인가를 하고 있었다.

"이리 오시오."

잠시 후에 그가 나를 불렀다.

"이제 철학의 시간을 조금만 가집시다. 다시 말하면, 입을 다물고 엎드려서 생각해 보자는 말이오."

그는 성냥을 켜서 난로 안에 있는 종이와 나무에 불을 붙였다. 불꽃은 높이 솟아올랐다. 그는 세심하게 주의해서 불을 일으키고 장작을 집어넣었다. 나는 그에게로 가서 낡은 카펫 위에 엎드렸다. 그는 물끄러미 불을 들여다보고 있었다. 나 역시 그 불에 마음이 끌렸다. 우리는 거의 한 시간 동안이나 널름거리는 장작불 앞에 아무 말 없이 엎드려 있었다. 우리는 그것이 훨훨 타오르고, 바지직거리고, 쓰러지고, 휘어지고, 가물거리며 경련하듯 요동치며, 결국에는 조용히 사그라져 바닥 밑에서 부화하는 것을 바라보고 있었다.

"인간이 발명한 것들은 죄다 어리석은 것들이지만 불 피우는 거하나는 제외시켜야겠군."

그가 이렇게 혼잣말로 한 번 중얼거린 것 외에는 우리는 한 마디도 하지 않았다. 나는 응시하듯 불을 바라보았고, 꿈과 정적에 잠겼으며, 연기와 잿더미 속에서 어떤 형상을 보았다. 갑자기 나는 깜짝 놀랐다. 그가 관솔을 불 속에 던지자 작고 가느다란 불꽃이 솟아올랐는데, 그 속에서 황금빛 매의 머리를 가진 새를 보았기 때문이다. 사그라져가는 난로의 불 속에서 황금빛으로 달아오른 실들이 모여 그물 모양이 되었고 문자와 여러 가지 형상들, 어떠한 얼굴, 짐승, 식물, 벌레, 뱀에 대한 기억이 떠오르는 것이었다. 정신을 차리고 옆을 보니 그는 턱을 괴고 엎드려 정신없이, 그리고 꿈꾸듯이 재를 뚫어지게 들여다보고 있었다.

"이만 가봐야겠어요."

나는 나지막한 목소리로 말했다.

"그래, 그럼 잘 가시오. 또 봅시다!"

그는 일어나지도 않고 말했다. 램프의 불이 꺼져 있었기 때문에 나는 컴컴한 방과 복도와 계단을 겨우 지나 더듬거리며 그 음산한 집에서 나왔다. 나는 거리에 멈춰 서서 그 낡은 집을 올려다보았다. 불이 켜져 있는 창은 하나도 없었다. 놋쇠로 된 작은 문패가 문 앞 가스등의 빛에 반사되어 반짝거리고 있었다.

거기에는 '피스토리우스 주임목사' 라고 쓰여 있었다.

기숙사로 와서 저녁을 먹은 뒤에 혼자서 내 조그만 방에 앉아 있으니 그제야 나는 피스토리우스에게 아브락사스나 그 밖의 어떤 것에 대해서도 듣지 못했으며, 우리가 채 열 마디도 나누지 않았다는 사실이 떠올랐다. 하지만 나는 그의 집을 방문한 것이 대단히 만족스러웠다. 또 그는 다음번에 만날 때에는 옛날 오르간 음악 중에서도 가장 훌륭한 곡인 북스테후데의 '파사칼리아'를 들려주기로 약속했던 것이다.

내가 알아차리지는 못했지만, 그와 함께 음산한 방의 난로 앞바닥에 엎드려 있었을 때, 이미 피스토리우스는 나에게 첫 가르침을 준 것이었다. 불을 들여다보았던 것은 유익한 일이었다. 그 일은 내가 늘 가지고 있었으나 한 번도 단련하지 못했던 나의 내면의 성향들을 강력하게 해주고, 또 확인시켜주었던 것이다. 그것으로 인해 나의 내면적 성향들은 부분적으로나마 점차 확실해지고 있었다.

조그만 아이였을 때부터 나는 이미 자연의 괴이한 모양을 바라보는 버릇이 있었다. 단순히 모양만을 관찰하는 것이 아니라 그것이 가진 독특한 매력과 난삽한 언어에 몰두하는 것이었다. 불거져 나온 기다란 나무뿌리, 층이 진 암석의 무늬, 물 위에 뜬 기름얼룩, 유리의 균열, 이와 같은 모든 것들이 때때로 나에게 큰 매력을 느끼게 했다. 무엇보다도 물과 불, 연기, 구름, 먼지, 그리고 눈을 감으면 맴도는 갖가지 빛깔의 무늬가 특히 매력적이었다. 피스토리우스를 찾아간 뒤 며칠 동안은 그것의 기억들이 자꾸 떠올랐다.

그러한 기억은 어떤 흥분과 기쁨에서 시작되었고, 그때부터 내가 느낀 고양된 감정은 훨훨 타오르는 불을 오랫동안 응시했던 데서 시작되었음을 깨달았기 때문이다. 이상하게도 불을 응시하는 것은 유익하고도 만족스러운 느낌을 주었다.

　내 본래의 인생 목표를 향해 나아가던 중에 발견했던 사소한 경험에 이런 새로운 경험이 더해졌다. 그러한 형상을 관찰하는 것과 불합리하고 난잡하고 괴상한 자연 형상에 몰두하는 일은, 우리 마음속에서 우리의 내면이 이런 형상을 만들어낸 의지와 조화를 이루고 있다는 것을 일깨워주었다.―우리는 그것들이 곧 우리 자신의 기분이며, 우리 자신의 창조물로 여기려는 유혹을 느낀다.―우리는 우리와 자연 사이에 있는 경계가 흔들리고 녹아내리는 것을 보면서, 우리의 망막에 비치는 형상이 외부의 인상에서 연유하는 것인지 아니면 내면의 인상에서 비롯되는 것인지 알 수 없게 된다. 우리가 얼마나 대단한 창조자인지, 우리의 영혼이 얼마나 쉬지 않고 이 세상의 끊임없는 창조에 관여하고 있는지를 어디에서도, 이 연습에서처럼 단순하고 쉽게 발견할 수는 없다. 오히려 우리의 내부와 자연의 내부에 존재하는 신은 나눌 수 없는 똑같은 신이라 할 것이다. 그러므로 만일 외부의 세계가 무너지게 되면 우리 중의 누군가가 그것을 재건할 수 있을 것이다. 왜냐하면 산과 강, 나무와 잎, 뿌리와 꽃 등 온갖 자연의 형성물의 원형은 우리들 마음속에 있고 그 본질은 영원하며, 우리가 알지 못하는 영혼에서부터 유래하기 때문이다. 하지만 그것은 대부분 우리에게 사랑의 힘과 창조의 힘으로 느껴진다.

몇 년 후에야 비로소 나는 이렇게 관찰했던 것이 어떤 책에서 증명되어 있음을 발견했다. 즉, 많은 사람들이 침을 뱉은 벽을 바라보는 것이 얼마나 많이, 그리고 얼마나 깊이 흥미를 끄는가에 대해 레오나르도 다 빈치가 이미 말한 바 있었던 것이다. 축축한 벽의 얼룩 앞에서 그는, 피스토리우스와 내가 불을 보면서 느낀 것과 똑같은 것을 느꼈던 것이다.

다음번에 다시 만났을 때 그 오르간 연주자는 내게 설명을 해주었다.

"우리는 우리 개인의 한계를 너무 좁게 정하고 있소! 우리가 개성이라 부르고 다른 것과 구분되는 것만을 개인적이라고 생각하고 있소. 그러나 우리는 모두 다 이 세계의 온갖 축적물로 구성되어 있소. 우리의 육체가 어류나 혹은 더 이전의 생물체에 이르는 발달 계보를 지닌 것과 같이, 지금까지 인간의 영혼 속에 살아왔던 모든 것들을 다 지니고 있다는 말이오. 지금까지 존재해 왔던 모든 신과 악마들은, 그것들이 설사 그리스인의 것이든, 중국인의 것이든, 혹은 아프리카 원주민의 것이든 모두 어떤 가능성으로서, 소망으로서, 방편으로서 우리 내부에도 존재하고 또 여기저기 도처에 존재하고 있다는 말이오. 만일 인류가 전혀 교육받지 못한 채 평범한 재능을 가진 한 아이만을 남기고 멸망해 버린다면, 그 아이가 사물의 전 과정을 다시 발견할 것이오. 모든 신과 악마, 낙원, 계율과 금기, 구약과 신약 등 이 모든 것을 그 아이는 다시 창조할 수 있을 것이오."

"네, 그럴 수도 있겠지만요."

나는 반박했다.

"그렇다면 개인의 가치는 과연 어디에 존재하는 겁니까? 우리의 내부에 모든 것이 다 준비되어 있다면 도대체 무슨 이유로 우리는 계속 노력하는 거죠?"

"잠시만!"

피스토리우스는 성급히 소리쳤다.

"당신이 단순히 자기의 내면세계를 갖고 있는지 아니면 그것을 의식하고 있는지는 다른 문제요! 미친 사람이라도 플라톤을 연상시키는 사상을 창조할 수도 있으며, 헤른후트파의 학교에 다니는 경건한 학생이라도 그노시스파나 혹은 조로아스터교에 나타난 깊은 신화적 관련성을 독창적으로 생각해 낼 수도 있는 것이오. 그렇지만 그는 그것에 대해 아무것도 의식하지는 않소! 그가 그것을 의식하지 못하는 한, 그는 한 그루의 나무이거나 돌이고, 기껏해야 짐승에 불과한 거요. 하지만 이 인식의 최초의 불꽃이 번쩍 빛나는 순간, 그는 비로소 인간이 되는 것이오. 물론 당신도 저기 거리 위를 걷고 있는 모든 두 발 달린 족속들을 똑바로 서서 걷고, 자식을 열 달 동안 뱃속에 넣고 다닌다는 이유만으로 인간이라고 생각하지는 않을 것이오. 그들 중 얼마나 많은 부류가 물고기이거나 양이며 벌레나 거머리인지, 그리고 얼마나 많은 부류가 개미이거나 벌들인지 당신도 잘 알지 않소! 물론 그들 각자에게는 인간이 될 가능성이 있지만 그들이 그것을 예감하고 부분적이나마 그것을 의식할 수 있을 때라야 비로소 그 가능성은 자신의 것이 된다고 할 수 있소."

우리의 대화는 대략 이러했다. 우리의 대화가 나에게 새롭거나 놀랄 만한 것을 가져다주는 경우는 거의 없었다. 하지만 모든 대화는, 심지어 가장 평범한 이야기까지도 나의 내면의 어느 한 부분을 가만히, 그러나 끊임없이 망치로 두드리는 것이었다. 그 모든 것들은 나의 형성을 도와주었고, 내가 허물을 벗고 껍데기를 깰 수 있도록 도와주었다. 그리고 대화가 거듭될 때마다 나의 두뇌는 조금씩 열리게 되었고 그리고 조금 더 자유롭게 되었다. 마침내 나의 황금빛 새는 조각조각 부서진 껍데기 밖의 세계를 향해 그 아름다운 머리를 내밀었던 것이다.

우리는 종종 서로의 꿈 이야기를 나누곤 했다. 피스토리우스는 꿈을 해석할 수 있었다. 놀라운 이야기 하나가 갑자기 떠오른다. 꿈속에서 나는 날 수 있었다. 하지만 그 비상은 내가 제어할 수 없는 힘으로 크게 도약해서 공중에 내던져졌다. 이 비상의 느낌은 내 정신을 고양시켜주었다. 하지만 나는 원하지 않았는데도 걱정될 만큼 높이 공중으로 솟아오르게 되자 두려워졌다. 그러다가 나는 호흡을 통해 상승과 낙하를 조절할 수 있다는 사실을 발견하고는 안도의 숨을 내쉬었다.

그 꿈에 대해 피스토리우스는 이렇게 말해 주었다.

"당신을 날게 한 비약은 누구나 가지고 있는 인간의 커다란 특전이며, 그것은 모든 힘의 근원과 관련된 감정이오. 그러나 그럴 때는 누구나 불안해지기 마련이오! 대단히 위험한 일이니까! 그러므로 대부분의 사람들은 나는 것을 쉽게 포기하고 법의 규정에 따라 걸어가는 것을 택하는 것이오. 그렇지만 당신은 그렇지 않소. 당신은 유능한 청년답게 계속 날고 있으니까. 그러니 이것 보시오. 당신은 점점 스스로 그것을 제어하게 될 것이오. 당신은 자신을 휩쓸리게 하는 보편적인 위대한 힘에 대해 섬세하고 가냘픈 자신의 힘이, 즉 하나의 기관이 방향키처럼 더해지는 신기한 일을 발견하게 될 것이오. 그것은 기막힌 일이오. 하지만 그런 일이 없다면, 미친 사람처럼 아무 의지 없이 공중을 나는 것밖에는 안 되오. 하늘을 나는 자들에게는 땅 위를 걸어 다니는 사람들보다 깊은 예감이 부여되어 있는 것이오. 그러나 이들은 거기에 대한 어떤 열쇠나 방향키를 갖고 있지 않소. 그렇기 때문에 바닥도 없는 곳으로 굴러들어가는 것이오. 하지만 당신은 말이오, 싱클레어, 당신은 그것을 할 수 있소! 그런데 어째서 아직도 전혀 모르고 있는 거요? 당신은 하나의 새로운 기관, 호흡 조절기를 가지고 그걸 하고 있는 것이오. 이제는 당신의 영혼이 저 근원에 있어서는 얼마나 개인적이지 않은가를 알 수 있을 것이오. 다시 말해, 당신의 영혼이 이 조절기를 고안해 낸 것은 아니란 말이오! 그것은 새로운 것이 아니오! 그것은 빌려온 것이며 수천 년 전부터 존재해 왔던 것이오. 그것은 물고기의 평형 기관인 부레라고 하오. 그런데 이 부레가 동시에 폐의 역할을 하기 때문에 상황에 따라서는 호흡을 도와주는, 이상하고도 진화가 덜 된 몇 종류의 물고기가 오늘날에도 존재하고 있소."

그는 동물학 책을 한 권 가져와서는 나에게 진화의 모습이 담긴 물고기의 이름과 그림을 보여주었다. 그리고 나는 나의 내부에 진화 초기의 기능이 있다는 것을 신비한 전율과 더불어 느끼고 있었다.

야곱의 싸움

나는 그 특이한 음악가 피스토리우스에게서 들었던 아브락사스에 관한 이야기를 간략하게 다시 설명할 수는 없다. 하지만 그에게서 배웠던 가장 중요한 것은, 나 자신으로 가는 길에 한 발 더 내디뎠다는 것이다. 그 당시 나는 열여덟 살의 그다지 평범하지 않은 청년이었으며 여러 가지 일에 남들보다 조숙했지만, 다른 수많은 일에는 뒤떨어졌고 의젓하지 못했다. 때때로 나 자신을 다른 사람들과 비교할 때면 나는 나 스스로가 잘났다는 건방진 생각이 들었지만, 또 때로는 의기소침한 상태로 비굴한 생각이 들기도 했다. 나는 나 자신을 천재라 생각했고 때로는 반쯤 미친 사람이라고 생각했었다. 나는 내 또래들의 즐거움과 생활을 함께할 수가 없었다. 그래서 종종 나는 그들 사이에서 절망적인 거리감을 느꼈고, 나의 폐쇄적인 생활에 대한 가책을 느끼며 걱정이 되기도 했다.

스스로 성장한 기인인 피스토리우스는 나에게, 스스로에 대한 용기와 존경을 가지라는 가르침을 주었다. 그는 항상 나의 말과 나의 꿈속에서, 나의 환상과 사상 속에서 가치 있는 것을 찾아내서 그것들을 알맞게 잘 해석해 주고 진지하게 토론해 주었으며 나에게 모범을 보여주었다.

"당신은 나에게."

그가 말했다.

"'음악은 도덕적이지 않아서 그것을 좋아한다.'고 언젠가 말한 적이 있었소! 거기에 이의를 제기할 생각은 없소. 그러나 당신 자신이 그 도덕가가 되어서는 안 된단 말이오! 자신을 다른 사람과 비교해서는 안 되오. 예를 들어, 자연이 당신을 박쥐로 만들었다면 타조가 되려고 해서는 안 된단 말이오. 당신은 때때로 자신을 특이한 사람이라고 생각하지. 그리고 보통사람과는 다르다며 자신을 책망할 테지. 그런 생각은 하지 마시오. 불을 들여다보고 구름을 보란 말이오. 그리하여 어떤 예감이 들고 당신의 영혼 속에서 목소리가 들리기 시작할 때 그것들에게 몸을 맡기시오. 그리고 그것이 선생님이나 아버지, 혹은 신의 뜻과 합치되는지를 문제 삼지 마시오! 그런 일은 오히려 독이 된다오. 그런 짓을 계속하게 되면 안전하게 보도 위를 걷게 되며 또 화석으로 굳어지는 것이오. 이봐요, 싱클레어. 우리의 신은 아브락사스요. 그는 신이면서 악마요. 그는 자기 안에 밝은 세계와 어두운 세계를 동시에 지니고 있소. 아브락사스는 당신의 생각이나 꿈에 관해 아무런 이의도 제기하지 않을 것이오. 그것을 결코 잊어서는 안 되오. 하지만 당신이 흠잡을 곳 없는 평범한 사람이 되려고 한다면 그는 당신을 버릴 것이오. 그러고는 자신의 사상을 요리하기 위해 새로운 냄비를 찾아갈 것이오."

그의 음성은 꿈결인 듯 몽롱했으나 그 의미는 뚜렷이 내 뇌리를 파고들었다. 내 모든 꿈들 중에서 가장 충실했던 것은 어두운 사랑에 대한 꿈이었다. 나는 꽤 자주 그 꿈을 꾸었고, 그 꿈속에서는 문장의 새 밑을 지나서 옛날 우리 집으로 들어가 어머니를 끌어안았다. 하지만 나는 어머니 대신 체구가 크고 반은 남성이며 반은 어머니인 어떤 사람을 끌어안고 있는 것이었다. 나는 그 여자에게 두려움을 느꼈지만, 그럼에도 불구하고 타는 듯한 동경은 나를 그 여자에게로 이끌었다. 나는 이 꿈을 결코 피스토리우스에게 이야기할 수 없었다. 온갖 다른 이야기는 그에게 다 털어놓으면서도 그것만은 남겨놓았다. 그 꿈은 나의 은신처이고 비밀이며 피난처였기 때문이다.

착잡한 마음이 들 때면, 종종 피스토리우스에게 북스테후데의 '파사칼리아'를 연주해 달라고 부탁했다. 그럴 때면 나는 황혼이 깃든 어두운 교회 안에서 이 이상하고 친숙하며 자신의 내면으로 침투하여 스스로에게 귀를 기울이는 듯한 음악에 넋을 잃고 앉아 있었다. 그 음악은 늘 나에게 유익했으며 영혼의 소리에 정당성을 부여할 수 있는 준비를 할 수 있게 해주었다.

오르간 소리가 이미 작아진 뒤에도 우리는 잠시 동안 교회 안에 머물며, 희미한 빛이 높은 고딕식 창문을 통해 비추다가 이내 사라져버리는 것을 바라보곤 했다.

"내가 예전에는 신학자였고, 그러다가 목사가 될 뻔했다는 이야기는."

피스토리우스가 말했다.

"우습게 들릴 수도 있을 것이오. 그러나 그때 내가 한 일은 단지 형식상의 오류일 뿐이오. 목사는 나의 천직이고 여전히 나의 목표요. 다만 나는 너무 일찍 만족했고 아브락사스를 알기도 전에 여호와에게 몸을 맡겼던 것이오. 모든 종교는 아름다운 것이오. 종교는 영혼이기 때문이오. 그리스도교의 만찬을 먹든, 혹은 메카로 순례하러 가든 그것은 마찬가지인 거요."

"그럼 당신은."

나는 말했다.

"진정한 목사가 될 수 있었을 것 같은데요."

"아니, 싱클레어, 아니오. 그럼 나는 거짓말을 해야 했을 것이오. 우리의 종교는 마치 종교가 아닌 것처럼 행해지고 있다오. 그것은 마치 이성의 활동인 것처럼 말이오. 필요하다면 나는 아마도 가톨릭 신자가 될 수도 있을 것이오. 하지만 나는 신교의 목사는 될 수 없소. 몇 안 되는 실제적인 신자들을 나는 알고 있는데 그들은 성경을 문자 그대로 믿고 있소. 하지만 나는 그들에게, 그리스도는 개인이 아니라 신인 동시에 인간이고 신화이며, 인류가 자신을 영원의 벽에 그린 한 장의 커다란 영상이라고 말할 수는 없을 것이오. 또한 그 밖의 현명한 말을 듣기 위해서, 의무를 이행하기 위해서, 어떤 일도 태만하지 않기 위해서 교회에 오는 사람들에게 대체 무엇을 이야기할 수 있겠소? 그들을 개종시키라고 하고 싶소? 하지만 나는 전혀 그러고 싶지 않소. 목사는 개종시키는 일은 하지 않소. 목사는 단지 신자들 사이에서, 그리고 자신과 같은 사람들 사이에서 살려고 하는 것이며, 우리가 신이라고 생각하는 그 감정을 지지하고 표현하는 자일 뿐이오."

그는 잠시 말을 멈추었다가 다시 계속했다.

"우리가 지금 아브락사스라고 이름 붙여준 우리의 새로운 믿음은 아름다운 것이오. 싱클레어, 그것은 우리가 가진 것 중 최고의 믿음이오. 하지만 그것은 아직 갓난아이나 마찬가지라서 아직 날개도 돋지 않았소. 고독한 종교, 그것은 아직 진정한 종교는 못 되오. 종교는 공통적인 것이어야 하며, 예배와 도취, 축제와 의식을 지니고 있어야 하는 것이오."

그는 명상에 잠겨 자신의 생각에 몰두했다.

"그 비법을 개인이나 혹은 조그만 단체에서 행할 수는 없나요?"

나는 주저하면서 물었다.

"물론 가능하오."

그는 고개를 끄덕였다.

"나는 이미 오랫동안 그렇게 해왔소. 만약 그 일이 다른 사람들에게 알려지면 수년간은 교도소에 처박히게 될 그런 예배 말이오. 하지만 나는 그것도 진짜가 아니라는 걸 알고 있소."

갑자기 그가 내 어깨를 쳤기 때문에 나는 몸을 움츠렸다.

"이보시오!"

그는 날카롭게 말했다.

"당신 역시 비법을 갖고 있소. 나에게 이야기하지 않은 꿈을 분명히 갖고 있을 것이오. 그것을 굳이 알고 싶지는 않소. 하지만 분명히 말해 두겠는데, 당신은 그 꿈을 실현하시오. 그것을 갖고 놀고 그것에 제단을 마련해 주시오! 완전한 것은 아니지만 그것도 하나의 길이 될 수 있소. 우리가, 당신과 나 그리고 몇몇 사람들이 언젠가 이 세계를 개선할 수 있을지의 여부는 곧 알게 될 것이오. 하지만 우리는 우리의 내부에서 그것을 매일 개선해 나가야 하는 것이오. 그렇지 않으면 우리는 아무것도 아닌 존재가 되는 것이오. 생각을 해보시오! 싱클레어, 당신은 열여덟 살이오. 당신은 매춘부의 뒤를 따라가지 말고 사랑의 꿈과 사랑의 소망을 갖고 그것을 키우시오. 아마도 당신은 그것에 대한 공포를 느끼고 있을 것이오. 하지만 두려워하지 마시오! 그것은 당신이 가진 것 중에서 최고의 것이니까! 나를 믿어도 좋소. 나는 당신과 같은 나이에 사랑의 꿈을 억눌렀기 때문에 많은 것을 잃어버렸소. 그래서는 안 되오. 아브락사스에 대해 알고 있는 사람이라면 더 이상 그래서는 안 되는 것이오. 두려워해서는 안 되며, 영혼이 우리의 내부에서 소망하는 모든 것들이 금지되었다고 생각해서는 안 되오."

나는 깜짝 놀라서 반박했다.

"하지만 마음에 떠오르는 일이라고 무엇이든지 다 할 수 있는 것은 아니잖아요! 자기 마음에 들지 않는다는 이유로 사람을 죽여서는 안 되니까요."

그는 내게로 다가왔다.

"상황에 따라서는 그것도 허용될 수 있소. 대개는 착각에 불과하지만. 나는 당신의 머릿속에 떠오르는 일이라면 그게 무엇이든 간단히 해치워버리라는 것이 아니오. 그렇지는 않소. 그러나 그 자체의 좋은 의미를 지닌, 마음속에 떠오른 어떤 일을 몰아내거나 도덕적 잣대를 들이대서 그것을 못 쓰게 해서는 안 된다는 말이오. 십자가에 자신이나 다른 사람을 못 박는 대신에, 엄숙한 생각으로 와인을 마시며 희생의 비책에 대해 생각해 볼 수도 있는 것이오. 그런 행위를 하지 않고서도 자신의 충동과 유혹을 존경과 사랑으로 다룰 수도 있을 것이오. 그렇게 하면 그것들은 자기의 뜻을 나타내오. 그것들은 다 뜻을 지니고 있으니까. 싱클레어, 혹시 누군가를 죽이고 싶다거나 입 밖으로 꺼낼 수도 없는 추잡한 일을 저지르고 싶어지면 잠깐 동안만 아브락사스가 당신 내부에서 그렇게 공상하고 있다고 생각해 보시오! 당신이 죽이고 싶은 어떤 사람은 사실상 실재하는 사람이 아니라 단지 거짓된 껍데기

일 뿐이오. 우리가 어떤 사람을 미워하는 경우는, 우리 자신의 내부에 있는 무엇인가를 그의 형상 속에서 보고 미워하는 것이오. 우리의 내부에 없는 것은 우리를 흥분시키지 못하니까 말이오!"

피스토리우스가 내 마음속에 숨겨져 있는 깊은 곳까지 들여다본 적은 처음이었다. 나는 대답할 수 없었다. 하지만 나를 가장 강력하고 기묘하게 감동시킨 것은, 이 충고가 이미 몇 해 전부터 내 마음속에 지니고 있던 데미안의 말과 똑같은 울림을 가지고 있다는 사실이었다. 그들은 서로에 대해 아무것도 모르면서 내게 똑같은 말을 한 것이다.

"우리가 보는 사물은."

피스토리우스가 낮은 목소리로 말했다.

"우리 심중에 있는 것과 똑같은 것이오. 우리가 마음속에 가지고 있는 것 이외의 현실은 없소. 그래서 대부분의 사람들은 비현실적으로 살고 있소. 그들은 외부의 형상을 현실적이라 생각하고 자신의 내부에 있는 독자적인 세계의 말을 듣지 않고 있는 것이오. 그렇게 하면 행복할 수는 있을 것이오. 하지만 다른 길을 찾게된다면 더 이상 대다수가 가는 길을 선택하지는 않을 것이오. 싱클레어, 대다수가 가는 길은 편하지만 우리의 길은 힘든 것이오. 하지만 우리는 우리의 길을 가봅시다."

며칠 뒤, 두 번이나 헛되이 그를 기다린 후에 나는 그가 혼자서 차가운 저녁 바람을 맞으며 거리의 모퉁이를 만취한 채 비틀거리며 돌아오는 것을 보았다. 나는 그를 부르고 싶지 않았다. 그는 나를 보지 못한 채 내 곁을 지나갔다. 그리고 그는 미지의 무엇인가가 부르는 어두운 소리를 좇는 것처럼, 불타는 듯한 고독한 눈으로 앞쪽을 바라보고 있었다. 나는 얼마 동안 그를 따라갔다. 그는 유령처럼, 맹목적이지만 흐트러진 걸음걸이로 보이지 않는 철사줄에 끌려가듯 걷고 있었다. 나는 슬픈 마음으로 구원을 얻지 못한 꿈의 세계인 집으로 돌아왔다.

"저러한 방법으로 지금 그는 자신의 내부 세계를 개선하는 중이구나!"

나는 이렇게 생각했다. 하지만 그 순간 그것은 저속하고도 도덕적인 생각이라고 느껴졌다. 그의 꿈에 대해서 나는 대체 무엇을 알고 있는 것일까? 그는 아마 취중에도, 내가 불안하게 나의 길을 가는 것보다 훨씬 더 확실하게 그의 길을 갔을 것이다.

때때로 수업 시간 사이의 쉬는 시간에, 내가 한 번도 주의 깊게 본 적이 없는 한 동급생이 나에게 접근하려고 애쓰는 것을 알아챘다. 그는 작고 연약해 보이는 야윈 아이였는데 붉은빛이 도는 금발이었으며, 그의 시선과 태도에서 무엇인가 독특함이 느껴졌다. 어느 날 저녁, 집으로 돌아오는 길에 그가 골목에서 나를 기다리고 있었다. 그는 내가 자기 앞을 지나갈 때까지 기다렸다가 다시 나를 뒤따라오더니 우리 집 현관 앞에서 멈추는 것이었다.

"나한테 무슨 볼 일이 있어?"

나는 물었다.

"난 그저 너와 잠깐이라도 이야기를 하고 싶어서."

그는 수줍은 듯이 말했다.

"조금만 같이 걸어줄래?"

나는 그를 따라갔다. 그리고 그가 몹시 흥분해 있고 기대에 차 있다는 것을 느낄 수 있었다. 그의 손은 부들부들 떨리고 있었다.

"너 혹시 심령술사니?"

그는 아주 당돌하게 물었다.

"아니, 크나우어."

나는 웃으며 말했다.

"절대 아니야. 어떻게 그런 엉뚱한 생각을 하게 됐니?"

"아니면 접신술사니?"

"그것도 아니야."

"제발, 그렇게 말문을 닫지 말아줘! 나는 네가 특별한 무엇인가를 갖고 있다는 걸 잘 알고 있어. 너의 눈을 보면 알 수 있다고. 나는 네가 신령과 접촉하고 있다고 확신할 수 있어. 단순히 호기심에서 물어보는 건 아니야. 싱클레어, 그런 게 아니라고! 나도 말이야, 탐구자거든. 그래서 나는 이렇게 외로울 수밖에 없어."

"자세히 좀 말해 봐."

나는 그를 격려하며 말했.

"난 정말 영혼에 대해서는 아는 게 없어. 다만 내 꿈속에서 사는 것뿐이야. 그런데 그것을 네가 느낀 것 같아. 다른 사람들 또한 꿈속에서 살고 있어. 그렇지만 그들 자신의 꿈속에서 살고 있지는 않아. 그게 나와 다른 점이야."

"그래, 그럴 수도 있겠지."

그는 속삭이듯 말했다.

"어떤 종류의 꿈속에서 사람들이 살고 있느냐는 것이 문제지. 너, 혹시 착한 악마를 이용하는 마술에 관해 들어본 적 있니?"

나는 모른다고 했다.

"그런 건 자기 자신을 제어하는 방법을 배우는 거래. 죽지 않을 수도 있고 마술을 부릴 수도 있다는 거야. 너는 한 번도 그런 연습을 해본 적이 없니?"

이 연습에 대한 나의 호기심 가득한 질문에 그는 처음에는 말을 안 하려고 하다가 내가 돌아서려고 하자 그제야 이야기를 시작했다.

"나는 잠들려고 할 때나 정신을 집중하려고 할 때 이런 연습을 해. 무엇인가를, 예를 들면 단어 한 개나 어떤 사람의 이름, 혹은 기하학 도형을 상상해 보는 거야. 그러고 나서는 될 수 있는 대로 집중해서 그것만 생각하면서, 그것이 머릿속에 존재한다고 느끼게 될 때까지 그리며 상상해 보는 거야. 그 다음에는 그것이 목구멍에 있다고 생각하면서 그것이 내 안에 완전히 가득 찰 때까지 그렇게 하는 거야. 그러면 나는 아주 확고해지고, 아무것도 나를 이 안정된 상태에서 떼어놓을 수 없게 되는 거지."

그의 말이 무슨 뜻인지는 대략 알아들었다. 하지만 아직도 그는 무언가 다른 이야기를 더 하고 싶은 눈치였다. 그는 이상할 정도로 흥분해 있었고 성급했기 때문이다. 나는 그가 질문을 좀 더 쉽게 할 수 있도록 노력했다. 그러자 곧 그는 자기 자신의 관심사에 대한 이야기를 시작했다.

"너도 절제하고 있는 거지?"

그는 불안한 듯이 내게 물었다.

"그게 무슨 뜻이지? 성적인 것을 말하는 거야?"

"그래, 그거 말이야. 나는 2년째 절제하고 있어. 그 가르침을 알게 된 이후로 말이야. 너도 알다시피 그전에는 나도 방탕한 짓을 했었지. 넌 여자 곁에 한 번도 가본 적이 없니?"

"없어."

나는 대답했다.

"나한테 맞는 여자를 찾지 못했어."

"그럼 만일 네 마음에 드는 여자를 발견한다면 그 여자와 잘 수 있을 것 같니?"

"물론이야. 여자 쪽에서도 이의가 없다면."

나는 약간 빈정대듯이 말했다.

"아, 그럼 너는 잘못된 길을 가는 거야! 내적인 힘은 철저한 금욕 상태를 지속할 때만 형성될 수 있다고. 나는 2년 동안이나 금욕을 했어. 2년 하고도 한 달이 좀 넘게 말이야. 그건 정말로 힘든 일이야. 번번이 견디기 힘들 지경이었지."

"이봐, 크나우어. 나는 금욕이 그렇게 대단히 중요하다고 생각하진 않아."

"나도 알아."

그가 내 말을 가로막았다.

"모두 그렇게 말하고 있지. 하지만 너까지 그런 말을 할 줄은 몰랐어. 더 높은 정신적인 길을 가려는 사람은 순결을 지켜야 되는 거야. 무조건 말이야!"

"그래, 그럼 그렇게 해! 하지만 나는 어째서 성을 억제하는 사람이 그렇지 않은 사람보다 순결하다는 것인지 이해가 안 돼. 넌 성적인 것을 모든 생각과 꿈속에서 완전히 없앨 수 있다는 거야?"

그는 절망적으로 나를 쳐다보았다.

"아니, 절대 그럴 수 없어! 아, 그렇지만 그렇게 해야만 해. 밤에 나는 나 자신에게도 이야기할 수 없는 그런 꿈을 꿔. 그건 정말 무서운 일이라고!"

나는 피스토리우스가 나에게 했던 이야기를 떠올려보았다. 하지만 아무리 그의 말이 옳다고 해도 그 이야기를 전해 줄 수는 없었다. 그것은 체험을 통해서 얻은 것도 아니고 또한 나 스스로가 그것을 준수할 수 있을 만큼 성숙하지 못했기 때문에 나는 그에게 그런 충고를 할 수 없었다. 나는 말을 잇지 못하고 멈추었다. 그리고 누군가가 나에게 도움을 요청하고 있는데도 그에게 어떤 충고의 말도 해줄 수 없다는 것에 대해 굴욕감을 느꼈다.

"나는 온갖 실험을 다 해봤어!"

크나우어는 한탄했다.

"나는 할 수 있는 일은 무엇이든지 다 해봤다고. 냉수욕도 하고, 눈을 몸에 비비기도 하고, 체조와 달리기도 해봤어. 하지만 그것들은 다 소용없었어. 밤마다 나는 생각조차 해서는 안 되는 그런 꿈에서 깨곤 했어. 그런데 더 두려운 건, 그런 꿈 때문에 내가 정신적으로 배웠던 모든 것들을 하나씩 잃어가고 있다는 사실이야. 나는 더 이상 마음을 집중시키거나 스스로 잠들 수조차 없게 되어서 때때로 하룻밤을 꼬박 새우기도 했어. 나는 더 이상 이 상태를 버티지 못하겠어. 하지만 내가 이 싸움을 계속 이어가지 못하거나 굴복해서 내 자신을 더럽힌다면, 그때는 처음부터 한 번도 싸우지 않았던 사람보다 더 나빠지게 될 거야. 너도 이해할 수 있지?"

나는 고개를 끄덕였다. 하지만 그것에 대해서는 한 마디도 덧붙일 말이 없었다. 그의 이야기가 지루해지기 시작했다. 그리고 나는 그의 깊은 고통과 절망이 나에게 어떠한 감동도 주지 못한다는 것에 대해서 놀랐다. 나는 단지 그를 도울 수 없다는 사실만 느낄 뿐이었다.

"그럼 너는 내게 해줄 말이 하나도 없다는 거니?"

마침내 그는 지친 듯했고, 슬픈 듯이 말했다.

"전혀 아무것도 없는 거야? 하나쯤은 있을 텐데! 그럼 넌 대체 어떻게 하고 있는데?"

"난 너한테 해줄 말이 아무것도 없어, 크나우어. 사람은 이런 경우엔 서로 도울 수가 없는 거야. 나도 누구의 도움도 받은 적이 없거든. 그럴 땐 자신에 대해서 곰곰이 생각해 봐야 돼. 그러고 나서 네 본질에서 우러나오는 것을 실행하면 되는 거야. 다른 방법은 없어. 만일 네가 스스로의 힘으로 자신을 찾을 수 없다면 넌 어떠한 신령도 발견할 수 없을 거라고 확신해."

그는 실망한 듯 갑자기 말이 없어졌고 나를 쳐다보았다. 다음 순간 그의 눈은 갑자기 증오로 불타오르더니 이마를 찌푸리며 거칠게 소리쳤다.

"쳇, 정말 대단한 성인군자시군! 너도 악한 마음을 가졌다는 걸 난 알고 있어! 마치 현자인 척하면서 뒤에서는 은밀하게 나나 다른 사람들과 마찬가지로 똑같은 오물에 매달려 있는 거라고! 너도 돼지야. 나와 마찬가지로 돼지라고. 우리는 모두 돼지란 말이야!"

나는 그를 세워둔 채 그 자리를 떠났다. 그는 두서너 걸음 정도 나를 뒤따라오다가 몸을 돌려 뛰어갔다.

나는 동정과 혐오가 뒤섞여 구역질이 났다. 그리고 집에 돌아와 내 작은 방에서 몇 장의 그림을 주변에 세워놓고, 절실한 동경으로 내 자신의 꿈에 몸을 맡길 때까지 이 심정에서 벗어날 수 없었다. 하지만 곧 나의 꿈—집의 문과 문장, 어머니와 낯선 여인에 관한 꿈—이 다시 나타났다. 나는 그 여인의 표정을 너무나 뚜렷하게 보았기 때문에 그날 밤에 그 여인을 그리기 시작했다.

15분 간격으로 꿈을 꾸듯 무의식적으로 그림을 그렸고, 며칠 후에 그림이 완성되었다. 나는 그것을 내 방의 벽에다 붙이고, 탁상용 램프를 그 앞에 옮겨다 놓고는 생사가 결판날 때까지 싸워야 할 유령 앞에 선 심정으로 그림 앞에 다가섰다. 그것은 옛날의 초상과도 닮았고, 나의 친구 데미안과도 닮았으며, 몇 군데의 표정은 내 자신과도 닮은 구석이 있었다. 한쪽 눈은 확연히 눈에 띌 만큼 다른 눈보다 위쪽에 있었고, 눈매는 숙명으로 충만하여 내 머리 너머 어딘가를 골똘히 바라보고 있었다.

나는 그림 앞에 마주섰다. 그러자 내면적인 긴장 때문인지 가슴속까지 서늘해졌다. 나는 그림에게 질문하고 하소연도 하고 어루만지며 기도했다. 나는 그것을 어머니라고 부르고, 애인이라고 부르고, 매춘부이며 천한 계집이라고 부르고, 또 아브락사스라고도 불렀다. 그러는 동안 피스토리우스의 말이—혹은 데미안의 말이었나?—갑자기 떠올랐다. 언제 들었는지는 기억나지 않지만 지금 나는 그것을 다시 듣고 있는 것처럼 느껴졌다. 그것은 야곱과 신의 천사와의 싸움에 대한 것이었고 '그대가 나를 축복하지 않는다면 나는 그대를 놓아주지 않으리다.' 라는 말이었다.

그림의 얼굴은 램프의 불빛을 받아서 내가 볼 때마다 변했다.

그것은 환하게 빛나기도 하고, 검고 어두워지기도 했다. 그리고 생기 없는 눈으로 창백한 눈꺼풀을 감았다 다시 뜨고, 타는 듯한 빛으로 눈을 빛내곤 했다. 그 얼굴은 여자이면서 남자였고, 소녀였고, 조그마한 아이였으며 짐승이었다. 그것은 몽롱한 반점처럼 되었다가 다시 크고 선명하게 되곤 했다. 마지막에 나는 강한 내부의 부름을 따르며 두 눈을 감았다. 그러자 그 그림이 나의 내부에서 한층 더 강하고 힘차게 변하는 것을 보았다. 그 앞에 나는 무릎을 꿇으려 했다. 하지만 그것은 너무도 깊이 나의 내부에 들어 있었기 때문에, 마치 그것이 내 자신이 되어버린 듯 나에게서 분리할 수가 없었다.

그때 나는 이른 봄의 폭풍 같은, 어둡고도 무겁게 들끓는 소리를 들었다. 그리고 형언할 수 없는 불안과 새로운 체험의 감정에 몸을 떨었다. 별들이 내 앞에서 반짝이다가 사라졌다. 잊어버렸던 유년 시절, 아니 존재 이전과 생성의 초기 단계까지 거슬러 올라간 추억이 내 곁으로 흘러내리며 나를 밀치고 지나갔다. 하지만 내 모든 생활은, 가장 은밀한 비밀까지도 반복되는 것 같았던 추억은, 어제와 오늘로써 끝나지 않고 더 나아가서 미래를 반영하고 현재의 나를 분리하여 새로운 생활의 형식으로 이끌어주었다. 그 형식의 형상은 대단히 맑고 눈이 부셨지만, 나는 그것에 대해서는 아무것도 확실히 기억할 수가 없었다.

나는 밤중에 깊은 잠에서 깨어나 옷을 입은 채 침대 위에 비스

듬히 누워 있었다. 나는 불을 켜고 중요한 것을 생각해야만 할 것 같은 기분이었다. 불과 몇 시간 전의 일이었는데 아무것도 기억나지 않았다. 불을 켜자 차츰 기억이 돌아오는 것 같았다. 나는 더듬으며 그림을 찾았다. 그것은 이제 벽에 걸려 있지 않았고 책상 위에 놓여 있지도 않았다. 그러자 그것을 내가 태워버렸다는 생각이 희미하게 들었다. 내가 그것을 손바닥 위에 올려놓고 태운 뒤 그 재를 먹었던 것은 혹시 꿈이 아니었을까?

찌를 듯한 거대한 불안감이 나를 몰아세웠다. 나는 모자를 쓰고 집과 골목 사이를 마치 떠밀리듯 걸었으며, 비바람에 날리듯 거리를 지나고 광장을 넘어서 달리고 또 달렸다. 피스토리우스의 그 음침한 교회 앞에서 귀를 기울이고, 무엇을 찾는지도 모르면서 어두운 충동을 감당하지 못해 찾고 또 찾았던 것이다. 나는 매춘부들의 집이 모여 있는 교외를 지나쳐 갔다. 그곳에는 아직도 이곳저곳에 불빛이 남아 있었다. 멀리 바깥으로 신축 가옥과 벽돌더미가 군데군데 잿빛 눈으로 덮여 있었다. 내가 몽유병자처럼 낯선 압박감을 느끼며 이 황무지를 헤매고 있을 때, 불현듯 고향의 신축 가옥이 떠올랐다. 그곳은 언젠가 나의 착취자 크로머가 첫 거래를 하기 위해 나를 끌고 들어간 곳이었다. 그곳과 비슷한 느낌의 집 한 채가 잿빛 어둠 속에서 내 앞에 서 있었고, 시커먼 문이 나를 향해 입을 벌리고 있었다. 나는 비켜가려 했으나 들어가고 싶은 충동을 억제하지 못하고 모래와 자갈 더미에 걸려서 비틀거리면서도 그 안으로 빨리듯 들어갔다.

판자와 깨진 벽돌을 넘어 이 황량한 공간 속으로 휘청거리며 들어갔다. 축축한 냉기와 돌 냄새가 음산하게 코를 찔렀다. 한 무더기의 모래가 잿빛의 얼룩처럼 그곳에 있었을 뿐 그 외에는 온통 깜깜했다.

그 순간 깜짝 놀란 듯한 목소리가 들렸다.

"맙소사, 싱클레어, 어디서 오는 거야?"

그러고는 어둠 속에서 사람 하나가, 작고 야윈 청년 하나가 유령처럼 일어나는 것이었다. 그가 나의 학교 친구인 크나우어임을 알아챈 후에도 나의 머리카락은 여전히 놀라움에 곤두서 있었다.

"어떻게 여기에 온 거야?"

흥분해서 정신이 얼떨떨해진 것 같은 그가 물었다.

"어떻게 나를 찾았어?"

나는 무슨 말인지 이해할 수 없었다.

"너를 찾았던 게 아냐."

나도 얼떨떨해서 말했다. 말 한 마디 한 마디가 너무 힘이 들었다. 그래서 그 말은 생기 없고, 무겁고, 얼어붙은 것 같은 입술에서 겨우 새어나왔다.

그는 나를 뚫어지게 바라보았다.

"찾았던 게 아니었어?"

"그래, 끌려 들어온 거야. 네가 나를 불렀니? 틀림없이 네가 불렀을 거야. 도대체 지금 여기서 뭘 하고 있는 거야? 한밤중인데 말이야."

그는 야윈 두 팔로 갑작스럽게 나를 끌어안았다.

"그래, 밤이야. 곧 아침이 오겠지. 오, 싱클레어, 나를 잊지 않았구나! 나를 용서해 줄 수 있겠지?"

"대체 뭘 말이야?"

"아, 나는 너무 추악했어."

그제야 겨우 우리가 나눴던 대화가 떠올랐다. 그것이 사오 일 전의 일이었던가? 나에겐 그 이후에 한 평생이 지난 것처럼 느껴졌다. 그 순간 나는 모든 것을 알아차릴 수 있었다. 우리 사이에서 일어난 일뿐만 아니라 왜 내가 여기에 와 있는지, 크나우어가 이런 위험한 곳에서 무엇을 하려 했는지까지도.

"자살하려고 했던 거야, 크나우어?"

그는 추위와 공포에 몸을 떨었다.

"그래, 그러려고 했어. 할 수 있었을지는 모르겠지만 난 아침이 될 때까지 기다리려고 했어."

나는 그를 데리고 밖으로 나왔다. 말할 수 없이 차갑고 삭막하게, 잿빛의 대기 속에서 새벽빛이 희미하게 빛나고 있었다.

나는 그의 팔을 꽉 잡고 꽤 멀리까지 데리고 갔다. 그리고 이렇게 말했다.

"이제 집으로 가. 그리고 아무에게도 오늘 일을 말하면 안 돼! 너는 잘못된 길을 갔던 거야. 잘못된 길에서 헤맸던 거라고! 우리는 네가 생각하는 것처럼 모두 다 돼지는 아니야. 우리는 인간이야. 우리는 신을 만들고, 그들과 싸우고, 신은 우리를 축복해 주는 거라고."

우리는 아무 말 없이 걷다가 헤어졌다. 집에 오니 날이 밝기 시작했다.

성 ○○시에서 보낸 그 시절이 나에게 준 최고의 것은, 피스토리우스와 함께 오르간 옆이나 난로 앞에서 보낸 시간이었다. 우리는 아브락사스에 대한 그리스어 원서를 함께 읽었다. 그는 베다경에서 번역된 몇 구절을 내게 읽어주었다. 그리고 나에게 신성한 '옴'을 부르는 법을 알려주었다. 그중 나의 내면을 이끌어준 것은 지식이 아니라 오히려 그 반대의 것이었다. 나에게 유익했던 것은 나 자신의 내부를 발견해 내는 일을 발전시킨 것이고, 내 자신의 꿈과 이상과 예감에 대한 신뢰가 커진 것이며, 나의 내부에 있는 어떤 힘을 자각했던 것이다.

피스토리우스와 나는 여러 면에서 호흡이 잘 맞았다. 나는 단지 강렬하게 그를 생각하기만 하면 되었다. 그러면 항상 그가 오거나 그의 안부 인사가 내게로 왔던 것이다. 데미안에게 했던 것처럼, 나는 그가 이곳에 없어도 무엇이든 그에게 물어볼 수 있었다. 마음속으로 집중하면서 상상해 보고, 나의 물음들에 집중해서 그에게 보내면 되는 것이다. 그러면 모든 질문에 집중되었던 내 영혼의 힘이 대답이 되어 내 마음속으로 되돌아오는 것이다. 그러나 내가 마음속에 그렸던 것은 피스토리우스나 데미안이라는 인물이 아니라 내가 꿈에서 보고 그렸던 그 초상이었으며, 내가 부르지 않을 수 없었던 반은 남자, 반은 여자인 영상이었다. 그것은 단지 내 꿈속에서만 존재하거나 종이 위에 그려진 것만이 아닌, 나의 내부에서 소망하는 모습으로, 나 자신의 고양된 모습으로 살고 있었던 것이다.

이상하고도 우스웠던 것은 자살 미수자 크나우어와 맺은 관계였다. 내가 그에게로 이끌렸던 그날 이후로 그는 충실한 하인 혹은 개처럼 나에게 매달려서 자기 인생을 나와 결부시키려 애쓰며 맹목적으로 나를 따랐던 것이다. 그는 괴상한 질문이나 소원을 들고 와서는 나에게 영혼을 보여달라고 하고 카발라 비법을 알려달라고도 했다. 나는 그러한 것들에 관해서는 아무것도 모른다고 이야기했지만 그는 곧이듣지 않았다. 그는 내가 모든 힘을 다 갖고 있다고 믿고 있었다. 하지만 이상한 일은 내가 마음속에 엉켜 있는 어떤 문제를 풀어야 될 때마다 그는 우연히도 내게 기묘하고 어리석은 질문을 가지고 찾아오곤 했다. 그리고 그의 변덕스런 생각이나 관심거리는 종종 내 문제 해결을 위한 실마리가 되어주었던 것이다. 때때로 나는 그가 너무 귀찮아서 강압적으로 쫓아내기도 했다. 그럼에도 불구하고 그 또한 내게 보내진 사람이고, 내가

그에게 준 것이 배가 되어 내 마음속에 되돌아오며, 그도 나에게
는 한 사람의 지도자이고 하나의 길이라는 생각이 들었다. 그가
나에게 가져왔던 자신의 구원을 찾는 이상한 책이나 글들은 지금
당장 깨달을 수 있는 것보다 훨씬 더 많은 것을 나에게 가르쳐주
었다.

　그러던 어느 날 크나우어는 나도 모르는 사이에 내 곁에서 떨어
져 나갔다. 그와의 싸움은 필요하지 않았다. 하지만 피스토리우스
와는 싸움이 필요했다. 피스토리우스와는 성 ○○시에서 내 학창
시절이 끝날 무렵, 이상야릇한 일을 경험했던 것이다. 지극히 평
범한 사람이더라도 평생에 한 번, 혹은 몇 번쯤은 경건함과 감사,
미덕과 갈등에 빠지게 된다. 누구나 한 번은 아버지와 스승에게서
자신을 떼어놓는 일을 견딜 수가 없어서, 곧 다시 제자리로 돌아
간다고 해도 고독의 쓰라림을 약간이라도 느끼지 않으면 안 되는
것이다. 나의 부모님과 그들의 세계, 즉 유년 시절의 '밝은 세계'
에서 나는 격렬한 싸움을 하며 떨어져 나온 것이 아니라 서서히,
눈에 띄지 않을 정도로 그것들에게서 떨어져 나왔고 낯설어진 것
이다. 나는 그것이 유감스러웠다. 고향에 돌아가면 때때로 나는
쓰라린 마음이 들곤 했다. 하지만 그 마음이 가슴 깊이 들어오지
는 않았다. 견딜 만했던 것이다.

　하지만 우리가 습관 때문이 아니라 독자적인 충동으로 사랑과
공경심을 바쳤을 때, 혹은 독자적인 심정으로 제자나 친구가 되었

을 경우에는, 우리 마음속에서 이끌어주던 흐름이 바뀌어 사랑하는 사람을 떠나고자 하는 것을 깨닫게 되면 우리는 괴롭고 무서운 순간을 맞이하게 된다. 그럴 때에는 친구와 스승에게 반발하는 온갖 생각이 독이 묻은 가시가 되어 우리 자신의 마음으로 되돌아오게 되고, 그것을 방어하기 위해 휘두른 방망이는 자신의 얼굴을 내리치는 결과가 되는 것이다. 그리고 어느 정도의 도덕을 마음속에 지니고 있다고 생각하는 사람은 '배신'과 '배은망덕'이란 단어를 떠올리게 된다. 수치스러운 기억이나 낙인처럼 말이다. 그러면 놀란 마음은 근심에 싸여 유년 시절의 미덕이 있는 사랑스러운 골짜기로 달아나버리고, 그런 단절이 이루어져야 함은 물론 그런 유대는 절단이 되어야 한다는 것을 믿을 수가 없게 되는 것이다.

시간이 흐르면서 서서히 나의 내면의 감정은 피스토리우스를 절대적인 지도자로 인정하는 것을 거부하였다. 나의 청년 시절에 가장 중요했던 몇 달 동안의 체험은 그와의 우정이었고 충고였으며, 그의 위로였고 그와의 친교에서 시작되었다. 그를 통해 신은 나에게 이야기했다. 그의 입을 통해 나의 꿈은 나에게로 되돌아왔고, 해석되었고, 그리고 풀이되었다. 그는 내 스스로 용기를 갖게 해주었던 것이다. 그런데 지금 나는 서서히 그에게 반항심을 느끼기 시작했다. 그의 말에는 너무 많은 교훈이 있었기에 나는 반감을 가졌고, 단지 그가 나의 일부분만을 이해하고 있다는 것을 느꼈던 것이다.

우리 사이에는 아무런 다툼도 없었다. 불화나 우정의 절교 같은 것도 없었다. 나는 단지 그에게 악의 없는 한 마디를 했을 뿐이었다. 하지만 그럼에도 불구하고 그때 우리 사이의 환상은 파편처럼 산산조각이 났다.

한동안 그런 예감이 나를 억누르고 있었다. 그러던 어느 일요일, 그의 낡은 서재에서 그 예감은 뚜렷한 감정으로 드러나게 되었다. 우리는 난로 앞의 바닥에 누워 있었다. 그는 자신이 연구하고 명상하며, 그것의 가능성 있는 미래에 대해 몰두하고 있는 비밀 의식과 종교 형식에 관해 이야기하고 있었다. 하지만 나에게는 이 모든 것이 인생의 중대한 일이라기보다는 오히려 기묘하고 흥미로운 일이라고 생각되었다. 내게는 그의 말이 박식하다는 인상을 풍겼을 뿐이었고 그리고 그에게서는 구시대의 폐허 아래에서 고달픈 탐구를 하고 싶다는 인상을 받았을 뿐이다. 그래서 나는 불현듯 이 모든 방법과 이 비법의 예배, 전래된 종교 형식에 대한 모자이크적인 유희에 대해서 커다란 반감을 느꼈던 것이다.

"피스토리우스!"

내 스스로 생각해도 놀라울 정도로 악의에 가득 찬 어조로 말했다.

"나에게 다시 한 번 당신이 꾼 꿈 이야기를, 실제의 꿈 이야기를 해주세요! 지금 당신이 말하는 것들은 모두 너무나도 곰팡이 냄새가 난단 말이에요!"

그는 내가 그런 식으로 이야기하는 것을 한 번도 들은 적이 없었다. 그리고 그 순간 나는 섬광처럼, 내가 그의 심장에 명중시킨 그 화살은 바로 그의 무기 창고에서 얻은 것임을 부끄러움과 놀라운 심정으로 확실하게 느꼈다. 그가 때때로 내게 하던 풍자적인 어조의 비난을 지금 내가 더욱 날카롭게 만들어서 던졌던 것이다.

그는 그것을 순간적으로 느끼고는 곧 조용해졌다. 나는 불안해서 가슴이 터질 것 같았고 그가 무섭게 창백해지는 것을 보았다.

길고 무거운 침묵의 시간이 흐른 후에 그는 새 장작을 불에 던지며 조용히 말했다.

"당신 말이 맞소, 싱클레어. 당신은 정말 영리한 친구요. 앞으로 그 곰팡이 냄새가 나는 것으로 당신을 괴롭히진 않겠소."

그는 매우 침착하게 말했다. 하지만 나는 그가 입은 상처의 고통을 잘 알았다. 나는 대체 무슨 일을 저지른 것인가?

나는 눈물이 나올 것만 같았다. 나는 진심으로 그에게 용서를 빌고, 사랑과 애정이 가득 담긴 감사를 하려고 했다. 간절한 말들이 머릿속에 떠올랐다. 하지만 나는 말할 수가 없었다. 나는 그저 엎드린 채 불을 들여다보면서 아무 말도 하지 못했다. 그도 역시 아무 말이 없었다. 우리는 그렇게 엎드려 있기만 했다. 불은 다 타서 사그라지기 시작했다. 그리고 불꽃이 사그라지면서 나는 다시 돌아올 수 없는 아름답고 친밀한 것들이 식어가고 사라져가는 것을 느꼈다.

"당신이 내 말을 오해했을까 봐 걱정됩니다."

나는 몹시 압박감을 느껴 메마르고 쉰 목소리로 말했다. 마치 신문의 소설이라도 낭독하듯이, 이 어리석고 무의미한 말이 내 입술에서 기계적으로 새어나왔다.

"나는 당신의 말을 아주 정확히 이해했소."

피스토리우스가 나직한 목소리로 말했다.

"물론 당신이 옳았소."

그는 말을 멈추고 잠시 뜸을 들이다가 천천히 말했다.

"사람이 남에 대해서 정당할 수 있을 만큼 말이오."

아니, 아니, 내가 틀렸어요! 하고 나는 마음속으로 외쳤다. 하지만 아무런 말도 할 수 없었다. 단 한 마디의 말로 그의 본질적인 약점과 난점, 그리고 상처를 건드렸다는 것을 확실히 알았기 때문이었다. 나는 그가 스스로도 믿을 수 없는 바로 그 부분을 건드렸던 것이다. 그의 이념은 '곰팡이 냄새가 났고' 그는 퇴보한 탐구자였으며 낭만주의자였다. 그러자 갑자기 나는 피스토리우스가 나로 인해 존재하는 것처럼, 그 자신에게는 스스로 존재할 수 없고, 나에게 주었던 것을 스스로에게는 줄 수 없다는 것을 마음 깊이 느꼈다. 그는 지도자인 그 자신마저 넘지 못하고, 버리지 않으면 안 되는 길로 나를 인도했던 것이다.

어떻게 내가 그런 말을 했을까! 나쁜 뜻은 조금도 없었고 파국의 예감 또한 느끼지 않았다. 내가 이야기하던 그 순간에도 나 스스로도 잘 알지 못하는 이야기를 그저 지껄였던 것이다. 나는 단지 약간 재치 있고 조금 질이 나쁜 작은 충동에 따랐을 뿐인데, 그것이 운명적인 일이 되어버렸던 것이다. 나의 사소하고 부주의한 행동이 그에게는 심판이 되어버린 것이다.

나는 그때 그가 화를 내고 자기변명을 하고, 나를 꾸짖기를 얼마나 바랐던가! 하지만 그는 아무것도 하지 않았다. 이 모든 것을 나는 내 마음속에서 스스로 해야만 했다. 만약 할 수만 있었다면 그는 미소를 지었을지도 모른다. 그가 미소를 짓지 않았다는 것으로 내가 그에게 얼마나 강한 충격을 주었는지 잘 알 수 있었다.

피스토리우스는 이 주제넘고 배은망덕한 제자에 의해서 받은 타격을 말없이 감수하고 나의 정당성을 승인하며 나의 말을 운명으로 인정함으로써, 그는 나에게 스스로를 혐오하게 만들고 나의 실책을 몇 천배나 더 크게 느끼도록 했던 것이다. 내가 누군가를 타격했을 때는 강하고 자기방어를 할 줄 아는 사람을 맞히려는 것이었다. 하지만 그는 말이 없었고 참을성이 있었으며, 묵묵히 항복하는 무방비 상태의 사람이었다.

한동안 우리는 꺼져가는 불 앞에 엎드린 채로 가만히 있었다. 그 속에서 불타는 모든 형상과 사그라지는 모든 재의 줄기가 나에게 행복하고 아름답고 풍성했던 시간을 떠올리게 해주었고, 피스토리우스에 대한 의무를 배신한 죄책감을 점점 더 크게 만들어주었다. 나는 더 이상 견딜 수가 없어서 일어서서 나왔다. 오랫동안 나는 문 앞에 서 있었다. 오랫동안 컴컴한 계단 위에서, 집 앞에서, 혹시라도 그가 나를 뒤따라오지 않을까 하는 기대로 그렇게 서 있었다. 그리고 그곳을 벗어나서 몇 시간 동안 시내와 교외, 공원과 숲을 저녁때까지 헤매고 다녔다. 그때 처음으로 나는 내 이마에서 카인의 표적을 느꼈다.

차츰 나는 그날 일을 돌이켜볼 수 있었다. 나의 생각은 오직 나의 잘못을 고발하고 피스토리우스를 옹호하려는 의도를 갖고 있었다. 하지만 그것은 항상 반대의 결과로 끝났다. 나는 수없이 나의 경솔함을 후회했고, 그것을 철회할 용의도 있었다. 하지만 그럼에도 불구하고 그 말은 진심이었다. 그제야 나는 비로소 피스토리우스를 이해할 수 있게 되었고 그의 모든 꿈을 내 앞에 세우는 데 성공했다. 그의 꿈은 목사가 되는 것이었고, 새로운 종교를 선포하는 것이었으며, 영혼의 앙양과 사랑과 예배에 새로운 형식을 부여하고 새로운 상징을 세우는 것이었다. 하지만 그것은 그의 역량과 사명에 맞지 않았다. 그는 이미 존재하고 있는 것에 너무도 열심히 몰두했고, 너무도 정확히 과거의 것들을 알고 있었다. 그리고 이집트나 인도, 미트라스나 아브락사스에 관해서도 지나치게 많은 것을 알고 있었던 것이다. 그의 사랑은 이 세상이 이미 보아온 형상에 결부되어 있었다. 그러면서도 그는 마음 깊은 곳에서 새롭고 색다른 것을 원했던 것이다. 그것은 신선한 대지에서 솟아오르는 것이며, 박물관의 수집물이나 도서관 같은 데서 창조되어서는 안 되는 것임을 스스로도 잘 알고 있었던 것이다. 그의 사명은 아마도 그가 나에게 말했듯이, 인간을 자기 자신에게로 이끌도록 도움을 주는 데에 있었을 것이다. 그들이 한 번도 들어본 적이 없는 것을, 새로운 신을 주는 일은 그의 사명이 아니었다.

불현듯 날카로운 불꽃같은 깨달음이 나를 불태웠다. 누구에게나 '사명'은 있지만 누구에게도 스스로 선택하고 해석하고 그리고 임의로 관리할 수 있는 사명은 없다는 것, 새로운 신을 원한다는 것은 잘못된 것이었다. 이 세계에 그 무엇인가를 주려고 하는 것은 전적으로 잘못된 것이었다! 깨달음을 얻은 자의 의무는 단 한 가지, 자신을 찾고 자신의 내부에서 확고해져서 그것이 어디로 통하든 자신의 길을 앞으로 더듬어 나가는 것 외에는 다른 의무는 존재하지 않는 것이다. 이러한 생각이 나를 깊이 사로잡았다. 이것이야말로 내가 이 경험에서 얻은 결실이었던 것이다. 때때로 나는 미래의 형상과 함께 놀곤 했다. 나는 시인, 혹은 예언자, 혹은 화가, 혹은 다른 어떤 것으로서 나에게 주어졌을 역할에 대해 꿈꾸었다. 하지만 이 모든 것은 전부 아무것도 아니었다. 나는 시를 짓기 위해서, 설교를 하기 위해서, 그림을 그리기 위해서 존재하지는 않았다. 나뿐만 아니라 그 밖의 어떤 사람도 그것을 위해 존재하고 있지는 않았다. 이 모든 것은 단지 부차적으로 일어나는 것일 뿐이다. 진정한 사명이란 자기 자신에게 도달하는 단 한 가지뿐이다. 그가 설사 시인이나 미치광이, 혹은 예언자나 범죄자로서 생을 마친다 해도 상관없다. 그것은 그의 문제가 아니기 때문이다. 그렇다. 그것은 결국 그렇게 중요한 것은 아니다. 그의 문제는 임의적인 것이 아니라 자신의 운명을 찾는 것이며, 그것을 자신의 내부에서 송두리째, 그리고 끝까지 온전하게 지켜내는 것이다. 그 외의 모든 것은 일부이고, 도피하려는 노력이며, 대중의 이상 속으로의 재도피이며, 순응이고, 자기 자신에 대한 두려움인 것이다. 그 새로운 생각이 무서우면서도 경건하게 내 앞에 솟아올랐다. 몇 백 번이나 예감되고, 이미 여러 차례 이야기된 적이 있었지만 그럼에도 불구하고 나는 이제야 비로소 그것을 분명하게 깨달았던 것이다. 나는 자연에 던져진 돌이다. 불확실한 것으로의, 새로운 것으로의, 아마도 허무로의 던져짐이었을 것이다. 자연에 던져짐으로써 나를 본연의 깊이에서 움직이게 하고, 그 의지를 나의 내면에서 느끼고 그것을 송두리째 내 것으로 만드는 것만이 나의 사명이었던 것이다. 오직 그것만이.

나는 이미 많은 고독을 맛보았다. 이제 나에게는 보다 더 깊은 고독이 기다리고 있고 나는 결코 그것을 피할 수 없다는 것을 예감했다.

나는 이제 피스토리우스를 달래려는 노력을 하지 않았다. 우리는 여전히 친구였다. 하지만 우리의 관계는 예전 같지 않았다. 우리는 그 일에 대해서 단 한 번 다시 이야기를 했다. 어쩌면 그 말을 한 것은 피스토리우스뿐이었는지도 모른다. 그가 말했다.

"당신도 알다시피 나는 목사가 되려는 소원을 갖고 있소. 나는 무엇보다도, 우리가 그렇게도 많은 예감을 품고 있는 새로운 종교의 목사가 되고 싶은 것이오. 하지만 결코 그렇게 될 수 없다는 것을 나도 잘 알고 있소. 말한 적은 없지만 이미 오래전부터 알고 있었소. 하지만 나는 결국 목회와 관련된 다른 봉사를 하게 될 것이오. 오르간이나 혹은 그 밖의 다른 방법을 통해서 말이오. 하지만 나는 언제나 내가 아름답고 신성하다고 느끼는 무엇인가에 의해서, 다시 말해 오르간 연주 비법, 상징과 신화 같은 것에 둘러싸여 있지 않으면 안 되오. 나는 그것이 필요하고 그것에서 떨어지고 싶지 않으니까. 그것이 내 약점이오. 싱클레어, 나는 그러한 소망을 가져서는 안 되고, 그것은 사치이며 내 약점이라는 것을 알고 있소. 만일 내가 아주 간단하게 아무 요구도 없이 운명에 자신을 맡긴다면 그 편이 더 위대하고 더 정당할 것이오. 하지만 나는 그럴 수가 없소. 그것이야말로 내가 할 수 없는 유일한 일이오. 그것은 너무 어렵소. 그것은 이 세상에 존재하는 단 하나의, 정말로 어려운 일이오. 나는 때때로 그것을 꿈꾸었소. 하지만 그렇게 할 수는 없었소. 나는 몸서리가 쳐진다오. 이렇듯 완전히 벌거숭이가 되어 고독하게 서 있을 수는 없소. 나도 별 수 없이 얼마간의 따뜻함과 먹을 것이 필요하고, 이따금 동류의 체온을 가까이에서 느끼고 싶어 하는 불쌍하고 연약한 한 마리의 개나 마찬가지라오. 자신의 운명 이외에는 아무것도 원하지 않는 사람에게 이미 동류라는 것은 없는 것이오. 그는 아주 고독하고, 자신의 주변에는 차가운 세계의 공간밖에는 없는 것이오. 겟세마네 동산에서의 그리스도가 그러했소. 십자가에 기꺼이 못 박히는 순교자들도 있었지만 그들 역시 영웅은 아니었고 자유롭지 못했던 것이오. 그들 또한 자기들에게 친밀하고 다정스러운 무엇인가를 원했던 것이오. 그들에겐 모범이 있었고 이상이 있었던 것이오. 그저 운명만을 원하는 사람에게는 모범도 이상도 없는 거니까. 어떠한 사랑도, 어떠한 위안거리도 그들에겐 없는 것이오! 그런데 사람은 이러한 길을 걷지 않으면 안 되는 거요. 나나 당신 같은 사람들은 진정 고독하지만 그래도 우리는 아직 서로 갖고 있는 게 있잖소. 뭔가 남과 다르게 되고 반항하고 특이한 것을 원하는 데서 남모르는 만족을 느끼는 것, 만약 사람이 온전하게 그 길을 가려고 한다면 그것마저도 그만두어야 하오. 또한 우리는 혁명가도 이상가도 순교자도 되려고 해서는 안 되오. 그것은 상상조차 할 수 없는 일이오."

그렇다. 그것은 상상할 수도 없는 일이었다. 하지만 꿈을 꿀 수는 있었다. 그것을 미리 느끼고 예감할 수는 있었다. 아주 조용한 시간이 되었을 때 몇 번인가 나는 그것을 조금 느껴보았다. 그럴 때면 나는 나의 내면을 들여다보고, 부릅뜨고 있는 내 운명의 두 눈을 들여다보곤 했던 것이다. 그 눈들은 예지나 광적인 열기에 가득 차 있기도 했다. 또한 애정으로 빛나거나 깊은 악의에 차 있었다. 하지만 모두 마찬가지였다. 그 무엇 하나도 사람이 선택할 수 있는 것은 없었고, 무엇 하나 사람이 원할 수 있는 것 또한 없었다. 다만 자기 자신을 원하고 자신의 운명만을 원할 수 있었다. 피스토리우스는 지도자로서 내가 이 길을 제법 멀리 걸어갈 수 있도록 도움을 주었던 것이다.

그 시절 나는 사리를 분별하지 못하는 사람처럼 헤매고 다녔다. 마음속에서 폭풍이 몰아쳤고 한 걸음마다 위험이 있었다. 나는 이제까지 내가 걸어온 모든 길이 어두운 심연 속에 사라지고 가라앉는 것 외에는 그 어떤 것도 볼 수 없었다. 그리고 나는 마음속에서 데미안과 닮은 지도자를 보았다. 그 두 눈에는 나의 운명이 담겨 있었다.

나는 한 장의 종이에 썼다.

"지도자가 나를 버렸다. 나는 완전한 어둠 속에 홀로 서 있다. 나 혼자의 힘으로는 한 발자국도 걸어 나갈 수가 없다. 오, 나를 도와주시오!"

나는 그것을 데미안에게 보내려고 했다. 하지만 그만두었다. 그럴 때마다 바보 같고 무의미한 일처럼 느껴졌기 때문이다. 하지만 나는 그 짧막한 기도문을 외워 때때로 혼자 마음속으로 되뇌곤 했다. 그것은 항상 나를 따라다녔다. 나는 기도의 의미를 깨닫기 시작했던 것이다.

나의 학창 시절은 끝이 났다. 나는 아버지가 제안하신 대로 방학 동안 여행을 하기로 했고 그 후에 나는 대학에 가야 했다. 어떤 학부로 가야 할지는 아직 정하지 못했다. 나는 한 학기 동안 철학 수업을 듣기로 결심했다. 아마 다른 어떤 학과였더라도 나는 만족했을 것이다.

에바 부인

　방학 중에 나는 몇 해 전 데미안이 그의 어머니와 함께 살고 있던 집에 가보았다. 마침 늙은 부인이 정원을 산책하고 있어서 나는 그 부인에게 말을 걸었고, 그 부인이 지금은 이 집 주인이라는 것을 알게 되었다. 나는 부인에게 데미안의 가족에 대해 물어보았다. 그 부인은 그들을 잘 기억하고 있었다. 하지만 그들이 지금 어디에 사는지는 알지 못했다. 내가 그들에게 관심이 있다는 걸 눈치 챈 부인은 나를 집 안으로 데리고 들어갔다. 그리고 부인은 가죽 표지로 된 앨범을 한 권 찾아와서는 데미안의 어머니 사진을 내게 보여주었다. 나는 데미안의 어머니를 거의 기억할 수 없었다. 하지만 그 작은 사진을 보자 나는 심장의 박동이 정지한 것처럼 느껴졌다. 그것은 내 꿈의 모습이었던 것이다. 그 여자였다. 자기의 아들을 닮은, 어머니다운 표정과 엄격한 표정을 지닌, 깊은 정열을 지닌, 키가 크고 거의 남자 같은 느낌의 여자, 아름답고 매력적이며, 친근한 듯하면서도 접근하기 어려운, 악마이면서 어머니이며 운명인 동시에 애인의 얼굴을 가진 바로 그 여자였던 것이다.

내 꿈의 모습이 이 지상에 존재한다는 사실을 알게 되자 나는 어마어마한 기적을 본 것처럼 느껴졌고 그것은 나를 관통했다! 내 운명의 표정을 지닌 여자가 존재했던 것이다! 그 여자는 지금 어디 있는가? 어느 곳에? 그런데 그 여자는 바로 데미안의 어머니였던 것이다.

그 후에 나는 곧 여행을 떠났다. 특별한 여행을 말이다! 마음이 움직이는 대로 끊임없이 그 여자를 찾으러 여기저기를 돌아다녔다. 그 여자를 상기시키며 헤매던 날들은, 그 여자를 닮은 모습과 마치 뒤섞인 꿈에서처럼 나를 낯선 도시의 골목길과 정거장으로, 또 열차 안으로 끌려 들어가게 하는 모습을 만나는 그러한 날들이었다. 그런데 내가 이렇게 그녀를 찾아 헤매는 일이 얼마나 소용없는가를 깨닫게 되는 날도 있었다. 그럴 때면 나는 어느 공원이나 호텔의 정원 혹은 역의 대합실에서 가만히 앉아 있었다. 그러고는 나의 내면을 들여다보고, 그 모습을 나의 내면에서 되살려보려고 애썼다. 하지만 이제는 그것도 부끄럽고 의미 없는 일이 되어버렸다. 나는 한 번도 제대로 잠을 이룰 수 없었다. 단지 낯선 곳으로 달리는 기차 안에서 15분쯤 졸았던 것이 전부였다. 한 번은 취리히에서 어떤 여자가 나를 따라왔다. 예뻤지만 약간은 뻔뻔한 듯한 여자였는데, 나는 그 여자를 거의 쳐다보지도 않고 마치 그 여자가 공기인 것처럼 신경 쓰지 않고 계속 걸어갔다. 다른 여자에게 잠깐이라도 관심을 보일 바에는 차라리 당장 죽는 것이 나을 것 같았다.

나는 내 운명이 나를 끌어당기고 있으며 또한 그것이 실현될 날이 머지않았음을 느꼈다. 그런데 나는 그것을 내 스스로의 힘으로 이룰 수 없다는 것에 대한 초조함 때문에 미칠 지경이었다. 그러다 한 번은 인스부르크 정거장에서, 막 출발하려는 기차의 창가에서 그 여자를 연상시키는 여인의 모습을 보았다. 그리고 나는 며칠 동안 비참함을 느꼈다. 그러다가 그 모습이 불현듯 꿈속에서 나타났다. 나는 내 추적이 무의미하다는 것이 부끄러웠고, 처량한 마음으로 바로 집으로 돌아왔다.

그 후 2, 3주일 뒤에 나는 대학에 입학했다. 모든 것이 나에겐 실망스러웠다. 내가 들은 철학사 강의는 공부하는 학생들의 모습처럼 허무하면서도 기계적이었다. 모든 것은 너무도 판에 박힌 것 같았고, 모두들 서로 똑같은 행동을 했다. 그들의 소년 같은 얼굴에 드러난 지나친 활력은 너무도 암담하고 공허했으며, 모두 공장에서 찍어낸 기성품 같았다. 하지만 나는 자유로웠다. 나는 교외의 낡은 집에서 조용하고 편안하게 생활하면서 하루 종일 나를 위한 시간을 보냈다. 내 책상 위에는 니체의 책이 두서너 권 정도 놓여 있었다. 나는 그와 함께 살고, 그의 영혼의 고독함을 느끼고, 그를 쉼 없이 몰아붙인 숙명을 느끼며, 그와 함께 괴로워했다. 나는 그렇게 거침없이 자신의 길을 갔던 사람이 있었다는 것이 기뻤다.

어느 늦은 저녁, 나는 가을바람을 느끼며 시내를 걸어 다니고 있었다. 음식점에서는 대학생들이 부르는 노랫소리가 흘러나왔다. 열린 창문을 통해 담배 연기가 뿌옇게 솟아 나오고 있었다. 노랫소리는 거센 파도처럼 크게 흘러나왔지만 그럼에도 불구하고 흥겹지 않았으며 생기 없고 단조로운 느낌이었다. 나는 거리의 모퉁이에 서서 소리에 귀를 기울였다. 두 군데의 술집에서 정확히 훈련된 젊음의 쾌활함이 밤의 공기 속으로 울려 퍼지고 있었다. 어느 곳에나 집단이 있었고, 어느 곳에나 모임이 있었으며, 또 어느 곳에나 운명의 발산과 군중들 속으로의 도피가 있었다.

내 뒤에는 두 남자가 천천히 걸어오고 있었다. 나는 그들의 대화를 조금 엿들었다.

"이건 마치 흑인 마을 청년들의 집회소와 똑같지 않아요?"

그중 한 사람이 물었다.

"모든 것이 일치하네요. 몸에 문신을 하는 것도 다시 유행이랍니다. 보세요. 이것이 젊은 유럽이랍니다."

그 목소리는 유난히 주의를 기울이게 했고 귀에 익은 목소리처럼 느껴졌다. 나는 두 사람을 따라 어두운 골목길을 걸어갔다. 그중 한 명은 작고 세련된 일본인이었는데 가로등 아래에서 웃고 있는 그의 누런 얼굴에 빛이 났다.

그때 다른 남자가 다시 말했다.

"그렇지만 당신네 나라도 별로 다르지는 않을 겁니다. 군중을 따르지 않는 사람들은 어디를 가나 별로 없으니까요. 여기에도 그런 사람이 있긴 있습니다만."

말 한 마디 한 마디가 즐거운 놀라움이 되어 나에게 다가왔다. 나는 지금 이야기를 하는 그 사람을 알고 있었다. 그는 바로 데미안이었다. 바람이 부는 밤, 나는 어두운 골목길에서 그와 일본인의 뒤를 따라가면서 그들의 대화에 귀를 기울이며 데미안의 음성을 즐겁게 듣고 있었다. 그 음성은 옛날의 음색 그대로였다. 그 음성에는 옛날의 아름다운 안정감과 침착함이 있었으며, 나를 제압하는 옛날의 힘을 지니고 있었다. 이제 모든 것이 다 잘 되었다. 나는 그를 찾아낸 것이다.

교외의 거리 모퉁이에서 그 일본인은 데미안에게 작별 인사를 하고 현관문을 열었다. 데미안은 그 길을 되돌아왔다. 나는 거리의 한복판에 멈춰 서서 그를 기다렸다. 두근거리는 마음으로 그가 바르고 탄력 있는 걸음으로 나에게 다가오는 것을 보았다. 그는 갈색 비옷을 입고 가늘고 짧은 지팡이를 팔목에 걸고 있었다. 그는 그 발걸음을 유지하면서 내 가까이에 와서 모자를 벗고는, 결단성 있는 입과 독특하게 밝은 이마를 지닌 옛날의 환한 얼굴을 나에게 드러냈다.

"데미안!"

나는 그를 불렀다.

그는 나에게 손을 내밀었다.

"여기에 있었군, 싱클레어! 너를 기다리고 있었어."

"내가 여기에 있는 줄 알고 있었어?"

"확실히 알았던 건 아니지만 그렇게 되기를 바라고 있었지. 오늘 저녁에 처음 만났지만 말이야. 저녁 내내 우리를 뒤따라왔지?"

"그럼 난 줄 금방 알아챘다는 거야?"

"물론이지. 넌 확실히 변하긴 했지만 여전히 표적을 달고 있으니까!"

"표적이라니, 무슨 표적?"

"아직 기억하고 있는지는 모르겠지만, 우리는 옛날에 그것을 카인의 표적이라고 불렀지. 그것이 우리의 표적이야. 너는 항상 그것을 지니고 있었어. 그래서 난 너의 친구가 된 거야. 그런데 지금은 그것이 더 선명해졌군."

"나는 몰랐어. 아니, 어쩌면 알고 있었는지도 모르지. 언젠가 너의 초상을 그린 적이 있었어, 데미안. 그런데 나는 그게 나와도 닮았다는 것에 놀랐었어. 그것이 바로 표적이었을까?"

"그것이 표적이었지. 네가 여기에 와서 좋다! 우리 어머니도 기뻐하실 거야."

나는 깜짝 놀랐다.

"너의 어머니? 어머니도 여기 계신 거야? 하지만 나를 전혀 모르실 텐데."

"아니, 어머니도 너에 대해 알고 계셔. 네가 누군지 내가 말하지 않아도 어머니는 너를 알아보실 거야. 왜 그렇게 오랫동안 아무 소식이 없었던 거야?"

"가끔씩 편지를 하려고 했지만 그렇게 되지 않았어. 난 얼마 전부터 너를 찾을 수 있을 거라고 느꼈어. 난 매일매일 오늘 같은 날을 기다리고 있었어."

그는 내 팔짱을 끼고 계속 걸었다. 그의 침착함이 나의 내면으로 옮겨졌다. 우리는 곧 옛날처럼 떠들어댔다. 학창 시절과 견진 성사 수업, 또 그 당시의 방학 중에 있었던 불행했던 만남을 회상했다. 다만 우리의 사이가 가까워지도록 연결해 준 그 사건, 프란츠 크로머에 대해서는 이번에도 언급하지 않았다. 우리는 뜻밖에도 기이하고 예감에 가득 찬 대화의 한가운데로 들어가 있었다. 우리는 데미안과 일본인의 대화를 떠올리면서 대학생활과는 관련이 없을 것 같은 이야기를 했다. 하지만 데미안의 말 속에서는 그것 또한 대학생활과 밀접한 관련이 있는 이야기가 되었다.

그는 유럽의 정신과 현대의 특징에 대한 이야기를 했다. 그는 어디를 가도 단합과 집단행동이 지배하고 있을 뿐, 어디에도 자유와 사랑이 지배하는 곳은 없다고 말했다. 학생 단체와 합창단, 그리고 국가에 이르기까지 이 모든 공동체는 강제적으로 형성된 것이며, 불안과 도피, 절망감에서 비롯되었고 그것의 내부는 썩고 낡아서 붕괴되기 직전이라는 것이었다.

"단합이라는 것은."

데미안이 말했다.

"아름다운 것이지만 우리가 가는 데마다 번창해 있는 것들은 전혀 단합이 아니야. 단합은 개인과 개인이 서로를 알게 됨으로써 새롭게 만들어지는 것이고, 그것이 한동안 세계를 변화시킬 수 있는 거야. 지금 단합이라 불리는 것들은 오합지졸일 뿐이야. 인간들이 서로 두려워하기 때문에 서로에게서 도망치고 있는 거라고. 신사는 신사들끼리, 노동자는 노동자들끼리, 학자는 학자들끼리 말이야! 그런데 왜 그들은 공포를 느끼는 걸까? 그건 자기 자신과 하나가 되지 못하기 때문이야. 그들은 자기 자신에게 귀의하지 못했기 때문에 두려워하는 거야. 자기 자신 속에 있는 미지의 것에 대한 두려움을 품은 인간들의 공동체라니! 그들은 모두 자신의 인생 법칙이 오늘날에는 더 이상 적합하지 않다는 것을 알고 있어. 또한 자기들이 낡아빠진 법칙을 좇아서 살아가고 있으며, 그들의 종교도 도덕도 혹은 이 모든 것들 중 어느 것도 우리가 필요로 하는 것에 적합하지 않다는 것을 느끼고 있어. 수백 년간, 아니 그보다 더 오랫동안 유럽은 그저 연구만 하고 공장만 세웠거든! 그들은 한 명을 죽이기 위해 화약이 몇 그램 필요한지는 정확히 알고 있지만 신에게 기도를 드리는 법도 모르고, 한 시간 동안만이라도 만족하는 방법을 전혀 모르고 있어. 학생 주점 같은 데를 한 번 살펴봐! 아니면 부자들이 드나드는 유흥업소라도 말이야! 절망적이야! 싱클레어, 어디에서도 진정한 명랑함은 찾을 수가 없어. 그렇듯 불안하게 모여 있는 사람들은 두려움과 악의에 가득 차서 아무도 믿으려 하지 않아. 그들은 이상이 아닌 이상에 매달려 있는 것이고, 새로운 이상을 세우는 모든 사람에게 돌을 던지는 거야. 나는 싸움이 일어날 거라는 것을 느껴. 싸움이 일어날 거야, 머지않아. 틀림없어. 물론 그것이 세계를 '개선'하지는 못하겠지만, 노동자가 공장주를 때려죽이거나 혹은 러시아와 독일이 서로 총을 겨눈다고 해도 단지 소유자만 바뀔 거라는 것이지. 하지만 그렇다고 해서 그 모든 것이 헛된 일은 아닐 거야. 그것은 오늘날의 이상이 무가치하다는 것을 증명해 줄 테니까. 그리고 석기시대의 신들을 제거해 줄 거니까 말이야. 현재의 이 세계는 죽어가고 있어. 이 세계는 멸망하고 있으며 또 결국에는 그렇게 되고 말 거야."

"그럼 그때 우리는 어떻게 되는 걸까?"

나는 물었다.

"우리? 아, 우리도 함께 멸망하겠지. 우리 같은 사람들도 맞아 죽을 수 있으니까. 우리는 단지 그런 식으로 끝나게 되지 않기를 바랄 뿐이지. 우리에게서 남은 것이나 우리 가운데서 살아남은 자들의 주위에 미래의 의지가 집결될 거야. 유럽이 한동안 기술과 과학이라는 시장으로 떠들썩하게 덮어 눌렀던 인간성의 의지가 국가와 민족, 단체와 교회 같은 오늘날의 공동체와 같지 않다는 것이 확실히 드러나겠지. 자연이 인간에게 원하는 바는 각자 개인의 마음속에, 너나 나의 마음속에 있는 거야. 그것은 그리스도의 마음속에도, 니체의 마음속에도 있었지. 이 중요한 흐름은 매번 다른 모습일 수도 있겠지만 오늘날의 공동체들이 무너져버린다면 우리에게 숨 쉴 공간이 생길 거야."

우리는 늦은 시간이 되어서야 강가의 정원 앞에서 멈춰 섰다.

"여기가 우리 집이야."

데미안이 말했다.

"곧 한 번 방문해 줘. 우리는 몹시 널 기다리고 있으니까."

나는 기쁜 마음으로 차가워진 밤공기 속으로 먼 길을 걸어 돌아왔다. 시내 곳곳에서 집으로 돌아가는 대학생들이 소란스럽게 떠들며 비틀거리고 있었다. 나는 자주 즐거움을 드러내는 그들의 우스운 행동과 나의 고독한 생활 사이에서 괴리감을 느꼈다. 또한 때로는 결핍감과 조소에 가까운 대립을 느꼈다. 하지만 지금껏 한 번도 나는 오늘 같은 침착성과 은밀한 힘으로, 그것이 나와는 얼마나 무관한 일인지, 또 나에게서 그 세계가 얼마나 멀리 사라져버렸는지를 느껴본 적이 없었다. 나는 내 고향의 관리들, 늙고 신분이 높은 신사들을 떠올려보았다. 그들은 행복한 낙원의 추억처럼 음주로 헛되이 보낸 그들의 대학 시절의 추억에 집착하고, 시인이나 낭만주의자들이 그들의 유년 시절에 그러했던 것처럼 지금은 사라져버린 그들의 대학 시절의 '자유'를 예찬했다. 어디에서나 똑같았다! 그들은 어디에서나 자신의 책임을 떠올리고, 자신의 길을 가도록 주의를 받을지도 모른다는 불안감 속에서 자신의 과거 어딘가에 있는 '자유'를 찾고 '행복'을 찾는 것이었다. 2~3년 정도 사람들은 폭음을 하고 환호를 하며 그러고 나서 기어들어 와서는 관청의 성실한 관리가 되는 것이다. 그렇다, 이건 부패한 것이다. 우리들이 있는 곳은 부패했다. 그리고 세상에는 대학생들의 얼빠진 태도보다 훨씬 더 어리석고 못된 수백 가지의 다른 멍청함이 존재하고 있었다.

그럼에도 불구하고 멀리 떨어져 있는 숙소에 도착해 잠이 들려고 할 때쯤, 나의 이 모든 생각은 완전히 사라졌다. 그리고 내 모든 정신은 오늘이 나에게 준 한 가지 약속에 몰두해 있었다. 원하기만 한다면 나는 내일이라도 데미안의 어머니를 볼 수 있는 것이다. 대학생들이 술을 퍼마시든, 얼굴에 문신을 하든, 이 세상이 썩었든, 몰락이 오든 말든 간에 그것이 나와 무슨 상관이겠는가! 나는 단 한 가지, 내 운명이 새로운 모습으로 나를 마중 나오길 기다리고 있을 뿐이었다.

나는 아침 늦게까지 깊은 잠을 잤다. 새로운 날이 내게는 경건한 축제일이 되었다. 유년 시절의 성탄절 축제 이래 경험하지 못했던 그런 날이었다. 나는 마음이 불안했다. 하지만 두려움은 없었다. 나는 내게 중요한 날이 시작되었다는 것을 느꼈다. 그리고 내 주위의 세계가 변화하고 기대에 차 있으며, 나와 긴밀한 연관 속에서 엄숙해져 가고 있음을 보고 느꼈다. 부슬부슬 내리는 가을

비 또한 아름답고 고요했으며, 즐거운 음악에 가득 찬 축제일의 분위기다웠다.

생전 처음으로 외부의 세계가 나의 내부의 세계와 순수하게 조화를 이루며 화음을 내고 있었다. 곧 영혼의 축제일이 다가올 것이고, 나는 사는 보람을 찾게 될 것이다. 어떤 집도, 진열장도, 골목의 어떤 얼굴도 나를 방해할 수 없었다. 모든 것들은 당연히 그래야 하는 것처럼 있었다. 하지만 그것은 눈에 익은 공허한 모습이 아니었다. 기대에 차 있는 자연의 모습이었으며, 그것은 경건하게 운명을 맞아들일 준비를 하고 있었던 것이다.

내가 어렸을 때, 성탄절이나 부활절 같은 대축제일의 아침에 그런 세계를 보았다. 아직도 이 세계가 이토록 아름다울 수 있다는 사실을 나는 알지 못했다. 나는 내 자신 속으로 침잠하는 것에 습관이 되어 있었다. 그리고 외부의 것에 대한 의미는 내게서 사라져 갔다는 것, 눈부신 빛을 발하던 색채도 없어졌다는 것은 유년 시절의 상실과 관계가 있었다. 사람은 어느 정도는 영혼의 자유를 얻고 성인이 되는 대가로 이 사랑스러운 빛을 포기해야 되는 것이라고 체념하는 일에 나는 익숙해져 있었던 것이다. 그러나 이제 나는 이 모든 것들이 단지 파묻혀 있기 때문에 어두워 보일 뿐이라는 것을 알게 되었다. 또한 유년 시절의 행복을 포기한 사람도 이 세계가 빛나는 것을 볼 수 있으며, 어린아이가 관찰할 때 느끼는 진심에서 우러나온 경건을 맛볼 수 있다는 데에 그만 압도되었다.

그날 밤 나는 막스 데미안과 작별을 했던 교외의 정원을 다시 보게 되었다. 비에 젖어 잿빛처럼 보이는 키가 큰 나무들 뒤에 밝고 편안해 보이는 작은 집이 있었다. 큰 유리벽 뒤에는 꽃이 핀 관목들이 있었고, 반짝이는 유리창 뒤에는 그림과 책이 줄지어 꽂혀 있는 어두운 빛깔의 벽이 있었다. 현관은 난방이 잘 되는 작은 거실과 바로 연결되어 있었다. 검은 옷에 하얀 앞치마를 입은 입술이 두터운 나이 많은 하녀가 나를 안내하며 내 외투를 받아주었다.

하녀는 나를 거실 안에 홀로 남겨두었다. 나는 사방을 둘러보았다. 그러자 나는 곧 내 꿈의 한가운데로 들어가게 되었다. 문 위의 검은 나무 벽 위에 있는 검정 테두리의 액자 속에 내가 잘 아는 그림이 걸려 있었다. 그것은 지구의 껍데기를 깨고 날아오르려고 하는 황금빛 매의 머리를 한 나의 새였다. 나는 몹시 감동하여 그 자리에서 벌떡 일어났다. 이 순간, 내가 지금껏 행하고 경험했던 온갖 일들이 응답하고 현실이 되어서 내게 되돌아온 듯하여 나의 마음은 기쁘면서 동시에 슬프기도 했다. 나는 수많은 형상들이 번개처럼 빠른 속도로 내 영혼을 스쳐가는 것을 보았다. 현관문의 아치 위에 돌로 된 문장이 있었던 고향 집, 그 문장을 그리던 소년 데미안, 두려움에 떨며 크로머의 손아귀에 있던 어린 소년으로서의 나, 조용한 방의 책상 앞에서 동경의 새를 그리며 스스로의 그물에 영혼이 뒤엉켜 있던 청년으로서의 나. 그리고 이 모든 것들이, 이 순간까지에 이르는 모든 것들이 나의 내부에서 다시 울리고, 긍정이 되고, 해답을 얻고, 인정되었다.

젖은 눈으로 나는 내 그림을 응시하면서 내 마음을 읽었다. 그 때 나의 시선이 아래쪽으로 향했다. 새 그림 아래 열린 문 앞에 검은 옷을 입은 키가 큰 부인이 서 있었던 것이다. 바로 그녀였다.

나는 한 마디도 할 수가 없었다. 자신의 아들과 마찬가지로 시간과 나이를 초월하고, 활기차고 의지에 넘치는 얼굴을 지닌 아름답고 품위 있는 부인이 나에게 다정한 미소를 보내고 있었다. 그녀의 눈길은 실현이었고 그녀의 인사는 귀향을 의미했다. 나는 아무 말 없이 그녀에게 두 손을 내밀었다. 그녀는 굳건하고도 따뜻하게 내 손을 잡아주었다.

"당신이 싱클레어지요? 한눈에 당신을 알아봤어요. 잘 왔어요."

그녀의 음성은 낮고 따뜻했다. 나는 감미로운 포도주를 마시듯이 그 음성을 들이켰다. 그리고 시선을 돌려 그녀의 고요한 얼굴과 깊이를 가늠할 수 없는 검은 두 눈을 들여다보고, 생기 있고 성숙한 입술과 표적을 달고 있는 넓고 기품 있는 이마를 쳐다보았다.

"얼마나 기쁜지 모르겠습니다."

이렇게 말한 뒤에 나는 그녀의 두 손에 입을 맞추었다.

"저는 평생 늘 길 위에 있는 것 같았습니다. 이제야 집에 돌아온 기분입니다."

그녀는 어머니처럼 미소를 지었다.

"아무도 집으로 돌아갈 수는 없어요."

그녀는 다정하게 말했다.

"하지만 친밀한 두 길이 만나게 될 때는 온 세계가 얼마 동안은 고향처럼 느껴지지요."

그녀는 이곳으로 오는 동안 내가 느꼈던 것을 말했다. 그녀의 음성과 이야기하는 태도는 그녀의 아들과 매우 닮아 있었다. 하지만 전혀 다르게 보이기도 했다. 그녀는 모든 면에서 한층 더 성숙했고, 더 따스했으며, 더 확실한 느낌이었다. 하지만 예전에 데미안이 누구에게도 소년처럼 보이지 않았던 것처럼 그의 어머니도 성장한 아들이 있는 어머니처럼 보이지는 않았다. 얼굴과 머리카락 위에 감도는 숨결은 젊고 감미로웠으며, 황금빛 살결은 생기가 넘쳐서 주름살이라곤 찾아볼 수 없었으며, 그 입은 꽃처럼 피어 있었다. 그녀는 내가 꿈속에서 본 모습보다 훨씬 더 위풍당당하게 지금 내 앞에 서 있었다. 나는 그녀 가까이에 있는 것만으로도 사랑의 행복을 느낄 수 있었고, 그녀의 따스한 눈빛은 나에게 만족감을 주었다.

이것이 나의 숙명이 나에게 보여준 새로운 모습이었다. 그것은 더 이상 엄격하지도 고독하지도 않았고, 성숙하고 기쁨에 넘쳐 있었다! 나는 결심하지도 않았고 그 어떤 맹세도 하지 않았다. 나는 목적지에 도달한 것이었다. 그곳에서부터 앞으로의 먼 길에는 행복의 나무 그늘이 드리워져 있었다. 그리고 새로운 약속의 나라를 향해 있는 길이, 모든 쾌락의 정원에서 저 먼 꼭대기까지 웅장한 모습으로 길게 뻗어 있었다. 나의 미래가 어떻게 되든지 상관없었다. 나는 지금 이곳에서 이 부인을 알고, 그녀의 음성을 음미하며, 그녀 가까이에서 숨 쉴 수 있다는 것만으로도 행복을 느꼈다. 그녀가 내게 어머니가 되든, 애인이 되든, 여신이 되든, 그녀가 여기에 있는 것만으로도 충분했다. 나의 길이 그녀의 길 가까이에 있는 것만으로도.

그녀는 나의 매 그림을 가리켰다.

"당신이 이 그림을 보냈을 때만큼 데미안이 크게 기뻐한 적은 없었어요."

그녀는 생각에 잠겨서 말했다.

"나도 그랬지요. 우리는 당신을 기다렸어요. 이 그림을 받았을 때 당신이 우리에게로 오고 있다는 것을 알았어요. 당신이 조그만 소년이었을 때 말이에요, 싱클레어! 어느 날 데미안이 학교에서 돌아와서는 말했어요. '이마에 표적이 있는 아이가 있어요. 그 애는 분명히 내 친구가 될 거예요.'라고. 그 애가 바로 당신이었어요. 당신은 그러기 쉽지 않았겠지만 우리는 당신을 믿고 있었어요. 언젠가 방학이 되어 집에 왔을 때 데미안과 만난 적이 있었지요? 아마 당신이 열여섯 살쯤 되던 때였을 거예요. 데미안이 그 일에 관해 이야기해 주었지요."

나는 그녀의 말을 가로막았다.

"오, 그가 그때의 일을 말했다고요? 그때는 제가 가장 비참했던 시절이었어요."

"알아요. 데미안이 내게 당신은 지금 가장 곤란한 상황에 빠져 있다고 하더군요. 그는 또다시 공동체 속으로 도망치려 하고 있으며 심지어 술집의 단골손님이 되었다고 말했어요. 하지만 성공하지는 못할 거라고 했지요. 그의 표적은 지금은 보이지 않지만 그것이 아무도 모르게 그의 내부를 불태우고 있으니까 그렇다고요. 그렇지 않았나요?"

"네, 그랬어요. 틀림없어요. 그 후 저는 베아트리체를 발견했고 그러고 나서 지도자 한 명이 나타나 저에게 다가왔어요. 피스토리우스라는 사람이었어요. 그때야 비로소 왜 저의 소년 시절이 그토록 데미안과 결부되었던가, 왜 제가 그에게서 벗어날 수 없었는가가 확실해졌던 것입니다. 부인, 아니 어머니, 저는 그 당시 때때로 자살도 생각했었습니다. 그 길은 그렇게 누구에게나 어려운 것인가요?"

그녀는 손으로 바람처럼 가볍게 내 머리를 쓰다듬었다.

"탄생이라는 것은 항상 어려운 일이지요. 새도 알에서 나오기 위해서는 애를 써야 하니까요. 돌이켜 생각해 보고 자신에게 물어보세요. 대체 그 길이 그렇게 어려운 것이었을까, 그저 어렵기만 했던 걸까, 그것 역시 아름답지는 않았던가 하고 말이에요. 당신은 더 아름답고 더 쉬운 길을 알고 있었나요?"

나는 고개를 저었다.

"어려웠어요."

나는 꿈을 꾸는 듯한 말투로 말했다.

"꿈이 내게로 오기까지는 너무 어려웠어요."

그녀는 머리를 끄덕이고 나를 뚫어지게 쳐다보았다.

"그래요. 사람은 자신의 꿈을 찾아야 되는 거예요. 그렇게 되면 길은 쉬워지지요. 하지만 영원한 꿈은 없어요. 새로운 꿈이 다시 나타나게 되지요. 그리고 어떤 꿈에도 집착해서는 안 돼요."

나는 몹시 놀랐다. 그것은 경고였을까? 아니면 방어였을까? 하지만 모두 마찬가지였다. 나는 그녀에게 인도받고, 목적지에 관한 것은 묻지 않으려고 다짐했기 때문이다.

"잘 모르겠어요."

나는 말했다.

"얼마나 오랫동안 저의 꿈이 계속될지 모르겠어요. 저는 그 꿈이 영원하기를 원하고 있어요. 새의 그림 아래에서 저의 운명은 마치 어머니처럼 그리고 애인처럼 저를 맞아주었어요. 저는 그 운명에 속해 있으며 그 밖에는 어떤 것에도 속해 있지 않습니다."

"그 꿈이 당신의 운명인 한, 당신은 언제나 그것에 충실해야 되겠지요."

그녀는 엄숙한 어조로 내 말에 덧붙여 말했다.

비애가, 그리고 이 행복한 순간에 죽고 싶다는 절실한 소망에 나는 사로잡혔다. 눈물이—얼마나 오랫동안 나는 울지 않았던가!―억제할 수 없을 만큼 흘러 나를 압도하고 있는 것을 느꼈다. 황급히 나는 그녀에게서 얼굴을 돌리고 창가로 걸어가서는 눈물로 흐릿해진 눈으로 화분의 꽃 너머 먼 곳을 바라보았다.

나는 등 뒤에서 그녀의 목소리를 들었다. 침착한 목소리였다. 하지만 가득 채워진 와인 잔처럼 사랑이 듬뿍 담긴 목소리였다.

"싱클레어, 당신은 어린애군요! 물론 당신의 운명은 당신을 사랑하고 있어요. 당신이 충실함을 잃지 않는다면 당신이 원하는 대로 그것은 언젠가는 완전히 당신의 것이 될 거예요."

나는 겨우 진정한 뒤 다시 그녀를 향해 얼굴을 돌렸다. 그녀는 내게 손을 내밀었다.

"나에겐 몇 명의 친구가 있어요."

그녀는 미소를 띠며 말했다.

"몇 명 안 되는 적은 수지만 아주 가까운 친구들이에요. 그들은 나를 에바 부인이라고 부른답니다. 당신도 원한다면 그렇게 불러도 좋아요."

그녀는 나를 문 쪽으로 데려가서 문을 열고 정원을 가리켰다.

"저 바깥으로 나가면 데미안이 있을 거예요."

나는 높다란 나무 아래에서 충격에 휩싸인 채 멍하니 서 있었다. 내가 깨어 있는 것인지, 꿈을 꾸고 있는 것인지 이제까지보다 더 확실히 알 수가 없었다. 빗방울이 나뭇가지에서 방울져 떨어졌다. 나는 천천히 강기슭을 따라 멀리까지 뻗어 있는 정원 안으로 걸어

들어갔다. 거기서 마침내 데미안을 발견했다. 그는 윗옷을 벗은 채 정원의 정자 안에 매달린 모래주머니 앞에서 권투 연습을 하는 중이었다.

놀란 나는 발길을 멈추었다. 데미안은 정말 멋있어 보였다. 넓은 가슴, 야무지고 남성다운 머리, 치켜들고 있는 두 팔은 긴장된 근육으로 튼튼하고 단단해 보였다. 그리고 허리와 어깨, 팔꿈치는 마치 흐르는 샘물처럼 움직였다.

"데미안!"

나는 그를 불렀다.

"거기서 뭐 하고 있어?"

그는 유쾌하게 웃었다.

"연습하고 있었어. 그 작은 일본인하고 권투를 하기로 했거든. 그 사람 고양이처럼 재빠르고 빈틈이 없다고. 하지만 나를 자기 마음대로 할 수는 없을걸. 그에게 갚아줄 아주 사소한 굴욕적인 일이 있었지."

그는 셔츠와 윗옷을 입었다.

"벌써 우리 어머니를 만나봤니?"

그가 물었다.

"그래, 데미안. 네 어머니는 정말 근사한 분이셔! 에바 부인, 그 이름은 그분에게 완벽하게 어울리는 이름이야. 모든 존재의 어머니처럼 말이야."

그는 잠시 생각에 잠겨 내 얼굴을 들여다보았다.

"벌써 우리 어머니 이름을 안다고? 그렇다면 자랑해도 되겠어. 어머니가 처음 만난 사람에게 이름을 가르쳐준 건 네가 처음이니까 말이야."

그날부터 나는 아들이나 형제처럼 그 집을 찾아갔다. 하지만 또 어떤 때는 연인처럼 드나들기도 했다. 현관문을 닫고 그 집에 들어갈 때면 아니, 멀리에서 정원의 키 큰 나무들이 보이기만 해도 나는 흡족하고 행복해졌다. 하지만 밖은 '현실'이었다. 밖에는 거리와 집, 사람과 시설, 도서관과 강의실 같은 것들이 있었다. 그런데 이 집 안에는 사랑과 영혼이 있었고, 전설과 꿈이 살고 있었던 것이다. 그럼에도 불구하고 우리는 결코 세상과 단절된 것은 아니었다. 생각이나 대화에서는 이 세상의 한가운데에서 살았던 것이다. 우리는 서로 다른 영역에서 살았지만, 다수의 사람들과 경계선으로 분리된 것이 아니라 단지 보는 방식에 따라 분리되어 있었다. 우리의 사명은 이 세계에 하나의 섬을 보여주는 일이다. 그것이 하나의 모험이라고 할 수도 있지만 어쨌든 살아가는데 있어서 다른 가능성임에는 틀림없었다. 오랫동안 고립되었던 나는 단지 고독을 완전하게 맛본 사람들 사이에서만 가능한 공동체를 알게 되었다. 나는 절대 행복한 인간들의 연회나 흥겨워하는 사람들의 축제에 동참하고 싶은 생각은 없었다. 그리고 다른 사람들의 공동체를 본다고 해도 부러워하거나 향수를 느끼지 않을 것이다. 그래서 나는 차츰 '표적'을 달고 있는 사람들의 비밀에 싸인 내막에도 정통하게 되었다.

표적을 지니고 있는 우리는 세상 사람들에게 이상하다거나 미쳤다거나 위험하다고 여겨질지도 모른다. 우리는 깨달은 사람 혹은 깨닫고 있는 사람들이다. 그리고 우리의 노력은 갈수록 완전해지는 깨달음으로 옮겨가지만, 반면에 다른 사람들의 노력과 행복의 추구는 그들의 의견, 그들의 이상과 의무, 그들의 생활과 행복을 군중 집단의 그것과 점점 더 밀접하게 결부시키려고 하는데 있었다. 물론 그곳에도 노력은 있고, 힘과 위대함도 있다. 하지만 우리들의 의견으로는 우리의 표적을 지닌 자들은 자연의 의지를 새로운 것, 고립된 것, 그리고 미래의 것으로 제시하는데 반해서 다른 사람들은 완고한 의지 속에서 살고 있다. 그들에게 있어 인류란—우리와 마찬가지로 그들도 사랑하고 있는 인류란—유지되고 보호받아야 되는 것의 완성으로 생각되고 있다. 그러나 우리에게 있어 인류란 우리 모두가 그것을 향해 가는 도중에 있으며, 그 모습을 아는 사람도 없고, 그 법칙이 적혀 있는 곳은 아무 데도 없는 그런 아득히 먼 미래인 것이다.

에바 부인과 데미안과 나를 제외하고도 여러 부류의 탐구자들이 가깝게 혹은 멀게 우리의 공동체에 속해 있었다. 그들 대부분은 색다른 길을 걸어가며 개별적인 목표를 지향하는 특이한 의견과 의무에 집착하고 있었다. 그들 중에는 점성술사와 카발라학파,

톨스토이 신봉자도 있었고, 섬세하고 수줍으며 여린 사람들과 새로운 종파의 신봉자들, 인도의 구도자와 채식주의자 등이 있었다. 이 모든 사람들과 우리는 서로의 비밀스러운 삶의 꿈을 존중한다는 것 외에는 정신적으로 어떤 공통점도 없었다. 그들 중에서 몇몇 사람들은 우리와 좀 더 가까이 있었는데, 그들은 과거의 신과 새로운 소망에 관한 인류의 탐구를 추적했기 때문에 그들의 연구는 때때로 피스토리우스의 그것을 연상하게 해주었다. 그들은 서적들을 가져와서 고대 언어의 원서를 번역해 주었고, 고대의 상징물이나 의식의 도해를 보여주었다. 그리고 지금까지 인간이 소유했던 이상은 모두 무의식적인 영혼의 꿈을 인류가 손으로 더듬으면서 그 안에서 자신의 미래 가능성의 예감을 추구하려는 꿈으로 이루어져 있다는 것을 가르쳐주었다. 이렇게 해서 우리는 고대 세계의 천 개의 머리를 가진 기이한 신들에서부터 그리스도교로의 개종에 이르는 신들의 역사까지 되짚어볼 수 있었다.

우리는 고독하고 경건한 사람들의 고해에서 민족에서 민족으로 옮겨간 종교의 변천에 대해 알게 되었다. 그리고 우리가 수집한 모든 것들을 통해서 우리 시대와 현대 유럽에 대한 비평적인 인식을 갖게 되었다. 우리는 엄청난 노력으로 강력하고 우수한 무기를 만들어냈으나 정신은 극도로 황폐해지고 말았다. 그리하여 유럽은 온 세계를 얻었지만 그로 인해 자신의 영혼을 잃어버리는 결과를 초래하게 된 것이다.

여기에도 특정한 희망과 구원설의 신자와 신봉자는 있었다. 유럽을 개종시키려는 불교도들이 있는가 하면 톨스토이 신봉자와 그 밖의 여러 종파들도 있었다. 우리는 그들의 의견에 귀를 기울였지만, 그 어떤 것도 상징 이외의 다른 것으로서 받아들이지는 않았다. 미래에 대한 걱정은 우리의 표적을 지닌 자들에게 주어진 책임이 아니었다. 우리는 모든 교파와 모든 구원설은 이미 오래전에 죽었기 때문에 쓸모없는 것이라고 생각했다. 그래서 우리는 각자가 완전히 자기 자신이 되고, 자신의 내부에서 작용하는 자연의 뜻을 따르며, 불확실한 미래가 가져올 수 있는 모든 것에 대해 대비하도록 하는 것이다.

새로운 탄생과 현대의 붕괴가 멀지 않았다는 것은—그것을 입밖에 내든 그렇지 않든 간에—우리 모두의 마음속에서는 확실한 일이었기 때문이다. 데미안은 여러 번 내게 말했다.

"무엇이 올 것인가는 짐작할 수 없어. 유럽의 영혼은 끝없이 오랫동안 쇠사슬에 매어져 있는 짐승과 같거든. 그것이 해방되었을 때 처음으로 하게 될 행동은 그리 칭찬할 만한 것은 못 될 거야. 하지만 이제까지 그렇게 오랫동안 늘 기만당하고 마비되었던 영혼의 진정한 고난이 만천하에 드러나기만 한다면, 지름길이든 멀리 돌아가는 길이든 그것은 중요하지 않아. 그렇게 되면 우리의 날이 오게 될 거야. 세상 사람들은 지도자나 새로운 입법자로서가 아닌—새로운 법률 같은 것은 더 이상 경험하지 못하겠지만—의지자로서, 운명이 부르는 곳이라면 어느 곳이든 함께 가서 거기에 서 있을 각오가 된 그런 사람으로서 우리를 원하게 될 거야. 생각 해 봐, 만일 자신들의 이상이 위협을 받게 된다면 모든 사람들은 아마 믿을 수 없을 만한 짓도 충분히 하게 될 거야. 하지만 새로운 이상이, 새롭고 위험하며 무서운 성장의 움직임이 문을 두드릴 때 그곳에 있을 사람은 아무도 없을 거야. 그때 거기에 있다가 함께 가는 소수의 몇몇 사람들이 바로 우리가 되는 거야. 그러기 위해 서 우리는 표적을 지니고 있는 거니까. 마치 공포와 증오를 유발 시켜 그 당시의 인류를 답답한 전원의 세계에서 위험한 넓은 세계 로 몰아가기 위해 카인에게 표적을 지니게 했던 것처럼. 인류의 역사에 영향을 준 사람들은 모두 운명에 대비하고 있었기 때문에 유능하고 활동적이었던 것이지. 모세와 부처가 그러했고 나폴레 옹과 비스마르크도 그랬었지. 어떤 흐름에 휩쓸리고, 어떤 극極에 지배를 받는가 하는 것은 그 사람의 선택 범위 밖에 있는 일이거 든. 만일 비스마르크가 사회민주주의자들을 이해하고 그들의 생 각에 동조했다면, 그는 영리한 지배자는 될 수 있었을지 모르지만 운명적인 인물은 되지 못했을 거야. 나폴레옹도, 카이사르도, 로 욜라도, 다른 모든 사람들도 마찬가지였던 거야. 그것은 언제나 생물학적이며 진화론적으로 생각해 봐야 되는 거라고! 우리는 지 구의 표면에 변혁이 일어나 수중 동물을 육지로, 육상 동물을 수 중으로 투입했을 때, 전대미문의 새로운 일을 수행하고 새로운 적응력을 길러 자신들의 종족을 구하며 운명에 대비했던 표본들을 볼 수 있어. 그것이 그 이전에 자신의 종족 중에서 보수적이고 보존적이었는지, 기이한 성향이 있고 혁명적이었는지 우리는 알 수 없지만 그들은 준비를 하고 있었기 때문에 새롭게 변화하는 과정에서 자신의 종족을 구할 수 있었던 거지. 우린 그것을 잘 알고 있어. 그래서 우리는 준비하려는 거야."

우리가 그런 대화를 나누고 있을 때, 때론 에바 부인도 함께 있었다. 하지만 그녀 스스로 이런 종류의 이야기에 끼어들지는 않았다. 각자의 생각을 말하는 우리에게 그녀는 신뢰와 이해심이 충만한 경청자이며 반향의 척도였다. 그런 생각들이 모두 그녀로부터 나와서 그녀에게로 되돌아가는 것 같았다. 그녀 가까이에 앉아 있거나 때론 그녀의 목소리를 듣고, 그녀를 에워싸고 있는 성숙과 영혼의 분위기에 함께한다는 것은 나의 행복이었다.

나의 내부에서 어떤 변화나 혼돈, 혹은 혁신이 일어날 때면, 그녀는 바로 그것을 알아차렸다. 내가 잠잘 때 꾸는 꿈들이 마치 그녀에게서 받은 영감에 의한 것 같았다. 나는 자주 그녀에게 꿈 이야기를 했다. 그 꿈은 그녀에게 쉽게 이해되고 자연스러운 것이었다. 그녀가 확실한 느낌으로 감지할 수 없는 기상천외한 일은 존재하지 않았다. 얼마 동안 나는 우리의 일상적인 대화를 그대로 베낀 것 같은 꿈을 꾸었다. 온 세계가 혼란스러워지고 나는 혼자서, 혹은 데미안과 함께 긴장되어 위대한 운명을 기다리는 꿈을 꾸었던 것이다. 운명은 가려져 있었다. 하지만 어딘지 모르게 에바 부인의 표정을 지니고 있었다. 그녀에게 선택되거나 배척당하는 것, 바로 그것이 운명이었다.

그녀는 여러 번 미소를 띠며 말했다.

"당신의 꿈은 완전하지 않아요. 싱클레어, 당신은 가장 좋은 것을 잊어버렸어요."

그때서야 나는 잊어버린 것이 생각났고 어떻게 그것을 잊을 수 있었는지 이해할 수 없었다.

때때로 나는 불만을 느끼고 욕구로 인한 고민을 했다. 그녀를 끌어안지도 못하면서 가까이에서 지켜보기만 하는 것은 더 이상 견딜 수 없는 일이라고 생각했다. 그녀도 그것을 곧 알아차렸다. 한 번은 여러 날 동안 그녀를 찾아가지 않다가, 후에 여전히 혼란스러운 마음으로 다시 찾아갔을 때 그녀는 나를 그녀 곁으로 데려가서 말했다.

"당신은 당신이 믿지도 않는 소망에 정신을 잃어서는 안 돼요. 당신이 무엇을 바라는지 나는 알고 있어요. 당신은 그 소망을 버리거나 아니면 완전하고 올바르게 바라지 않으면 안 돼요. 당신이 그 소망을 이루기 위해서는 마음속으로 완전히 확신해야 그것을 성취할 수 있어요. 하지만 당신은 그것을 소망하면서도 후회하기도 하고 동시에 겁을 내고 있어요. 이 모든 것은 극복해야 돼요. 전설 하나를 이야기해 줄게요."

그러더니 그녀는 별에 반한 청년의 이야기를 해주는 것이었다. 그는 바닷가에 서서 손을 뻗쳐 별에 예배했다. 그는 별의 꿈을 꾸고 자신의 생각을 별에게 보냈다. 하지만 사람이 별을 끌어안을 수 없다는 것을 그도 알고 있었다. 아니, 알고 있다고 생각했다. 그는 이루어질 희망도 없이 별을 사랑하는 것은 자신의 운명이라고 여겼다. 그리고 이 생각에서 비롯된, 체념과 자신을 정화하기 위해 충실한 고민을 이야기한 완전한 생명의 시를 지었다. 하지만 그의 꿈은 모두 별을 찾아갔다. 어느 날 밤, 그는 다시 바닷가의 높은 벼랑 위에 서서 별을 쳐다보며 별에 대한 사랑을 불태우고 있었다. 그러다가 그리움이 절정에 달한 순간, 그는 별을 향해 몸을 던져 허공으로 뛰어들었다. 하지만 도약하는 순간에 그는 번개처럼 생각했다. 정말 이루어질 수 없는 일이다! 그리고 그는 바닷가에 떨어져 부서져버렸다. 그는 사랑하는 방법을 이해하지 못했던 것이다. 만일 그가 뛰어올랐던 그 순간에, 굳건하고 확실하게 그 일이 이루어질 것이라고 믿는 정신력만 있었어도 그는 하늘로 날아올라 별과 하나가 되었을 것이다.

"사랑은 애원해서는 안 되는 거예요."

그녀는 진지하게 말했다.

"또한 요구해서도 안 돼요. 사랑은 자신의 내부에서 확신할 수 있는 힘을 가져야 해요. 그렇게 되면 사랑은 끌려오는 것이 아니라 스스로 끌어당기게 되는 거예요. 싱클레어, 당신의 사랑은 나에게 끌리고 있어요. 만일 당신의 사랑이 나를 끌게 되면 나는 가 겠어요. 나는 어떤 선물도 주고 싶지 않아요. 단지 나는 끌림을 당 하고 싶은 거예요."

하지만 그 후에 그녀는 나에게 다른 이야기를 해주었다. 희망도 없이 사랑하는 남자가 있었다. 그는 자신의 영혼 속에 완전히 갇 혀서 사랑한 나머지 타버려 사라질 것 같다고 말했다. 그에게 이 세계는 사라져버린 것이었으며 푸른 하늘도, 푸르른 숲도 더 이상 보이지 않았던 것이다. 그에게는 시냇물도 졸졸 흐르지 않았고 하 프도 울리지 않았다. 모든 것은 가라앉아버렸고 그는 가난하고 비 참해졌다. 하지만 그의 사랑은 자라고 있었다. 그래서 그는 자신 이 사랑하는 여자를 단념할 바에는 차라리 죽어버리고 멸망해 버 리고 싶은 심정이었다. 그때 그는 자신의 사랑이 자신의 내부에 있던 온갖 것들을 불태워버렸음을 느꼈다. 그리하여 그의 사랑은 강력해졌고 그녀를 끌어당기게 되었다. 그러자 아름다운 그녀는 그를 따라오지 않을 수 없었다. 그는 그녀를 자신에게로 끌어당기 기 위해 두 팔을 크게 벌리고 서 있었다. 그녀가 왔다. 그러나 그 녀가 그의 앞에 와 서자 그녀는 아주 달라져 있었다. 그래서 그는 자기가 잃어버렸던 온 세계를 자신에게로 끌어당겼다는 것에 전 율을 느끼며 그 세계를 바라보았다. 그 세계는 그의 앞에 서서 그 에게 몸을 맡겼다. 하늘과 숲과 시내, 이 모든 것들이 새로운 빛을 띠며 생생하면서도 화사하게 그에게 다가와 그의 것이 되고 그의 말을 하는 것이었다. 그는 단순히 한 사람의 여인을 얻는 대신 온 세계를 마음속에 품게 된 것이다. 하늘의 모든 별들이 그의 내부에서 타올랐고 그의 영혼을 관통하며 환희의 불꽃을 피웠다. 그는 사랑했다. 자기 자신을 발견한 것이다. 하지만 거의 모든 사람들은 사랑 때문에 자신을 잃어버린다.

에바 부인에 대한 나의 사랑이 내게는 유일한 내 생활인 것처럼 느껴졌다. 하지만 매일매일 그것은 다른 모습을 보였다. 나는 때때로 나의 본성이 도달하기 위해 애쓰는 것은 그녀 개인이 아니라 나의 내면의 상징에 불과하며, 그것이 나를 나의 내부로 더 깊이 이끌려고 한다는 것을 느꼈다.

가끔씩 나는 내 마음을 움직이는 절박한 질문에 대해, 나의 무의식적인 어떤 것이 대답하는 것 같은 그녀의 이야기를 들었다. 또한 나는 그녀 곁에 있으면서 관능적인 욕망이 솟아올라 그녀가 만졌던 물건에 입을 맞추기도 했다. 그리고 점차 관능적인 사랑과 관능적이지 않은 사랑이, 현실과 상징이 서로 겹치게 되었다. 내가 우리 집의 내 방에서 조용히 그녀를 생각할 때면 그녀의 손을 내 손 안에, 그녀의 입술을 내 입술 위에 느끼고 있다는 생각이 떠오르기도 했다. 하지만 그녀 곁에서 그녀의 얼굴을 바라보며 이야기를 하고, 또 그녀의 목소리를 들으면서도 진정 그녀가 현실에 존재하는지, 아니면 꿈인지 분간할 수 없을 때도 있었다. 어떻게 사랑을 지속적이고 영원한 것으로 간직할 수 있는지를 차츰 나는 알게 되었다. 어떤 책을 읽으면서 나는 새로운 것을 느꼈는데 그것은 에바 부인과 입을 맞추었을 때와 똑같은 느낌이었다. 그녀는 나의 머리카락을 쓰다듬으며 성숙하고 향기로우며 따스한 미소를 지었다. 그러자 나는 내 자신의 내부에 어떤 진보라도 이룬 것 같은 느낌이 들었다. 내게 있어 중요하고 운명적이었던 모든 것들이 그녀의 모습을 지니게 된 것이다. 그녀는 나의 모든 생각으로 변신할 수 있었고 나의 모든 생각은 그녀로 변신할 수 있었다.

  2주 동안이나 에바 부인과 떨어져서 지내는 것은 분명 괴로운 일이라고 생각했기 때문에 나는 부모님과 함께 보내야 될 성탄절의 휴가가 두려웠다. 하지만 그것은 고통스럽지 않았다. 집에서도 그녀를 생각한다는 것은 근사한 일이었다. H 시로 돌아와서도 이틀 동안이나 나는 이 안정된 기분과 관능적인 그녀의 현재 모습으로부터의 독립을 즐기기 위해 그녀의 집을 찾지 않았다. 또한 나는 그녀와의 결합이 새로운 비유의 방법으로 이루어지는 꿈을 꾸었다. 그녀는 내가 솟아오르며 흘러들어가는 바다였다. 그녀는 별이었고 나 또한 별이 되어 그녀에게 가고 있었다. 그리고 우리는 도중에 서로 만났고 서로 끌리고 있다는 것을 느꼈으며, 함께 있으면서 원을 그리고 서로의 주위를 행복하게 영원히 맴돌았다.

  내가 다시 그녀를 방문했을 때 나는 이 꿈에 대한 이야기를 했다.

  "참 아름답군요."

  그녀는 조용히 말했다.

"그것이 진실이 될 수 있게 하세요!"

어느 이른 봄날, 내가 절대로 잊지 못하는 그런 날이 있었다. 나는 거실로 들어갔다. 창문 하나가 열려 있어서 따스한 바람이 히아신스의 무거운 향기를 방 안으로 몰아넣었다. 아무도 없었기에 나는 계단으로 올라가서 데미안의 서재로 갔다. 문을 가볍게 두드리고 언제나 그랬듯이 대답도 기다리지 않고 들어갔다.

방은 어두웠고, 커튼은 모두 드리워져 있었다. 데미안이 화학 실험실로 꾸며놓은 작은 옆방으로 연결되는 문이 열려 있었다. 그곳으로, 먹구름 틈으로 비치는 밝고 하얀 봄 햇살이 들어오고 있었다. 나는 아무도 없다고 생각했다. 그래서 한쪽 커튼을 열어젖혔다. 그런데 커튼이 드리워진 창가에서 데미안이 의자 위에 이상한 모습으로 웅크리고 앉아 있는 것이었다. 그러자 이런 일을 본 적이 있다는 느낌이 섬광처럼 나를 스치고 지나갔다. 그는 두 팔을 꿈쩍도 하지 않고 내려뜨리고 두 손을 무릎 위에 올려놓고 있었다. 두 눈을 크게 뜬 채 약간 앞으로 숙인 그의 얼굴은 생기 없이 무감각해 보였다. 눈동자에는 반사된 빛이 조그맣게 빛나며 마치 한 조각의 유리처럼 생기 없이 반짝였다. 창백한 얼굴은 자신의 내면에 숨겨져 있었고 몸서리쳐지는 마비 상태 이외에는 어떤 표정도 없었다. 그것은 사원의 현관에서 볼 수 있는 태곳적 짐승의 가면 같았다. 그는 숨도 쉬지 않는 것 같았다.

추억이 되살아나자 나는 몸이 떨렸다. 몇 해 전, 내가 조그만 소년이었을 때 나는 이미 지금과 똑같은 그의 모습을 본 적이 있었던 것이다. 그렇게 그의 두 눈은 내부를 응시하였다. 그렇게 그의 두 손은 생기 없이 가지런히 놓여 있었고, 파리 한 마리가 그의 얼굴로 기어가고 있었다. 6년 전쯤 그때에도 그는 지금처럼 나이 들어 보였고, 지금처럼 시간을 초월한 듯 보였다. 얼굴에 있는 주름살 하나까지도 오늘과 똑같았다.

나는 공포에 휩싸여 조용히 방에서 나와 계단을 내려왔다. 거실에서 에바 부인을 만났다. 그녀는 창백하고 피곤해 보였다. 한 번도 본 적 없는 그녀의 표정이었다. 그림자가 창문을 스쳐 지나갔다. 눈부신 하얀빛이 홀연히 사라져버렸다.

"데미안에게 갔었어요."

나는 성급하게 말했다.

"무슨 일이 있었나요? 그가 잠을 자는지, 아니면 무엇에 몰두하고 있는 건지 저는 모르겠어요. 예전에도 그렇게 하고 있는 것을 한 번 본 적이 있어요."

"그 애를 깨우지는 않았죠?"

그녀는 황급히 물었다.

"네, 데미안은 내가 들어가는 소리도 못 들었어요. 저는 바로 다시 나왔어요. 에바 부인, 무슨 일이 있었는지 제게 말씀해 주시겠어요?"

그녀는 손등으로 이마를 쓸어내렸다.

"걱정 말아요, 싱클레어. 아무 일도 없으니까. 그 애는 명상에 잠겨 있는 거예요. 오래 걸리진 않을 거예요."

그녀는 일어섰다. 그리고 이제 막 비가 내리기 시작한 정원으로 나갔다. 그녀를 따라가서는 안 된다고 느꼈다. 그래서 나는 거실에서 이리저리 돌아다니며 정신이 혼미해지는 히아신스 향기를 맡고 있었다. 그리고 문 위에 걸린 내가 그린 새 그림을 쳐다보면서, 오늘 아침 이 집에 가득 찬 이상한 그림자를 답답하게 느끼며 숨을 내쉬었다. 무엇일까? 무슨 일이 일어났을까?

에바 부인은 곧 돌아왔다. 그녀의 까만 머리카락에 빗방울이 맺혀 있었다. 그녀는 안락의자에 앉았다. 피곤함에 가득 찬 모습이었다. 나는 그녀 곁으로 다가가 그녀를 향해 몸을 굽히고 머리카락에 맺힌 물방울에 입을 맞추었다. 하지만 나에게 그 물방울은 눈물 같은 맛이 났다.

"그에게 가보고 올까요?"

나는 속삭이듯 물었다. 그녀는 희미하게 미소를 지었다.

"어린애처럼 굴지 말아요, 싱클레어!"

그녀는 자신의 마음속에 깃든 마력을 깨뜨리려는 듯이 크게 나무랐다.

"지금은 가세요. 그리고 나중에 다시 오세요. 지금은 당신과 어떤 이야기도 할 수 없어요."

나는 그곳을 나와 시내를 지나 산으로 달려갔다. 흩뿌리는 듯한 가느다란 빗방울이 나를 향해 떨어졌다. 구름은 압박을 받으며 겁을 먹은 것처럼 낮게 내려앉으며 흘러가고 있었다. 아래쪽은 바람이 거의 불지 않았다. 하지만 높은 곳에서는 폭풍이 불고 있는 것 같았다. 때때로 태양은 잠시 동안 강철 같은 잿빛 구름 사이로 창백하게, 때론 눈부시게 얼굴을 내밀었다.

그때 하늘에는 누런 구름이 흘러가고 있었다. 그 구름이 잿빛 벽에 걸리고, 몇 초 동안 바람은 이 누런 구름과 잿빛 하늘로 하나의 형상을, 한 마리의 거대한 새를 만들어냈다. 이 새는 이 푸른 혼돈에서 뛰쳐나와서 훨훨 날갯짓을 하며 하늘로 사라졌다. 그러고 나서 폭풍이 치는 소리가 들리더니, 우박이 뒤섞인 비가 쏟아졌다. 짧지만 어마어마하게 무서운 천둥소리가 빗발을 맞은 풍경 위에서 들려왔다. 그리고 곧 다시 햇살이 비추고, 갈색 숲 너머의 가까운 산 위에 희미한 눈이 비현실적인 모습으로 어슴푸레 빛나고 있었다.

몇 시간 뒤에 내가 흠뻑 젖어서 되돌아오자 데미안이 직접 현관문을 열어주었다.

그는 자기 방으로 나를 데리고 올라갔다. 실험실에는 가스 불이 타고 있었고 사방에 종이가 흩어져 있었는데 아마도 일을 하고 있었던 것 같았다.

"앉아."

그가 권했다.

"피곤하지? 지긋지긋한 날씨였어. 밖에서 몹시 헤맨 모양이네. 금방 차를 가져올 거야."

"오늘 무엇인가가 시작되었어."

나는 주저하면서 말했다.

"그저 단순한 천둥 번개가 아닌 것 같아."

그는 무엇인가를 찾아내려는 것처럼 나를 쳐다보았다.

"무엇을 봤는데?"

"응, 구름 속에서 잠깐이었지만 하나의 형상을 분명히 봤어."

"무슨 형상이었는데?"

"한 마리 새였어."

"그 매? 그것이었어? 네 꿈속의 새?"

"응, 내 매였어. 누렇고 굉장히 컸어. 이내 검푸른 하늘로 날아가 버렸지만."

데미안은 한숨을 깊게 내쉬었다. 문을 두드리는 소리가 났다. 늙은 하녀가 차를 들고 왔다.

"자, 싱클레어, 마셔. 나는 네가 그 새를 우연히 본 거라고 생각하지는 않아."

"우연히? 그런 것을 우연히 볼 수 있는 걸까?"

"그래, 그럴 수는 없겠지. 그것은 무엇인가를 의미하고 있는 거야. 무엇을 의미하는지 알겠어?"

"아니, 나는 단지 그것은 변화를, 운명을 향한 한 걸음을 의미하는 것은 아닐까 하고 느낄 뿐이야. 나는 그 매가 우리 모두와 관련이 있다고 생각해."

그는 성급히 이리저리 움직였다.

"운명을 향한 한 걸음이라고!"

그는 크게 외쳤다.

"나도 지난밤에 똑같은 꿈을 꾸었어. 그리고 어제 어머니도 똑같은 것을 의미하는 예감을 느끼셨다는 거야. 나는 사다리를 타고 나무줄기였는지 아니면 탑이었는지를 기어 올라가는 꿈을 꾸었어. 위에 올라가서 보니까 아래쪽으로 넓은 평야가 펼쳐져 있었는데, 도시나 마을 구분 없이 온 나라가 불타고 있는 것을 보았어. 나는 아직 전부 다 이야기할 수는 없어. 아직도 나에게는 모든 것이 뚜렷하진 않으니까."

"그 꿈을 너와 연관시켜 해석하는 거야?"

나는 물었다.

"나와 연관시켜? 물론 그렇지. 자기와 관련 없는 꿈을 꾸는 사람은 아무도 없거든. 하지만 그 꿈은 나 혼자만 관련된 것은 아니었어. 거기에 대해선 네가 옳아. 나는 내 자신의 영혼의 동요를 나타내는 꿈과, 극히 드물긴 하지만 전 인류의 운명을 암시하는 꿈을 정확하게 구별해 낼 수 있어. 그런 꿈은 드물게 꾸지만, 그것이 예언이 되어 꿈속에서 일어난 일이 실현되었다고 말할 수 있는 꿈은 한 번도 꿔본 적이 없어. 그런 꿈의 해석은 너무 애매해. 하지만 그것이 단지 나에게만 관련된 꿈이 아니란 것은 확실히 알 수 있어. 다시 말하면 그 꿈은 과거에도 꾸었고, 현재까지도 계속되고 있는 옛날의 다른 꿈에 속해 있는 거야. 이 꿈들은, 싱클레어, 예전에도 너에게 이야기했었지만 내가 예감을 얻고 있는 그런 꿈들이야. 우리의 세계가 정말로 부패했다는 사실을 우리는 알고 있지만 그것만으로는 멸망이나, 혹은 그와 같은 일을 예언할 근거가되지는 못해. 하지만 나는 몇 년 전부터 이 세계가 붕괴되고 있다고 결론 내릴 만한 꿈을 꿔왔어. 처음에 그것은 아주 약하고 어렴풋한 예감이었지만 점점 뚜렷하고 강해졌어. 나는 아직도 나하고도 관련 있는 크고 무서운 것이 가까이 오고 있다는 것 외에는 아무것도 모르겠어. 싱클레어, 우리는 우리가 수차례 이야기했던 것을 경험하게 될 거야. 이 세계는 스스로 혁신하려는 거야. 죽음의냄새가 나. 죽음 없이는 어떠한 새로운 것도 올 수 없으니까. 그것은 내가 생각했던 것보다 한층 더 오싹해지는 일이야."

깜짝 놀라서 나는 물끄러미 그를 보았다.

"네 꿈의 나머지를 이야기해 줄 수는 없을까?"

나는 조심스럽게 부탁했다.

그는 고개를 절레절레 흔들었다.

"그럴 수는 없어."

문이 열리고 에바 부인이 들어왔다.

"여기에 같이 있었구나! 설마 슬퍼하고 있는 건 아니겠지?"

그녀는 다시 생기 있어 보였고 전혀 피곤한 것 같지 않았다. 데미안은 어머니에게 미소를 지었다. 겁에 질린 아이들에게 다가오는 어머니처럼 그녀는 우리 곁으로 다가왔다.

"우리는 슬퍼하고 있는 게 아니에요, 어머니. 그저 이 새로운 표적에 대해 이야기를 하고 있었어요. 하지만 거기엔 아무것도 없어요. 오려고 하는 것은 갑자기 오겠지요. 그러면 우리는 우리가 알아야 할 필요가 있는 것을 결국엔 알게 될 거예요."

나는 기분이 몹시 나빴다. 그래서였는지 작별 인사를 하고 혼자 거실을 지나갈 때 풍긴 히아신스의 향기가 죽음의 냄새처럼 느껴졌다. 어떤 그림자 하나가 우리에게 다가오고 있었던 것이다.

종말의 시작

　나는 아버지를 졸라서 내 뜻대로 여름 학기에도 H 시에 머무를 수 있었다. 우리는 집 안에 있지 않고 거의 강가에 있는 정원에 있었다. 권투 시합에 진 일본인은 가버렸고, 톨스토이 신봉자도 떠나버렸다. 데미안은 말 하나를 구해서 매일매일 끈기 있게 탔다. 그리고 나는 자주 그의 어머니와 단둘이 있었다. 가끔씩 나는 이런 내 생활의 평화로움에 감탄하곤 했다.

　나는 혼자 지내는 것, 단념하는 것, 나의 고뇌와 싸우는 것에 오랫동안 익숙해져 있었다. 그래서 나는 H 시에서 지낸 이 몇 달간의 생활이 마치 안락하고 황홀하며 오로지 아름답고 유쾌한 일들과 감정 속에서만 살아도 좋은 어떤 꿈의 섬처럼 느껴졌다. 나는 이것이 우리가 생각하는 새롭고 보다 더 높은 공동체의 세계임을 예감하고 있었다. 하지만 때때로 이 행복에도 깊은 비애가 엄습해왔다. 나는 이 생활이 오래 계속되지 못할 것을 잘 알고 있었기 때문이다.

나는 풍성함과 안락함 속에서 살아가도록 태어나지는 않았다. 나는 고뇌와 광분이 필요했다. 언젠가 나는 이 아름다운 사랑의 환상에서 깨어나 다른 사람들의 차가운 세계 속에 다시 홀로 서게 될 것이라고 느꼈다. 그곳에는 고독이나 투쟁만이 있을 뿐, 평화나 공존은 없을 것이다.

그런 생각을 하고 난 뒤, 나는 내 운명이 아직도 아름답고 고요한 모습을 지니고 있는 것을 기뻐하면서, 한층 배가된 애정으로 에바 부인에게 가까이 다가갔다. 여름의 몇 주일은 너무도 빠르고 가볍게 지나갔다. 학기도 벌써 끝나가고 있었다. 또한 이별도 가까이 오고 있었다. 하지만 나는 이별을 생각할 수가 없었고 생각조차 하지 않았다. 나는 마치 나비가 꽃에 집착하듯 이 아름다운 날들에 집착하고 있었다. 그것은 나의 행복한 시절이었고, 내 인생 최초의 충족이었으며, 공동체에 속함을 뜻했다. 다음에는 무엇이 올 것인가? 나는 다시 나 자신과 싸워야 하고, 동경에 둘러싸이고, 꿈을 꾸면서 고독해질 것이다.

그런 날들을 보내던 어느 날, 나의 이런 예감은 몹시 강하게 엄습해 왔고, 에바 부인을 향한 나의 사랑이 갑자기 불타올랐다. 머지않아 나는 그녀를 더 이상 보지 못하게 될 테고, 집 안을 돌아다니는 그녀의 확고하고 다정한 걸음걸이도 보지 못하게 되며, 내 책상 위에 그녀가 갖다놓은 꽃을 볼 수 없게 될 것이다.

그런데 나는 무엇을 이뤄낸 것일까? 나는 그녀를 얻고, 그녀를 위해 싸우고, 그녀를 영원히 나의 것으로 빼앗는 대신 꿈을 꾸며 안락한 생활에 몸을 맡기고 있었던 것이다. 그녀가 지금까지 나에게 이야기했던 진정한 사랑에 관한 온갖 말들이 갑자기 머릿속에 떠올랐다. 그것은 셀 수 없이 많은 세련된 충고의 말, 수많은 가벼운 유혹, 또는 약속의 말들이었다. 그런데 나는 그것을 통해 무엇을 이룰 수 있었던가? 아무것도 없었다. 아무것도!

나는 방 한가운데에 서서 나의 모든 의식을 집중하여 에바 부인을 생각했다. 나는 그녀가 나의 사랑을 느끼도록, 또 그녀를 나에게로 끌어당기기 위해 내 영혼의 힘을 집중하려고 했다. 그녀는 내게로 와야 했고 나의 포옹을 열망해야 했으며, 나의 입맞춤이 그녀의 성숙한 사랑의 입술과 함께 끝없는 영혼의 승화로 이어지지 않으면 안 되었다.

나는 손발이 차가워질 때까지 마음의 긴장을 늦추지 않았다. 내 몸에서 힘이 빠져나가는 것을 느꼈다. 잠시 동안 차가운 무언가가 내 안에서 단단하게 응어리졌다. 나는 잠시 동안 하나의 결정結晶을 가슴속에 품고 있다는 느낌이 들었다. 나는 그것이 나의 자아라는 것을 깨달았다. 차가운 기운이 가슴까지 올라왔다.

무서운 긴장감에서 깨어났을 때 나는 누군가가 다가오고 있는 것을 느꼈다. 나는 죽을 것처럼 지쳐 있었으나 에바 부인이 정열을 불태우면서 황홀하게 방 안으로 들어오기만을 기다리고 있었다.

그때 말발굽 소리가 요란하게 거리를 울리며 가까이까지 다가 오더니 갑자기 멈췄다. 나는 창가로 뛰어갔다. 데미안이 말에서 내리고 있었다. 나는 뛰어 내려갔다.

"무슨 일이야, 데미안? 너희 어머니께 무슨 일이 생긴 건 아니지?"

그는 내 말을 듣고 있지 않았다. 그는 매우 창백했고 땀이 이마 에서 양쪽 뺨을 타고 흘러내리고 있었다. 그는 달려오느라 열이 오른 말의 고삐를 정원의 울타리에 매고는 내 팔을 잡고 거리를 내려갔다.

"벌써 무슨 소식을 들은 거야?"

나는 아무것도 모르고 있었다.

데미안은 나의 팔을 꽉 잡은 채 내게 얼굴을 돌려 어둡고 연민 에 찬 이상한 시선으로 나를 바라보았다.

"그래, 싱클레어. 드디어 시작되었어. 너도 러시아와의 관계가 긴박한 것은 알고 있었겠지만 말이야."

"뭐라고? 전쟁이 일어난 거야? 나는 그럴 거라고는 생각도 못 했 는데."

주변에는 아무도 없었음에도 불구하고 그는 낮은 목소리로 말 했다.

"아직 선전포고를 한 건 아니야. 하지만 전쟁이 있을 거야. 내 말을 믿어도 좋아. 나는 그때 이후로 이 일로 너를 괴롭히지 않았 지만, 사실은 그때부터 세 차례나 그런 징조를 보았어. 그것은 세계의 몰락도, 지진도, 혁명도 아니고 전쟁이었던 거야. 너는 전쟁이 어떤 사태를 만드는지 보게 될 거야. 사람들에게는 그것이 재미있는 구경거리가 되겠지. 벌써부터 사람들은 전쟁이 일어나기를 기다리고 있어. 그들에겐 인생이 그렇게도 무미했던 거야. 하지만 너도 알게 되겠지만 싱클레어, 이것은 단지 시작에 불과해. 이것은 큰 전쟁이, 아주 큰 전쟁이 될 수도 있어. 하지만 그것 역시 시작에 불과해. 새로운 것이 시작되는 거야. 그 새로운 것은 낡은 것에 집착하는 사람들에게는 끔찍한 일이 될 거야. 너는 어떻게 할 거야?"

나는 낭패감을 느꼈다. 나에게 아직 그것들은 모두 낯설었고 비현실적인 이야기처럼 느껴졌다.

"모르겠어. 너는?"

그는 어깨를 움찔했다.

"소집영장이 나오면 나는 곧 입대할 거야. 나는 소위거든."

"네가? 그런 줄은 전혀 몰랐어."

"그렇겠지. 그건 내가 그들과 타협하는 방법이야. 너도 알겠지만 나는 다른 사람의 눈에 띄는 것을 좋아하지 않아. 그래서 언제나 바르게 살기 위해 남보다 더 많은 일들을 해왔어. 나는 아마 일주일 내로 전쟁터에 가게 될 거야."

"오, 이런……."

"너는 이 일을 감상적으로 받아들여서는 안 돼. 누군가 나에게 살아 있는 사람에게 총을 쏘라고 명령하는 일은 조금도 유쾌하지 않을 거야. 하지만 그것은 중요한 게 아니야. 우리 모두는 커다란 수레바퀴 속으로 휩쓸려 들어가게 되는 거야. 너도 마찬가지야. 너에게도 영장이 나올 거야."

"그럼 너희 어머니는, 데미안?"

이제야 비로소 나는 15분 전에 있었던 일이 생각났다. 세상은 얼마나 달라졌는가! 그 달콤했던 영상을 불러오기 위해 나는 온 힘을 모으고 집중했었는데, 지금은 운명이 어두운 가면 뒤에서 새로운 모습으로 나를 노려보고 있었다.

"어머니 말이야? 아, 어머니 일은 아무 걱정할 필요가 없어. 어머니는 안전하실 거야. 아마 지금 이 세상의 누구보다도 말이야. 너는 우리 어머니를 그렇게도 사랑하니?"

"알고 있었니, 데미안?"

그는 아주 활달하고 밝은 웃음을 지었다.

"어린 친구 같으니라고! 물론 알고 있었지. 우리 어머니를 사랑하지 않으면서 에바 부인이라고 부른 사람은 지금껏 아무도 없었어. 그런데 어떻게 된 거야? 너는 오늘 어머니나 나를 불렀어. 안 그래?"

"그래, 불렀지……. 나는 에바 부인을 불렀어."

"어머니는 그걸 느끼셨어. 어머니가 갑자기 너에게 가보라고 하셨어. 나는 때마침 어머니께 러시아에 관한 소식을 이야기하고 있었어."

우리는 되돌아섰다. 그리고 이젠 별로 할 말이 없었다. 그는 자기의 말고삐를 풀고 올라탔다.

나는 이층의 내 방에 들어와서야 비로소 데미안이 전해 준 소식 때문에, 그리고 그 이전의 긴장 때문에 얼마나 내가 피곤했는가를 느꼈다. 하지만 에바 부인은 내 마음의 소리를 들었던 것이다. 나는 마음속의 생각만으로 그녀에게 도달했던 것이다. 이 모든 것은 얼마나 신비한 일인가! 그리고 얼마나 아름다운 일인가! 이제는 전쟁이 일어날 것이다. 우리가 자주 이야기했던 바로 그 일이 시작되는 것이다. 그리고 데미안은 그것에 대해 그렇게 많은 예감을 하고 있었던 것이다. 세계의 조류가 우리의 곁을 그냥 흘러 지나가고 있는 것이 아니라—세계의 조류는 갑자기 우리의 심장 한가운데를 뚫고 흘러가며, 모험과 거친 운명이 우리를 부른다는 것, 또 지금이 아니더라도 세계가 우리를 필요로 하는 순간이 곧 오리라는 것, 세계가 변화하는 순간이 온다는 것은 얼마나 기이한 일인가. 데미안의 말이 옳았다. 이것을 감상적으로만 받아들일 수는 없다. 다만 이상한 것은 내가 이 고독한 운명을 그렇게 많은 사람들과 아니, 전 세계와 함께 경험해야 한다는 사실이었다. 그것도 좋은 일이다!

나는 마음의 준비가 되어 있었다. 저녁때 시내를 가보니 거리의 곳곳이 야릇한 흥분으로 들끓고 있었다. 어디에서나 '전쟁'이라는 말밖에는 들리지 않았다. 나는 에바 부인의 집을 찾아가서 정원의 정자에서 함께 저녁 식사를 했다. 내가 그녀의 유일한 손님이었다. 아무도 전쟁에 대해 말하지 않았다. 다만 내가 집으로 돌아가기 직전에 에바 부인이 말했다.

"싱클레어, 오늘 당신이 나를 불렀어요. 내가 왜 직접 가지 않았는지는 이미 알고 있겠죠? 하지만 당신은 이제 부르는 법을 알게 되었다는 것을 잊지 마세요. 그러니 표적을 지닌 누군가가 필요할 때는 언제든지 다시 부르세요."

그녀는 일어서서 어둑어둑한 정원을 걸어 나갔다. 신비스러운 이 여인은 말 없는 나무들 사이를 당당하게 걸어갔다. 그녀의 머리 위에는 작은 별들이 조용히 빛나고 있었다.

내 이야기가 끝나가고 있다. 모든 사태는 급속히 진전되었다. 얼마 후에 전쟁이 시작되었고, 데미안은 은회색 외투의 군복을 입고 그답지 않은 이상하고 낯선 모습으로 떠났다. 나는 그의 어머니를 집까지 바래다주었다. 그리고 얼마 후에 나도 그녀와 작별 인사를 했다. 그녀는 내 입술에 입을 맞추고 잠시 나를 안아주었다. 그녀의 커다란 두 눈이 나의 눈 가까이에서 불타오르고 있었다.

모든 사람은 형제가 된 것 같았다. 그들은 조국과 명예를 생각했지만 사실 그것은 잠시 동안 드러난 운명의 모습을 본 것에 불과했다. 젊은이들이 병영에서 나와 기차를 탔다. 많은 사람들의 얼굴에서 나는 하나의 표적을 보았다. 우리의 표적이 아니라 사랑과 죽음을 뜻하는 아름답고 고귀한 표적을 보았던 것이다.

나 또한 전에는 한 번도 본 적이 없는 사람들에게 포옹을 받았다. 나는 그것을 이해할 수 있었고 기꺼이 그것에 응했다. 그들이 그런 행동을 하는 것은 운명의 의지가 아니라 단순한 도취에서였다. 하지만 그 도취는 신성했다. 그들 모두가 운명의 눈에 잠시 동안 도취된 눈길을 보냈기 때문에 그 도취는 우리를 감동시켰던 것이다.

내가 전쟁터에 온 것은 거의 겨울이 다 되어서였다. 처음에 나는 끊임없이 들려오는 총소리에 흥분했었다. 하지만 곧 모든 것에 실망했다. 예전의 나는 인간이 왜, 어떤 이상을 위해 살지 못하는가에 대해 많은 생각을 해보았다. 하지만 지금 나는 많은 사람들이, 아니 모든 사람이 이상을 위해 죽을 수도 있다는 것을 보았다. 하지만 그것은 개인적이거나 자유롭고, 스스로가 선택한 이상이어서는 안 되며 공통적이고 받아들여질 이상이어야 했다.

하지만 시간이 지날수록 나는 내가 인간을 과소평가했다는 것을 알았다. 군인으로서의 의무와 공통적인 위험이 그들을 획일화했음에도 불구하고, 나는 살아 있는 사람들이나 죽어가는 사람들이 운명의 의지에 가까이 가는 것을 보았던 것이다. 많은 사람들, 굉장히 많은 사람들이 공격할 때뿐만 아니라 다른 경우에도 확고하고도 아득하며 약간의 광기를 지닌 시선을 갖고 있었다. 그 시선은 목적에 대해서는 아무것도 모른다는 듯이, 끔찍한 운명에 대한 완전한 헌신을 보여주고 있었다. 그들이 어떤 것을 믿고, 어떤 것을 생각하든지 그들은 각오가 되어 있었고 쓸모가 있었으며, 그들 자신으로부터 미래가 형성되고 있었다. 그리고 이 세계가 전쟁과 영웅주의와 그 밖의 낡아빠진 이상을 향해 단단하게 결집되어 있는 것처럼 보일수록, 또 표면적인 인간의 모든 음성이 멀고 비현실적으로 들릴수록, 이 모든 것들은 마치 전쟁의 외부적이고 정치적인 목적에 관한 질문처럼 단지 피상적으로 느껴졌다. 가장 깊은 곳에서 무엇인가가 생성되고 있었다. 새로운 인간과도 같은 그 무엇이었다. 나는 많은 사람들을 볼 수 있었는데—그중 많은 사람들이 내 옆에서 죽어갔다.—그들은 그들의 적에게 증오와 분노, 살육이나 파괴의 감정도 갖고 있지 않다는 것을 느낄 수 있었다. 그들에게 적은 목적과 마찬가지로 완전히 우연한 것이었다. 가장 사나운 본래의 감정조차도 적에게 행해지지 않았던 것이다. 그 피비린내 나는 행동은 새로운 탄생을 위해 광분하고, 죽이고, 파괴하며, 파멸하려는 내부에서 분열된 영혼의 발산에 불과했다. 거대한 한 마리의 새가 알에서 나오려고 애를 쓰고 있었다. 그 알은 세계였다. 그 세계는 파괴되어야만 했던 것이다.

어느 이른 봄날 밤, 나는 우리가 점령하고 있는 농가 앞에서 보초를 서고 있었다. 가벼운 봄바람이 간간이 불어왔고, 구름떼가 플랑드르 평야의 높은 하늘 위로 흐르고 있었다. 구름 뒤의 어딘가에 달이 숨어 있는 것 같았다. 나는 하루 종일 불안했다. 무엇인지 모를 근심이 나를 혼란스럽게 했다. 나는 어두운 초소에서 지금까지의 내 생활과 에바 부인, 그리고 데미안에 대해 절실하게 생각했다. 나는 포플러나무에 기대서서 움직이는 하늘을 바라보고 있었다. 살짝 떨고 있는 밝은 하늘이 곧 커다랗게 솟아오르는 일련의 형상이 되었다. 나의 맥박은 이상할 만큼 약하게 뛰었고, 비바람을 거의 못 느낄 정도의 피부 상태와 번뜩이는 내부의 경각심 때문에 나는 지도자가 내 주위에 있다고 느꼈다.

구름 속에서 커다란 도시가 보였다. 그 도시에서는 수백만 명의 사람들이 밀려나와 넓은 지역으로 흩어졌다. 그들의 한복판에 반짝거리는 별을 머리에 단 거대한 산과 같은 신의 모습이, 에바 부인 같은 표정을 띠며 나타났다. 사람들은 그 모습 속으로, 마치 동굴 속으로 사라지듯 들어가서는 없어져버렸다. 그 여신은 땅바닥에 몸을 웅크리고 앉았다. 여신의 이마 위의 점이 밝게 빛났다. 어떤 꿈이 그 여신을 제압하는 것 같았다. 여신은 눈을 감았고, 여신의 커다란 얼굴은 고통으로 일그러졌다. 갑자기 그 여신은 큰 소리로 비명을 질렀고, 여신의 이마에서는 수많은 반짝이는 별들이 쏟아져 나왔다. 그리고 그것들은 멋진 곡선과 반원을 그리며 어두운 하늘로 날아갔다.

그 별들 중 하나가 날카로운 소리를 내며 굉장히 빠른 속도로 나에게 날아왔다. 마치 나를 찾는 것 같았다. 그리고 그것은 소리를 내면서 수천 개의 불꽃으로 부서져버렸고, 나를 끌어당겼다가는 다시 땅바닥으로 내동댕이쳤다. 세계가 내 위에서 굉음을 내며 무너져버렸다.

나는 흙에 파묻히고 상처투성이가 되어 포플러나무 옆에서 쓰러진 채 발견되었다.

나는 지하실에 누워 있었다. 포탄이 나의 머리 위를 날고 있었다. 나는 화물차 안에 누워서 텅 빈 들판 위를 덜그럭거리면서 갔다. 나는 거의 잠을 자거나 의식이 없는 상태였다. 하지만 깊이 자면 잘수록 무엇인가가 나를 끌어당겼으며, 나를 지배하는 어떤 힘을 내가 따라가고 있다고 느꼈다.

나는 마구간의 밀짚 위에 누워 있었다. 마구간은 몹시 어두웠다. 누군가가 내 손을 밟았다. 하지만 나의 마음은 더 멀리 가기를 원했다. 그것은 한층 더 강하게 나를 끌어당겼다. 나는 다시 차 안에 누워 있었고 그 후에는 담가擔架인지 사다리인지 모를 들것 위에 누워 있었다. 나는 점점 더 강하게 어디론가 갈 것을 명령받은 것처럼 느꼈고, 마침내 그곳에 가야 한다는 욕망 이외에는 아무것도 느끼지 못했다.

드디어 나는 목적지에 도착했다. 밤이었다. 나는 완전히 의식을 되찾았고 그 순간 내 마음속에서 어떤 끌림과 충동을 강하게 느꼈다. 나는 어떤 방의 바닥 위에 누워 있었다. 내가 부름을 받은 곳이 바로 이곳이라고 느꼈다. 주위를 둘러보았다. 나의 자리 바로 옆에 또 하나의 자리가 놓여 있었고 그 위에 누군가가 있었다. 그는 고개를 내밀어 나를 바라보았다. 그는 이마에 표적을 갖고 있었다. 그는 막스 데미안이었다.

나는 아무 말도 할 수 없었다. 그도 말을 할 수 없었다. 아니, 어쩌면 하려고 하지 않았던 것 같다. 그는 단지 나를 바라볼 뿐이었다. 벽에 걸린 등불이 그의 얼굴을 비추었다. 그는 나에게 미소를 지었다.

아주 오랜 시간 동안 그는 계속해서 내 눈을 들여다보았다. 내 얼굴로 그의 얼굴이 천천히 다가와 우리는 거의 얼굴이 맞닿을 만큼 가까워졌다.

"싱클레어!"

그는 속삭이듯 말했다.

나는 그의 말을 알아들었다는 듯한 눈짓을 보냈다.

"꼬마!"

그는 미소를 지으며 말했다. 그의 입은 이제 나의 입 바로 옆에 있었다. 그는 낮은 목소리로 말을 계속했다.

"아직도 프란츠 크로머를 기억하고 있니?"

나는 그에게 눈짓으로 대답했고 미소를 지을 수도 있었다.

"어린 싱클레어, 내 말을 잘 들어봐! 나는 떠나야만 해. 너는 언젠가 다시 내가 필요하게 될 거야. 크로머나 그 밖의 다른 일 때문에 말이야. 그때는 네가 나를 불러도 나는 지금까지처럼 말이나 기차를 타고 그렇게 올 수는 없을 거야. 그때는 네 자신의 목소리에 귀를 기울여야 해. 그러면 내가 네 마음속에 있다는 것을 알게 될 거야. 알겠어? 그리고 또 하나! 에바 부인의 부탁이야. 그분이 나에게 입맞춤을 해주면서, 만일 언제든지 네가 안 좋은 상황에 있을 때는 그분이 내게 보낸 입맞춤을 너에게 해주라고 했어…….. 눈을 감아, 싱클레어!"

나는 그의 말대로 눈을 감았다. 멈추지 않을 것 같은 피가 조금씩 흐르는 내 입술 위에 그가 가볍게 입을 맞추는 것을 느끼며 나는 곧 잠이 들었다.

다음 날 아침에 잠에서 깬 나는 부상 때문에 붕대를 감아야만 했다. 완전히 정신이 든 나는 황급히 옆자리를 돌아보았다. 거기에는 한 번도 본 적이 없는 낯선 사람이 누워 있었다.

붕대를 감는 것은 몹시 고통스러운 일이었다. 그리고 그 이후에 나에게 일어난 일들도 전부 고통스러웠다. 하지만 나는 열쇠를 찾았고, 때때로 어두운 거울 속에 운명의 모습이 어른거리는 것을 볼 수 있었다. 내가 그 어두운 거울을 들여다볼 때면, 내 친구이자 지도자였던 데미안과 똑같은 내 자신의 모습을 발견할 수 있었다.

옮기고 나서

헤르만 헤세 Hermann Hesse(1877~1962)는 독일에서 선교사의 아들로 태어났다. 목사가 되려고 하였으나 심리적으로 갈등을 겪으며 작가의 길을 걷기 위해 신학교를 중퇴했다.

헤세는 전 생애에 걸쳐 수많은 작품을 발표했는데 작품의 대부분이 그의 자전적 소설이다. 《데미안》역시 마찬가지이다. 제1차 세계대전을 겪으며 느꼈던 환멸, 아들의 정신질환과 부인의 신경쇠약에 따른 투병, 부친의 사망 등으로 인해 우울증을 겪었던 헤세는 정신분석학자 융 Carl Gustav Jung의 제자 랑 Josef Bernhard Lang 박사에게 치료를 받으며 정신적 위기를 극복해 나간다. 소설 《데미안》에서 싱클레어의 정신적 지도자였던 '피스토리우스'가 바로 헤세를 구원해 준 '랑' 박사였던 것이다.

헤세는 내적·외적으로 이러한 갈등을 겪으며 자신의 내면의 소리에 귀를 기울이기 시작한다. 그리하여 1919년 42세가 되던 해에 《데미안》을 집필하기 시작한다. 《데미안》을 통해 주인공 에밀 싱클레어가 성장하며 겪게 되는 자아실현의 과정을 보여준다. 싱클레어가 자아를 찾게 되는 과정은 크게 세 단계로 나누어볼 수 있는데, 밝은 세계 속에서 순수했던 유년 시절 · 어두운 세계로 진입하며 갈등과 방황을 하는 소년 시절 · 밝음과 어두움의 두 세계 속에서 현실을 인식하고 구원을 얻게 되는 청년 시절의 단계로 나누어볼 수 있다. 이러한 방황과 갈등 속에서 성장하는 싱클레어는 곧 헤세 자신의 모습이며 오늘을 살아가는 우리의 모습인 것이다.

"새는 알에서 나오려고 투쟁한다. 알은 세계이다. 태어나려고 하는 자는 한 세계를 깨뜨리지 않으면 안 된다. 새는 신을 향해 날아간다. 그 신의 이름은 아브락사스다."

《데미안》 하면 가장 먼저 떠오르는 아브락사스에 관한 구절이다. 불현듯 데미안을 처음 읽었던 그때가 떠오른다. 중학생 시절 방학 숙제였던가. 데미안을 읽고 독후감을 써야 했던 그때, 이 책은 중학생인 나에게 결코 만만한 내용은 아니었다. 자신의 세계에서 끊임없이 방황하는 싱클레어가 청소년기의 나와 닮아 있었지만 그때의 나는 내 자신의 모습을 제대로 알지 못했고 똑바로 마주할 수 없었다. 그 후로 시간이 한참 지난 현재의 나는 어떠한가 생각해 본다. 그때보다 나이를 먹고 더 많은 것을 경험하고 깨닫게 된 지금의 나는 과연 평온한가.

청소년기에는 그 나이대로, 20대는 20대대로, 또 30대, 40대에도 그 나이의 방황과 투쟁은 엄연히 존재한다. 그러므로 《데미안》은 비단 청소년들의 권장도서만은 아닌 것이다. 시대와 세대를 아우르며, 각자의 살아온 시간과 경험에 따라 다르게 읽힐 '고전'인 것이다.

과연 나는 싱클레어만큼 삶에 대해 치열하게 고민해 본 적이 있는가, 내 주위에 데미안이나 피스토리우스 같은 조언자가 있는가, 혹은 나는 누군가에게 데미안과 피스토리우스가 될 수는 없었는가. 30대에 들어서 다시 마주하게 된 《데미안》은 나에게 수많은 질문들을 던진다.

훗날 시간이 좀 더 흐른 뒤에 다시 《데미안》을 만나게 된다면 나에게 어떤 말을 걸어올까 생각해 본다. 그때의 나는 분명 또 다른 방황과 투쟁을 하고 있겠지만 말이다.

― 엄인정

《데미안》의 작가 헤르만 헤세 Hermann Hesse(1877~1962)는 세계대전이라는 전시 상황과 부인과 아들의 투병 등으로 인해 외적·내적으로 많은 갈등을 겪으며 방황을 하게 된다. 그러다가 어느 순간 자신의 내면의 소리에 귀를 기울이기 시작한다. 그리하여 헤세는 1919년 42세가 되던 해에《데미안》을 집필하게 된다. 헤세는《데미안》을 통해 주인공 에밀 싱클레어가 성장하며 겪게 되는 자아실현의 과정을 보여준다.

싱클레어가 자아를 찾게 되는 과정은 다음의 3단계로 나누어볼 수 있다. 이러한 방황과 갈등 속에서 성장하는 싱클레어는 곧 헤세 자신의 모습이며 우리의 모습이기도 하다.

밝은 세계 속에서 순수했던 유년 시절

어머니와 아버지, 그리고 누나들의 따뜻하고 올바른 세계 속에 속해 있던 싱클레어는 안정되고 평온한 세계 속에서 성장한다. 그러다가 크로머라는 불량한 친구를 만나면서부터 싱클레어는 혼란과 방황을 시작하게 된다. 밝은 세계는 더 이상 싱클레어를 지켜주지 못했고 싱클레어는 방황하며 외로운 투쟁을 시작한다.

어두운 세계로 진입하며 갈등과 방황을 하는 소년 시절

또래들 앞에서 좀 더 강해 보이기 위해 시작했던 거짓말이 싱클레어를 옥죄는 굴레가 된다. 크로머는 싱클레어의 거짓말을 약점으로 이용해 괴롭히기 시작하고, 그로 인해 싱클레어는 몸과 마음의 병이 점점 깊어지게 된다. 그러면서 차츰 세상은 어두운 세계가 존재한다는 것을 인식하게 되고 그 세계 속에서 쓰라린 고통을 맛보게 된다. 그러나 어두운 세계의 묘한 유혹에 이끌리기도 한다. 그러다가 전학생 데미안의 도움으로 크로머의 속박에서 벗어나고 싱클레어는 다시 자유의 몸이 된다.

밝음과 어두움의 두 세계 속에서 현실을 인식하고 구원을 얻게 되는 청년 시절

데미안이라는 친구를 만나면서 싱클레어의 많은 것들이 변화하게 된다. 데미안은 '카인과 아벨의 이야기'와 '예수 옆에 매달린 도둑'에 대해 기존의 해석과는 전혀 다른 관점으로 바라보는데 싱클레어는 이러한 데미안의 말들을 통해 비판적인 사고력이 생긴다. 또한 어두운 세계가 꼭 '악'의 세계는 아니며, 세상은 '선과

악'이라는 이분법으로만 나눠지는 것은 아니라는 것을 인식하게
된다.

상급학교에 진학하면서 데미안과는 자연스럽게 멀어지게 되고,
다시 홀로 남겨진 싱클레어는 방탕한 생활을 하며 방황한다. 정신
적으로 의지할 무엇인가가 필요하던 싱클레어는 어느 날 우연히
책갈피에서 쪽지 한 장을 발견한다.

"새는 알에서 나오려고 투쟁한다. 알은 새의 세계이다. 태어나
려고 하는 자는 한 세계를 깨뜨리지 않으면 안 된다. 새는 신을 향
해서 날아간다. 그 신의 이름은 아브락사스다."(본문 127쪽)

데미안이 싱클레어에게 보낸 것으로 추측되는 이 구절에 나오
는 아브락사스는 '신적인 것과 악마적인 것을 결합' 시키는 상징
적 의미를 지닌, 새롭게 추구해야 할 신성성을 의미한다고 볼 수
있다. 우연히 만난 오르간 연주자 피스토리우스는 싱클레어에게
아프락사스에 관한 여러 가르침을 주는데 싱클레어는 그에게 동화
되는 듯했지만 피스토리우스의 열망은 싱클레어에게 차츰 '고리
타분하고 곰팡이 냄새' 가 나는 고루한 것으로 느껴지기 시작했고
결국 싱클레어는 피스토리우스를 떠나게 된다.

그리고 다시 데미안과의 재회, 데미안의 어머니 에바 부인과의
만남이 시작된다. 싱클레어가 그토록 열망하던, 현실과 상상 속의

결합체인 에바 부인은 그에게 있어 어머니이자 애인이며 이상형
이자 이상향이었다. 그러나 싱클레어의 곁에 있는 에바 부인은 닿
을 듯했지만 닿을 수 없는 존재였다. 에바 부인은 험난한 길을 지
나 자신에게 온 싱클레어에게 묻는다.

"탄생이라는 것은 항상 어려운 일이지요. 새도 알에서 나오기
위해서는 애를 써야 하니까요. 돌이켜 생각해 보고 자신에게 물어
보세요. 대체 그 길이 그렇게 어려운 것이었을까, 그저 어렵기만
했던 걸까, 그것 역시 아름답지는 않았던가 하고 말이에요. 당신
은 더 아름답고 더 쉬운 길을 알고 있었나요?"(본문 204쪽)

진정한 나를 찾아가는 길은 그저 힘들기만 한 고통의 시간이었
을까. 힘들었기에 그만큼 더 값지고 아름다운 시간이었음을 우리
는 알아야 할 것이다.

얼마 후, 세계대전이라는 대전쟁이 일어나고 데미안과 싱클레
어는 모두 참전하게 된다. 부상을 당한 싱클레어는 치료를 받다가
우연히 데미안과 재회하게 된다.

"어린 싱클레어, 내 말을 잘 들어봐! 나는 떠나야만 해. 너는 언
젠가 다시 내가 필요하게 될 거야. 크로머나 그 밖의 다른 일 때문
에 말이야. 그때는 네가 나를 불러도 나는 지금까지처럼 말이나

기차를 타고 그렇게 올 수는 없을 거야. 그때는 네 자신의 목소리에 귀를 기울여야 해. 그러면 내가 네 마음속에 있다는 것을 알게 될 거야."(본문 239~240쪽)

붕대를 감는 것은 몹시 고통스러운 일이었다. 그리고 그 이후에 나에게 일어난 일들도 전부 고통스러웠다. 하지만 나는 열쇠를 찾았고, 때때로 어두운 거울 속에 운명의 모습이 어른거리는 것을 볼 수 있었다. 내가 그 어두운 거울을 들여다볼 때면, 내 친구이자 지도자였던 데미안과 똑같은 내 자신의 모습을 발견할 수 있었다.(본문 240쪽)

데미안은 이제 싱클레어를 떠날 시간이 온 것이다. 더 이상 싱클레어에게는 자신이 필요치 않았던 것이다. 데미안이 곧 싱클레어이고 싱클레어가 데미안이 된 순간이 온 것이다. 자기 자신에게로 가는 길을 찾아 험난한 여정을 떠났던 싱클레어는 자신의 이상향이자 신적인 존재였던 데미안과 하나가 되며 결국 자기 자신의 길에 이르게 된다.

보다 성장하기 위해서 우리는 안정되고 평온한 '부모님의 틀' 안에서 벗어나야 되며 딱딱하고 차가운 '껍데기'를 깨뜨리며 그것과 부딪치는 고통을 알아야만 한다. 늘 우리와 함께 있을 것만 같았던 따뜻하고 아늑한 부모님의 품안에서 벗어나 우리가 부딪치고 싸워야만 하는 현실과 마주하게 될 때 우리는 두려워하고 방황하게 된다. 이러한 두려움과 방황은 우리를 다치게 할 수도 있지만 그것을 받아들이고 이겨낸 사람은 성숙해지고 성장하게 되는 것이다.

인생에 있어서 어느 한 순간도 중요하지 않은 시간은 없겠지만 청소년기가 인생의 방향에 중요한 역할을 하는 결정적인 시기임은 틀림없다. 그 소중한 인생의 한 지점에서 방황하고 또 많은 것들과 투쟁하고 있을 청소년들에게 이 책이 도움이 되었으면 하는 바람이다.

작가 연보

1877년	독일 남부 슈바벤 주의 뷔르템베르크 소재 소도시 칼프에서 선교사이던 아버지 요하네스 헤세와 어머니 마리 군데르트 사이의 장남으로 태어나다.
1881년(4세)	부모님과 함께 바젤로 이사하여 거주하다.
1883년(6세)	아버지가 스위스 국적을 취득하다.
1886년(9세)	다시 칼프로 돌아가서 1889년까지 실업학교에 다니다.
1890년(13세)	신학교 시험 준비를 위해 괴핑엔의 라틴어 학교에 다니며, 뷔르템베르크 국가시험에 합격함으로써 신학자가 되기 위한 첫 관문을 통과하다. 이를 위해 아버지는 뷔르템베르크 국적을 취득하다.
1891년(14세)	명문 개신교 신학교이자 수도원인 마울브론 기숙 신학교에 입학하다.
1892년(15세)	'시인이 되지 못하면 아무것도 되지 않겠다.' 는 이유로 마울브론 신학교를 도망쳐 나오다. 신경쇠약증이 발병했고, 6월에 짝사랑으로 인한 자살을 기도하고 정신요양원 생활을 하다. 11월에 칸슈타트 김나지움에 입학하다.

1893년(16세)	학업을 중단하고 서점 점원이 되었으나 이틀 만에 그만두다.
1894년(17세)	시계 부품 공장 견습공으로 일하다.
1895년(18세)	튀빙겐에서 서점 점원으로 일하며 글을 쓰기 시작하면서 비로소 삶의 안정을 찾다.
1899년(22세)	처녀시집《낭만적인 노래》, 산문집《자정 이후의 한 시간》출간하다. 가을에 바젤의 서점으로 옮기다.
1901년(24세)	최초로 이탈리아를 여행하다.《헤르만 라우셔의 유작과 시》출간하다.
1902년(25세)	《시집》출간하다. 어머니가 사망하다.
1903년(26세)	서점을 그만두고 두 번째 이탈리아 여행길에 오르다.
1904년(27세)	《페터 카멘친트》출간 후, 경제적 안정 속에서 문학의 길에 전념하게 되다. 평전《복가치오》와《앗시시스 프란츠》출간하다. 마리아 베르누이와 결혼하다.
1906년(29세)	《수레바퀴 아래서》출간하다.
1907년(30세)	중단편 소설집《이 세상에》출간하다.
1908년(31세)	단편집《이웃사람들》출간하다.

1909년(32세)	취리히, 독일, 오스트리아로 강연 여행을 다녔으며, 빌헬름 라베를 방문하다.
1910년(33세)	《게르트루트》 출간하다.
1911년(34세)	시집 《길 위에서》 출간하다.
1912년(35세)	스위스 수도 베른으로 이사하고, 단편집 《우회로》 출간하다.
1914년(37세)	제1차 세계대전 발발 후 자원입대했으나 군복무 불능 판정을 받고, 베른의 독일군 포로 후생사업에 가담하다. 극단적 애국주의를 비평하는 글로 매국노 비난을 받다. 《로스할데》 출간하다.
1915년(38세)	소설 《크눌프》, 시집 《고독한 자의 음악》, 단편집 《길가에서》 출간하다.
1916년(39세)	아버지의 사망, 아내의 정신병 악화와 입원, 자신의 신병 등이 겹쳐 정신적 위기에 빠지다. 정신분석학자 융의 제자인 랑의 치료를 다음 해까지 받다. 단편 《청춘은 아름다워라》 출간하다.
1919년(42세)	《귀향》, 《데미안》, 《동화》, 《작은 정원》, 《차라투스트라의 귀환》 출간하다. 이 해 봄, 가족과 헤어져 홀로 남스위스의 몬타놀라로 이주 후 집필에 전념, 죽을 때까지 이곳에서 살다. 월간지 <생명의 절규> 공동 편집하다.

1920년(43세)	《방랑》, 《화가의 시》, 《클링조어의 마지막 여름》 출간하다. 정신적 안정을 위해 수채화를 많이 그리다.
1922년(45세)	《싯다르타》 출간하다.
1923년(46세)	부인 마리아와 정식으로 이혼하고 스위스 국적을 취득하다. 《싱클레어의 비망록》 출간하다.
1924년(47세)	20살 연하인 루트 뱅어와 결혼하다.
1925년(48세)	《요양객》, 《픽토르의 변신》 출간하다. 작가 토마스 만을 방문하다.
1926년(49세)	기행과 자연 풍물에 대한 감상집 《그림책》 발간하다.
1927년(50세)	《황야의 이리》 출간하다. 루트 뱅어와 이혼하다.
1928년(51세)	수상록 《관찰》, 시집 《위기》 출간하다.
1929년(52세)	시집 《밤의 위안》, 산문집 《세계문학 안내》 출간하다.
1930년(53세)	《나르치스와 골드문트》 출간하다.
1931년(54세)	18세 연하인 니논 돌빈과 결혼하다.
1932년(55세)	《동방순례》 출간하다.
1933년(56세)	단편집 《작은 세계》 출간하다.
1934년(57세)	시선집 《생명의 나무에서》 출간하다.

1935년(58세)	《우화집》 출간하다.
1936년(59세)	스위스 최고의 문학상인 고트프리트 켈러상을 수상하고, 전원시집 《정원에서의 몇 시간》 출간하다.
1939년(62세)	제2차 세계대전이 본격화되면서 1945년 종전까지 헤세의 작품이 독일에서 출판되는 것이 금지되다.
1943년(66세)	《유리알 유희》 출간하다.
1945년(68세)	시선집 《꽃피는 나뭇가지》, 동화집 《꿈의 자취》, 1907년에 쓰인 미완성 소설 《베어 톨트》 출간하다.
1946년(69세)	《유리알 유희》로 노벨 문학상과 괴테상을 수상하고, 전쟁과 정치에 대한 시사평론집 《전쟁과 평화》 출간하다.
1947년(70세)	고향 칼프 시의 명예시민이 되다.
1950년(73세)	브라운슈바이크 시가 수여하는 빌헬름 라베상을 수상하다.
1954년(77세)	《픽토르의 변신》, 《헤르만 헤세—로망 롤랑 서간집》 출간하다.
1955년(78세)	서독 출판협회로부터 평화상을 수상하다.
1956년(79세)	헤르만 헤세상이 제정되다.

1962년(85세)	몬타뇰라의 명예시민이 되다. 8월 9일 뇌출혈로 몬타뇰라에서 사망하고, 이틀 후 아본디오 묘지에 안치되다.